紫式部と藤原道長

倉本一宏

講談社現代新書

2721

はじめに

いきなりこんな話で申しわけないが、後世、「紫式部」と称されることになる女性は、確実に実在した。何を当たり前の話をと思われるかもしれないが、これは彼女が藤原実資の記した古記録である『小右記』という一次史料に、「藤原為時の女」として登場して、その実在性が確認できるから言えるのである。

同時代の女房でいうと、和泉式部は藤原道長の『御堂関白記』に「江式部」として登場するからこそ、その実在性が確認できるが、清少納言は交流のあった藤原行成の『権記』をはじめとする一次史料にはまったく名前が見えないから、実在したかどうかは、百パーセント確実とは言えない。自分が書いた（と称する）『枕草子』に登場するから実在したなどというのは、歴史学では通用しない。まあ、確実に実在した紫式部が記録した『紫式部日記』に登場するから、おそらく実在したのであろうという程度のものである。

そう言えば、「紫式部」という呼称も、史実としては正しくない。彼女は自分が「紫式部」と呼ばれることになるとは、死ぬまで知らなかったであろう。彼女の正式な呼称は

「藤原為時の女」であり、本名は不明である。成人後に「□子」という名（諱）が付けられたかもしれないが、普通はそれはごく近いミウチにしか知らされない。まして幼少時の通称など、わかるものではない（為時家では「中の君」とでも呼称されていたであろうか）。

藤原彰子に女房として出仕した後は、おそらくは「藤式部」という女房名で呼ばれたものと思うが（『栄花物語』『兼盛集』『河海抄』）、諱（忌み名）は彰子や朋輩の女房たちも知らなかったのではなかろうか。だいたい、位階を授かって位記を作成されることでもなければ、本人も周囲も、諱を意識することはなかったはずである。と言ってしまうと面倒なので、この本ではしかたなく、「紫式部」という後世の通称で通すこととする。

この本では、世界最高峰の文学作品である『源氏物語』を著わした紫式部と、日本史上最高の権力を長期間にわたって保持した藤原道長とのリアルな生涯を、確実な史料のみによって時系列的に復元してみたい。また、二人の接点と交流についても、当時の政治情勢や後宮情勢とからめながら、できる限り可能性を探っていくこととする。

さらにその過程で、道長が『源氏物語』や『紫式部日記』の執筆に及ぼした影響を考え、『源氏物語』と『紫式部日記』が道長なくしては成立しなかったことを明らかにする。逆に、光源氏（光る君）の造形の中に道長の実際の生涯が投影された可能性についても、考えていくことにしたい。

また、『源氏物語』や『紫式部日記』が、道長の「栄華」にすくなからず寄与したことも、考えていきたい。紫式部と道長が同時期に生きたことは、けっして偶然ではない。この本の中で明らかにしていくが、道長の命令と支援があったからこそ、紫式部は『源氏物語』や『紫式部日記』を執筆して、世界最高の文学の金字塔を打ち立てることができたのであるし、『源氏物語』が道長の管轄下で執筆されたからこそ、三人目の外祖父摂政や、摂政を頼通（よりみち）に譲った後も「大殿（おおとの）」、さらに出家した後も「禅閤（ぜんこう）」と称されるほどの、日本史上未曾有の権力を手に入れることができたのである。

この二人を並列的に考えていくことによって、当時の政治情勢や後宮情勢が、『源氏物語』という世界最高の文学を生み出したこと、ひいては日本史上最盛期の文化を形成したことを、実感できるのではないだろうか。紫式部が生み出した文学がその後の日本の文学に大きな影響を与えたことは言うまでもないが、道長が確立した政治体制がその後の日本政治や人々の意識に大きな刻印を残したことも、また疑いようのないところである。この点については、この本を読み進めながら、追々読み取っていただければ幸いである。

さて、先ほども触れたが、いったいに確実なことと不確実なこと、つまりここまでは確実に古記録などの一次史料で確かめられるが、ここから先は確実な史実であるかどうかが不明であるという境界を「分ける」のが、「わかる」の語源であろう。

中身が面白ければ、それが本当にあったことかどうかはどうでもいいという方は、説話や小説やドラマや漫画をお楽しみいただきたい。そういう方には、それらのほうが圧倒的に面白いであろう（私にとっては、史実のほうがはるかに面白いが）。この本では、できる限り無責任な推測は避け、確実な史実と思われることだけを提示していきたい。

紫式部と道長が二〇二四年の大河ドラマの主人公となることが決まったとき、平安時代を研究する者として、この時代の歴史にもやっと日が当たる時が来たと喜んだものである（その直後、喜んでばかりはいられないことになってしまったが）。しかし、ドラマのストーリーが独り歩きして、紫式部と道長が実際にもドラマで描かれるような人物であったと誤解されるのは、如何なものかと思う。この本では、ここまでは史実であるという紫式部と道長のリアルな姿を、明らかにしていきたい。

歴史史料はすべて現代語訳で引用する。文学作品（特に和歌）については、適宜、原文と現代語訳を掲げることとする。

なお、この本は、かつて私が上梓した『紫式部と平安の都』、および『摂関政治と王朝貴族』『一条天皇』『平安貴族の夢分析』『三条天皇』『藤原道長の日常生活』『藤原道長の権力と欲望』『藤原道長「御堂関白記」を読む』などを下敷きにしている。これらの著作もあわせてお読みいただければ幸甚である。

第一章　紫式部と道長の生い立ち

1　紫式部とその家系

父は文章生出身の学者

まずは紫式部の家系を簡単にたどってみることとしよう。紫式部の父母は、共に藤原氏北家の嫡流となる左大臣冬嗣の一門である。というとものすごい名門のように見えるが、そう甘くはない。

まず父方は、従一位摂政太政大臣良房の異母弟であり、正六位上内舎人で早世した良門の子孫で、醍醐天皇の生母胤子を出した勧修寺流の祖である正三位内大臣高藤の、そのまた異母弟の従四位上右近衛中将の利基から出ている。利基の六男である兼輔が紫式部の曾祖父にあたるが、この人は「堤中納言」と呼ばれた公卿で、『古今和歌集』以下の勅撰集に四五首も入撰した歌人でもあった。後に三十六歌仙の一人に数えられることになる。紫式部の育った邸第は、この兼輔から伝わったものである。兼輔は、女の桑子を更衣として醍醐の後宮に入れ、桑子が章明親王を産むなど、それなりに繁栄を見せた。

そこから繁栄をつづけたかというと、そうはいかなかった。兼輔の一男である雅正は、『後撰和歌集』に七首、入撰しているものの、その地位は従五位下刑部大輔が極位極官で、他に周防守や豊前守といった受領を歴任し、豊前守任期中に任地で死去している。兼輔の妻も雅正の妻も、高藤流(後の勧修寺流)から出ている点が特徴的である。

紫式部の父である為時は、雅正の三男。文章生出身の学者で、『本朝麗藻』に一三首の漢詩を入集しているほか、『後拾遺和歌集』『新古今和歌集』に四首、入撰している歌人でもあった。これも学者としての官のほか、受領を二回、務めている。官歴については、後に詳しく述べることとする。

まあ、藤原北家でも、嫡流を少しでも外れると、このくらいの地位の低下は、一般的なことであった。

生母は早くに死別

母方の方は、これも良房の同母兄の長良の流れを汲む。長良の三男が良房の養子となって従一位摂政関白太政大臣となった基経であるが、その同母弟で六男の清経が紫式部の母方の祖となる。清経は従三位参議と公卿に上っている。清経三男の元名も正四位下参議と公卿に上った。紫式部の外曾祖父である文範は元名の二男。文章生出身ながら従二位中納

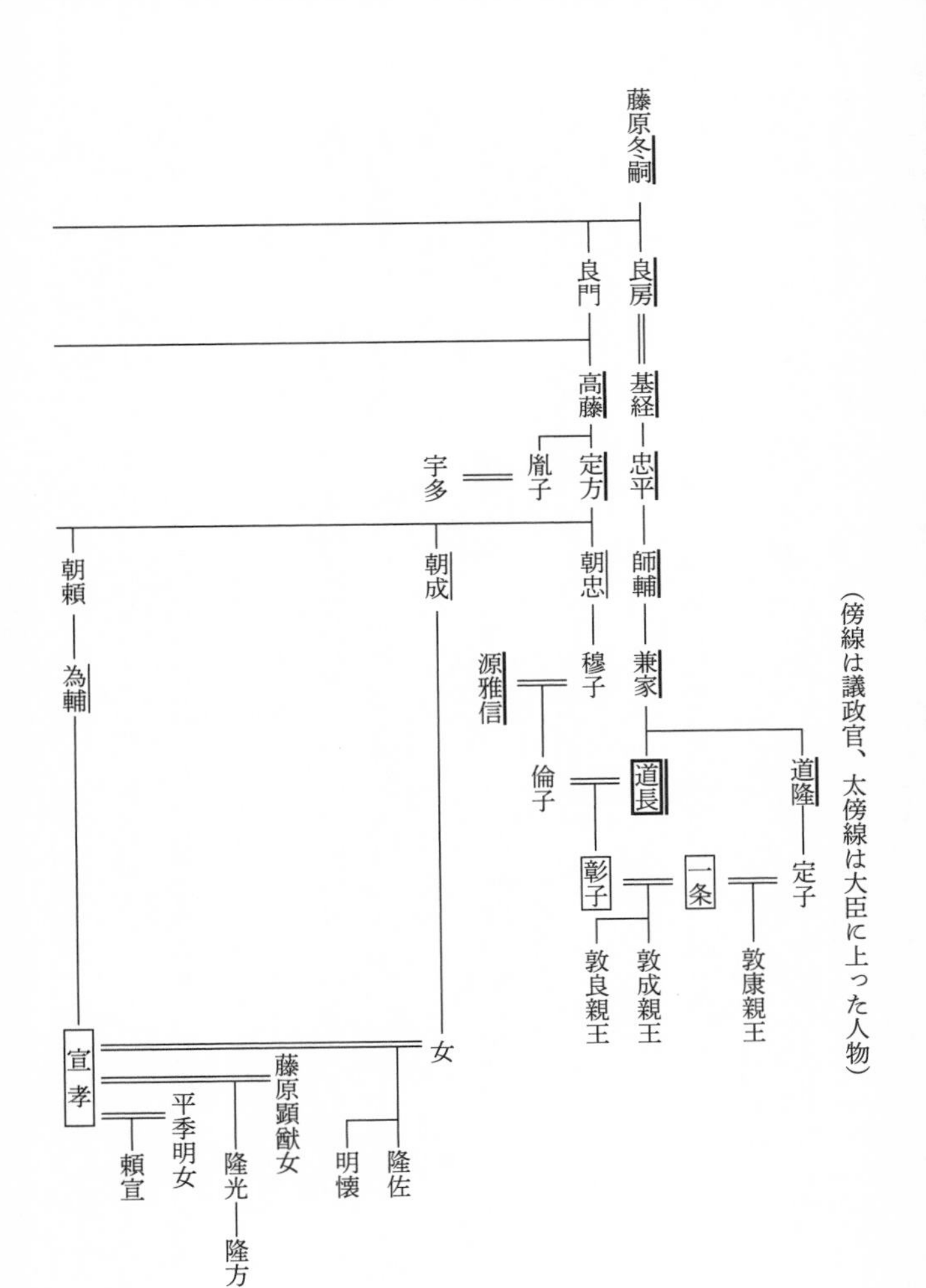
（傍線は議政官、太傍線は大臣に上った人物）
藤原冬嗣
良房
良門
基経
高藤
忠平
定方
胤子
宇多
師輔
朝忠
朝成
朝頼
兼家
穆子
源雅信
為輔
道隆
道長
倫子
定子
一条
彰子
敦康親王
敦成親王
敦良親王
女
宣孝
藤原顕猷女
平季明女
隆佐
明懐
隆光
隆方
頼宣

言にまで上っている。なお、永延二年（九八八）に八十歳となった文範は中納言を辞して二男為雅を備中守に任じるよう申請したのであるが、文範の後任として権中納言に任じられたのが、二十三歳の道長であった（『公卿補任』）。

紫式部の外祖父である文範三男の為信は、従四位下で右少将や右馬頭にとどまった。その女が為時の最初の妻となり、紫式部を産んだ女性である。もちろん、本名は不明であ

長良
基経
清経
元名
文範
為雅
為信
女
利基
兼輔
女
桑子
雅正
女
醍醐
章明親王
為時
女
為頼
惟通
定暹
女子
女子
紫式部
惟規
賢子

る。この人の母親は高藤の妻を出した宮道氏である可能性が高く、そうすると内大臣高藤や右大臣定方たちの姻戚に連なる一族ということになる。

この女性は、紫式部の姉、紫式部、弟（兄という説もある）の惟規を産んだものの早世してしまった。為時が再婚した後も、紫式部たちは為時の後妻とは同居しなかった。為時は紫式部たちの住む邸第から、後妻の許に通ったようである。それがはたして正式な結婚であったか、いささか疑問である。なお、二番目の妻は、惟通と出家した定暹、それに女子一人を産んでいる。惟通は常陸介まで出世し、四位に叙されている（『小右記』）。

紫式部の生年については、天禄元年（九七〇）、天禄三年（九七二）、天延元年（九七三）、天延二年（九七四）、天延三年（九七五）、貞元元年（九七六）、天元元年（九七八）など、さまざまな説がある。いずれも決定的な根拠に乏しく、とても確定できるものではないが、この本ではとりあえず、岡一男説に従って天延元年生まれとして年齢を計算することとする。

為時二女として生まれた紫式部は、早くに生母に死別し、父も後妻の許に通う日々の中で、寂しい幼年期を過ごしたはずである。当時、妻を亡くした男が再婚したり、他の妻の許に通ったりしたことは、よくあることであったとはいえ、自分たちの住む家から新しい妻の許に通う父親の姿が、紫式部の男性観に影響を及ぼしたことも、じゅうぶんに考えられよう。

東京極大路と鴨川の間——紫式部の出生地

なお、紫式部が生まれ育ったのは、曾祖父の「堤中納言」兼輔が残した堤第の半分の敷地であるとされる。兼輔から雅正、そして為頼・為時に伝領された。夫の藤原宣孝を迎えたり、女の賢子を育てたり、里下りして『源氏物語』を執筆したりしたのも、この邸第である。

「源氏庭」（廬山寺）

　堤第は正親町小路の南、東京極大路の東の鴨川堤に位置していた。これは造営当初の平安京としては京外になるが、東京極大路と鴨川の間は早くから開発されていて、紫式部の頃には京内とほとんど同じ状況にあったと思われる。なお、後に道長が婿入りすることになる土御門第は、堤第の南西のはす向かいにあたり、いわばご近所という関係にあった。五男とはいえ摂関家の子息である道長と無官の貧乏学者の女である紫式部が幼少時に顔を合わせた可能性は、ほぼゼロといったところであるが。

当時は「中川のわたり」と称された場所で、現在の梨木神社から追儺式鬼法楽で有名な廬山寺にかけての一町（約一二〇メートル四方）の地になる。堤第を東西に二分割して半町ずつを兄弟で分けたとすると、為時邸は梨木神社か廬山寺のどちらかが、その故地ということになる。南北に分割したり、四分割したりしていれば、さらに複雑であるが。

かつて一九六五年（昭和四十）に室町時代初期の『河海抄』を根拠とした角田文衞氏の「調査」によって廬山寺が紫式部邸第跡と「考証」されて顕彰碑が建てられ、「源氏庭」が造られた。京都の各地にこの種の碑が存在するが、何らかの根拠のあるものもあれば、まゆつばのものもあるので、注意が必要である。これなどは、半分（か四分の一）の確率で当たっているかもしれないのであるから、まだマシといったところであろうか。

2　道長の家系と摂関をめぐる争い

兼家の五男

一方の道長は、藤原兼家の五男として康保三年（九六六）に生まれた。紫式部が天延元年（九七三）生まれとすると、七歳、年長ということになる。母は北家魚名流（山蔭流）の左京大夫藤原中正の女の時姫。同母兄に道隆と道兼、同母姉に一条天皇の生母である詮子と冷泉天皇女御の超子、異母兄に道綱と道義、異母妹に居貞親王（後の三条天皇）妃の綏子がいた。

東三条第模型（写真提供：国立歴史民俗博物館）

　生まれたのは兼家の東三条第。南北二町を占めた東三条第のうち、南側は南院という独立した区画であるが、道長はおそらく、北側の区画で生まれ育ったのであろう。

　この康保三年というのは村上天皇の代で、父兼家は三十八歳で従四位下左京大夫。まだ公卿には上っていない段階であった。その兼家の五男（嫡妻の時姫所生では三男）ということでは、この道長が政権の座に就くなどとは、本人はもちろん、周囲もほとんど考えてはいなかったであろう。

　皇統は村上の後、冷泉系と円融系に分かれ、その

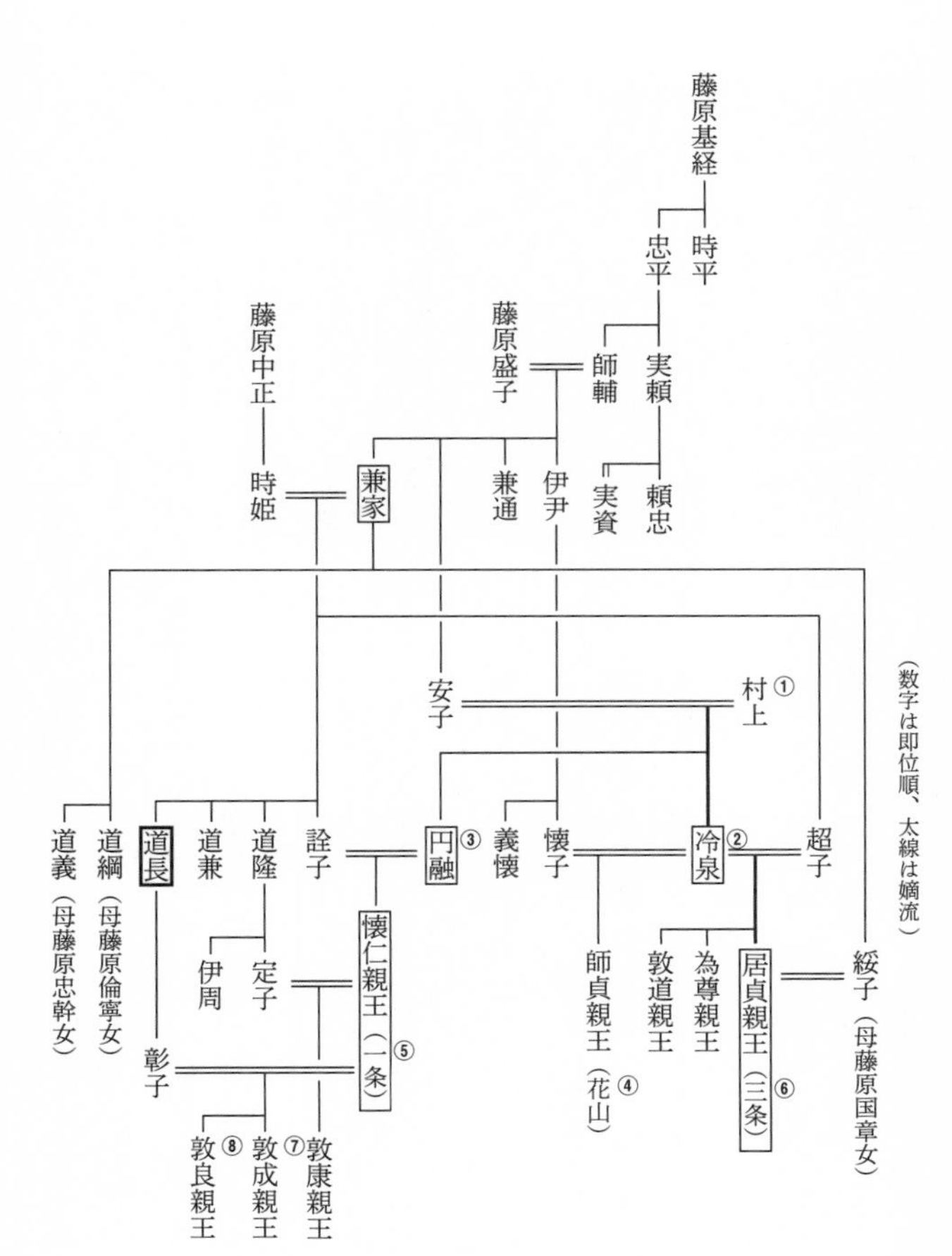
（数字は即位順、太線は嫡流）
藤原基経
時平
忠平
実頼
師輔
頼忠
実資
藤原盛子
伊尹
兼通
兼家
藤原中正
時姫
①村上
安子
②冷泉
超子
懐子
義懐
③円融
詮子
道隆
道兼
道長
道綱（母藤原倫寧女）
道義（母藤原忠幹女）
綏子（母藤原国章女）
⑥居貞親王（三条）
為尊親王
敦道親王
④師貞親王（花山）
⑤懐仁親王（一条）
定子
伊周
彰子
敦康親王
⑦敦成親王
⑧敦良親王

後は交互に皇位に即く迭立状態にあった。村上以降の皇位は、冷泉、円融、冷泉系の花山、円融系の一条、冷泉系の三条、円融系の後一条（一条皇子敦成）というように、交互に天皇位を嗣いでいった。ただし当時は、あくまで冷泉系が嫡流だったのであり、数々の偶然の積み重ねによって、円融―一条系が皇統を嗣いでいくこととなったのである。

兼家権力獲得の道

藤原氏の方にも、いまだ摂関家と呼べるような家系は確立していなかった。基経の後、時平・忠平と兄弟で政権を継承し、忠平の後も小野宮流の実頼と九条流の師輔兄弟が政権を争い、つぎの世代では師輔の子の伊尹・兼通、実頼の子の頼忠、師輔の子の兼家と、両家がほぼ交互に摂関を継承した。

兼家は安和二年（九六九）に参議を経ずに兄の兼通を超越（追い越すこと）して中納言、さらに天禄三年（九七二）には大納言に昇進したものの、同年十月に長兄の摂政太政大臣伊尹が病気のために上表（辞表を提出）すると、兼通は権中納言・内覧となり、さらに伊尹が十一月に死去すると、兼通は関白内大臣となって政務の実権を掌握してしまった。内覧というのは、太政官から天皇に奏上したり、天皇から宣下したりする文書を、あらかじめ内見する、関白に准じる職である。

貞元元年（九七六）、兼家の女である超子が冷泉院の皇子を産むと、兼家が外戚としての地歩を固めるのを恐れ（兼通は女を冷泉後宮には入れられず、円融後宮に入れた媓子は皇子女を産む気配はなかった）、兼通は翌貞元二年（九七七）に小野宮流の藤原頼忠に関白を譲り、兼家を治部卿に左遷したうえで死去した。これ以後、兼家は自邸に引き籠ったという。

しかし、兼通が死去すると、兼家は天元元年（九七八）六月から出仕するようになり、八月には円融天皇の後宮に女の詮子を入れ、十月には右大臣に任じられるなど、ふたたび権力獲得に向けた動きを示すようになった。

道長の幸運

この間、長兄の道隆と次兄の道兼はすでに成人していたが、兼家が逼塞していたせいで、なかなか昇進できなかった。兼家が右大臣に任じられる直前の時点で、二十六歳の道隆は従四位下備中権守、十八歳の道兼は従五位下で散位（位階のみあって官職のない者）に過ぎなかった。それに対し、道長は兼家が不遇であった時期を、出身前の幼少期に過ごし、元服した頃にはすでに兼家は右大臣となっていた。これが道長の昇進に有利にはたらいたことは、言うまでもない。

しかも道隆はすでに藤原守仁の女と結婚し、天禄二年（九七一）に庶長子道頼を、嫡妻高階貴子（たかしなのきし）との間に天延二年（九七四）に嫡長子伊周（これちか）、貞元二年に長女定子（ていし）を、それぞれ儲けていた。道兼もその後、藤原遠量（とおかず）の女や師輔の女である藤原繁子（はんし）との間に子を儲けている。つまり二人とも、早い時期に東三条第を出て他家に婿（むこ）に入っていたのである。

それに対し道長は、年少なうえに（当時としては）晩婚で、かなり後まで東三条第に居住していた。その間、姉の詮子と過ごす時間も長く、二人の間の親密さは、詮子にとっては兄になる道隆や道兼とは比べものにならなかったことであろう。道長が結婚して土御門第に婿入りするのは、詮子が東三条第で懐仁（やすひと）親王（後の一条（いちじょう）天皇）を産んだ七年後、懐仁が即位した翌年のことであった。道長と懐仁も、親しく顔を合わせていたことであろう。

第二章　紫式部と道長の少女・少年時代

1 『紫式部集』という自叙伝

晩年に自撰した家集

紫式部の少女時代は、国文学者の清水好子氏が、『紫式部集』の詞書と歌の内容から復元されている。『紫式部集』は、紫式部が晩年に至って自撰した家集とされる。現存する伝本は大別して定家本系（最善本は実践女子大学常盤松文庫本で、歌数は一二八首）・古本系（代表本は陽明文庫本で、歌数は一一四首。『紫式部日記』中から抄出した一七首の歌を「紫式部日記歌」として補足付載している）の二系統に分かれる。紫式部の少女時代から晩年まで、ほぼ詠作順に歌が編集され、比較的詳細な詞書によって作歌事情が明らかである。紫式部の複雑な精神構造とその人生の推移が構成されているので、それ自体が統一的な作品世界を形成しているとのことである（『平安時代史事典』。秋山虔氏執筆）。

清水氏によれば、その特色は、少女時代に恋人との贈答歌がないこと、そして女友達（受領の女が多い）が顔を並べることであるという（清水好子『紫式部』）。恋人と歌を贈答しない少女や、元恋人との贈答歌を隠したい少女なら、いくらでもいると思うのだが。

歌に詠まれる少女時代

それでは年代順に、両伝本の詞書に留意しながら、紫式部の少女時代をたどっていくことにしよう。和歌番号と原文、現代語訳は、古本系の陽明文庫本を底本とした山本利達校注『紫式部日記 紫式部集』(『新潮日本古典集成』)による。

冒頭に置かれているのは、成人した頃の歌であろう。久しぶりに再会した友人(「わらはともだちなりし人」)の変貌ぶりに驚き、早々の帰宅を嘆く歌である。百人一首(ひゃくにんいっしゅ)に採られているのは、この歌である。

1　めぐりあひて　見しやそれとも　わかぬまに　雲がくれにし　よはの月かな

(久しぶりでやっとお目にかかりましたのに、あなたなのかどうか見分けられないうちにお帰りになり、夜中の月が雲に隠れたように心残りでした)

つづいてその友人の離京(りきょう)を嘆く歌が置かれている。友人の父は(為時(ためとき)とは違って)有能な受領であったと推測され、つぎつぎと任地(「とほき所」)に下向したものと思われる。

2　鳴きよわる　まがきの虫も　とめがたき　秋の別れや　かなしかるらむ

（まがきに力なく鳴く虫も、遠くへ行くあなたを引きとめられない秋の果てのこの別れが、私と同様悲しいのでしょうか）

別の友人とも、別離が待っていた。九州に下向する友人（「筑紫（つくし）へ行く人のむすめ」）が、離京を嘆いたのに対し（6）、それを慰めた返歌がある。

7　西へ行く　月のたよりに　たまづさの　かきたえめやは　雲のかよひぢ

（月は雲の中の通路を西へ行きますが、その西へ行く好便にことづけるあなたへのお手紙が絶えるようなことがありましょうか）

後に述べる学識によって、紫式部は友人の間で相談を受ける立場になっていたのであろう、人生相談はつづく。つぎもおそらく受領に任じられた夫に従って任地（「遥かなる所」）に下向するかどうか悩んでいる友人の歌（8）に対する返歌である。

9　あらし吹く　遠山里の　もみぢ葉は　つゆもとまらむ　ことのかたさよ

（嵐の吹く遠い山里のもみじの葉は、少しの間でも木に止っていることはむつかしいでしょう。そのようにあなたを連れて行こうとする力が強くては、都に留まることは困難でしょう）

その後も悩み事を相談する友人を労（いたわ）る歌がつづく。まさか紫式部がこのような歌ばかり詠んでいたとは考えられないが、家集を編むに際して、こういった記憶が強く印象に残っていたのであろう。恋愛の歌を入れるのを故意に避けたのかもしれないが。

11　霜こほり　とぢたるころの　水くきは　えもかきやらぬ　ここちのみして

（凍（い）てついた霜が流れをとざしているこの頃のような私の筆では、お慰めの手紙も書けない思いがするばかりでして）

などを見ても、他人の気持ちを思いやる紫式部の性格がよく表われている。後に肥前（ひぜん）からの書状が届いた際の返歌も、つぎのようなものであった。

18　あひみむと　思ふ心は　松浦（まつら）なる　鏡の神や　空に見るらむ

鏡神社（藤原広嗣を祀った二ノ宮）

（あなたに逢いたいと思う私のこの心は、そちらの松浦に鎮座ましますす鏡の神様が空からご覧になっているでしょう）

後年、この鏡神社を詠み込んだ歌は、『源氏物語』の中に登場させることになる。なお、この友人の父（肥前守）は平貞盛の一男の維将とされている。藤原実資や道長の家人としても活動し、後に北条氏が先祖と称した人物である。維将の妻は雅正の女で、紫式部にとって父方の伯母にあたる。この従姉妹にあたる友人は肥前で死去している。

2　道長の元服と任官

十五歳で叙爵

道長は天元三年（九八〇）正月七日に冷泉院の御給で、十五歳で従五位下に叙爵された（『公卿補任』）。この頃、元服したのであろう。御給（この場合は年爵）というのは毎年の叙位の際に所定の人員の叙爵を申請する権利を与える制度で、年爵の権利を与えられた給主（天皇・上皇・東宮・皇后・公卿など）は、自己に叙権を与えられた位について希望する者を募り、応募者をそれぞれの位に申叙して、その間に爵料という収入を得る制度である。

この年、兼家は五十二歳で右大臣。五十七歳の関白太政大臣藤原頼忠、六十一歳の左大臣源雅信に次ぐ地位にあった。この年の六月一日、兼家の女である詮子が円融天皇の唯一の子である懐仁親王（後の一条天皇）を産んだ。やがて兼家の世が訪れることになるであろうことは、じゅうぶんに予測できるところだったであろう。

道長が古記録にはじめて登場するのは、天元五年（九八二）正月十日に昇殿を申請して聴された際の『小右記』の記事である。昇殿というのは、内裏清涼殿南廂の殿上間に伺候する天皇側近の殿上人となることである。この時は藤原実資によって、「右大臣の子道長」と記録されている。頼忠の言葉をそのまま記載したのであろうが、前年に蔵人頭に補された二十六歳の気鋭の実資にとっては、十七歳で兼家の五男に過ぎない道長などは、呼び捨ての対象だったのであろう。なお、『公卿補任』では、叙爵された直後の天元三年正月十日に昇殿が聴されたことになっているが、これは年次の間違いであろう。

ただし、同じ日の記事で、頼忠が道長について、「昇殿を申請した者は、道長はこれは上臈(兼家)の子です。そしてその息(道隆・道兼など)は、多数おります。また、その例は無いわけではありません」と、円融天皇の諮問に奉答したことを、実資は記録している。実資は道長がこれからどれだけ昇進して、どれほどの権力を手に入れるのか、どれくらい予測していたのであろうか。

「賢人右府」藤原実資

ここで後に紫式部と深く関わることになる実資について、簡単に触れておこう。実資は参議藤原斉敏の子として天徳元年(九五七)に生まれ、祖父である関白藤原実頼の養子となった。母は藤原尹文(藤原南家貞嗣流、大納言道明の子。従四位上播磨守)の女。道長よりも九歳、年長ということになる。円融・花山・一条と三代の天皇の蔵人頭に補されるなど、若くから有能ぶりを発揮した。忠平嫡男の実頼を祖とする小野宮家の継承者として、朝廷儀式や政務に精通し、その博学と見識は道長にも一目置かれた。治安元年(一〇二一)、ついに右大臣に上り、「賢人右府」と称された。頼通にもあつく信頼され、政務や儀式を主宰したが、永承元年(一〇四六)に九十歳で死去した。

実資の日記である『小右記』は、『野府記』とも称される。逸文を含めると、二十一歳の貞元二年（九七七）から八十四歳の長久元年（一〇四〇）までの六十三年間に及ぶ記録で、当時の政務や儀式運営の様子が、詳細かつ精確に記録されている古代史の最重要史料である。

話を戻すと、天元五年正月十日の朝、六位蔵人の藤原宣孝が勅使として実資の許に来て、「今日、女叙位がおこなわれるから参入するように」という円融の言葉を伝えた。これを承けた実資は、「叙位・除目（官職任命の政務的儀式）は、すでにこれは重事である。天皇の仰せを承けた蔵人頭が来て、命じるべきであろう。事は頗る違例である」と非難している。この宣孝が、後に紫式部と結婚することになる。

目立った昇進ではなかった道長

それはさておき、その後、道長は永観元年（九八三）正月二十七日に侍従、永観二年（九八四）二月一日に右兵衛権佐に任じられたが（『公卿補任』）、その昇進は格別に目立ったものではなかった。

寛和元年（九八五）二月二十一日におこなわれた堀河院御遊では、引出物（饗宴に出席した貴人や、元服などの儀式に重要な役を務めた人に、主人側から贈られる高価な禄）の馬四疋を牽いてきて騎る役を、道綱とともに演じている。他の二疋は随身（摂関や近衛将の身辺警護に当たる武官）の尾張兼時と下毛野重行といった、いわばプロが騎ったのであるから、道長の乗馬の技量はそれなりのものだったのであろう。ただし実資は、「今日の引出物は、如何なものか。未だその意味がわからない」と非難している（『小右記』）。

第三章　花山天皇の時代

1　為時の「出世」

出世の道を閉ざされた大学出身者

紫式部の父である藤原為時は、学問的には文章博士菅原文時（道真の孫）門下の逸材であった。天徳四年（九六〇）三月三十日に清涼殿でおこなわれた女房歌合（女房を左右に分けて和歌一首ずつを組み合わせ、優劣を争う文学的行事）に、左方の念人（世話役）の童の一人として、道隆たち六人とともに名前が見える（『内裏歌合』）。

ただし、たとえ大学で優秀な成績を収めたとしても、それが高位高官に結びつくものではなかった。公卿の子弟などは父祖の蔭位（父祖の位階によって子孫も位階を叙される制度）によって元服直後に位階を叙され、官人に任じられたので、はなから大学などには行かなかった。しかも、大学に入った者も、高年に至ってやっと卑官にありつき、せいぜい学者（最高が文章博士）や中下級官人（最高が式部大輔）にしかなれなかった。それでもたいへんな習練と試験（試判）を経なければならなかったのである。大学出身者は公卿への出世の道はほぼ閉ざされ、文人としての名声を得たとしても、それは現実社会における地位や、まして収入に結びつくものではなかったのである。

その後、為時は安和元年（九六八）十一月十七日に、「播磨権少掾為時の任符は、本任の放還を待たずに請印させよ」と命じられているから（『類聚符宣抄』）、それ以前にも何らかの地方官に任じられていたことが推測される。播磨権少掾は播磨国の第三等官の権官であるが、実際に任地に赴任したかどうかは不明である。

その任期が終わった後は、無官の六位で過ごしたようである。当時は位階にともなう給与が十全に支給されていなかったから、紫式部など一家の人たちはどうやって生活していたのだろうと、他人事ながら心配になってくるが、有名な文人ゆえ、詩会や歌会に召されることもあったであろう。その際に下賜される禄が、重要な収入源になっていた可能性は高い。なお、先ほど挙げた女房歌合における地下人の禄は、疋絹（二反ずつ巻いた絹）であった。紫式部が生まれたのは、播磨権少掾の任期が終わった頃のことであろう。

花山天皇の即位

為時に運がまわってきたのは、藤原義懐、および義懐を外戚とする東宮師貞親王（後の花山天皇）との関係によるものであった。師貞の生母は伊尹長女の懐子、義懐は伊尹の五男である。義懐の妻の一人は文範二男の為雅の女で、為時の妻である文範三男の為信の女とは従姉妹にあたる。この関係で為時は義懐に接近できたという推測もある（今井源衛『紫式部』）。

　冷泉天皇の第一皇子であるとはいえ、すでに外祖父である伊尹や生母の藤原懐子、その同母弟（師貞の外舅）の挙賢や義孝が死去している師貞親王の後見は弱く、権力基盤がきわめて脆弱であることは、誰の目にも明らかであった。しかし、長い無官暮らしの為時には、それを見極める余裕などなく、わずかなコネに飛びついてしまったのであろう。

　貞元二年（九七七）三月二十八日におこなわれた東宮師貞親王の読書始において、為時は尚復（講師を補佐し、復唱する役）を務めた（『日本紀略』）。ただ、ここではいまだ「文章生藤原為時」とあり、三十歳近い年齢でありながら、まだまだ学生扱いをされていたのであった。

　ただし、この関係がやがて為時につかの間の「出世」とその後の暗転をもたらすことになる。永観二年（九八四）八月二十七日、円融天皇が退位して東宮師貞が践祚（天皇の位を承け継ぐこと）し、花山天皇となったのである。円融の退位の背景には、兼家との対立を想定する考えが有力であるが（目崎徳衛『貴族社会と古典文化』）、それに加えて、円融は譲位と引き替えに懐仁親王を立太子させ、一代限りという情況にピリオドを打ったという側面も考

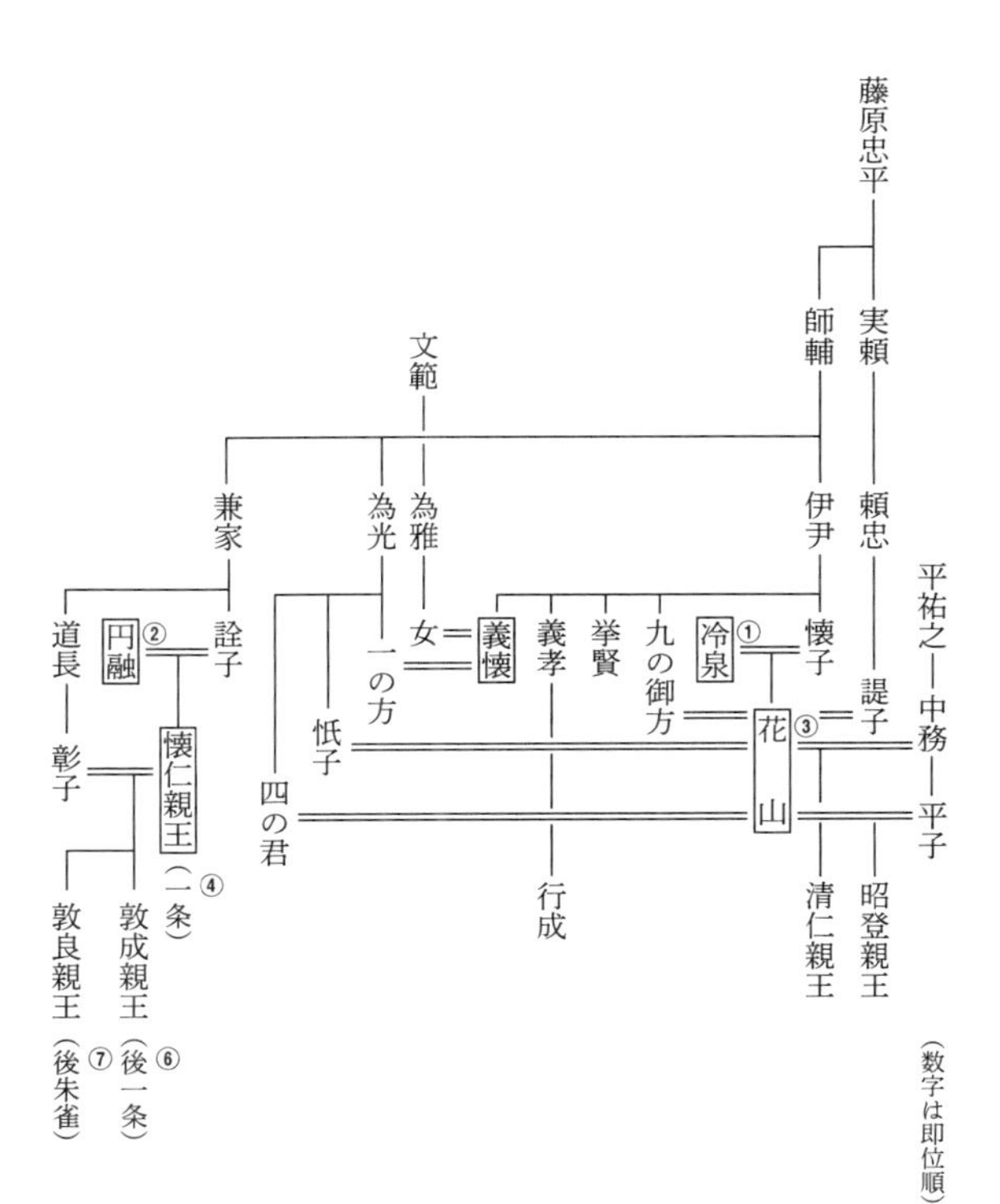

藤原忠平
実頼
師輔
頼忠
伊尹
文範
為雅
為光
兼家
平祐之
中務
平子
提子
懐子
冷泉①
花山③
九の御方
挙賢
義孝
義懐
女
一の方
忯子
四の君
行成
清仁親王
昭登親王
詮子
円融②
懐仁親王（一条）④
道長
彰子
敦成親王（後一条）⑥
敦良親王（後朱雀）⑦
（数字は即位順）

えられる（沢田和久「円融朝政治史の一試論」）。

花山の時代は、成人の天皇・ヨソ人の関白（藤原頼忠）・地位の低い天皇の外戚（藤原義懐）・大臣ではない天皇の姻戚（藤原為光）という複雑な権力構造を呈していた。引きつづき関白となった頼忠は政務に携わることができず（『小右記』『公卿補任』『大鏡裏書』）、義懐主導の新政が実現した。

公卿たちの不満

為時はもともと、花山や、その外戚の義懐や側近で文章生出身の藤原惟成と接近していた。彼らに引き立てられたであろう為時は、はじめて正式な官に任じられた。『小右記』の十一月十四日条に、女御藤原忯子の直廬（宮廷内に与えられた個室）における侍臣の酒饌に際して、召しに応じなかった侍臣として、実資や惟成などとともに、「式部丞為時」の名が列挙されているのである。式部丞というのは人事や学問を扱う式部省の第三等官で、（下級官人にとっては）顕官と称され、学者出身者の出世コースになる。あるいはこの時、「侍臣」とあるから、すでに六位蔵人に補されていたのかもしれない。後年、紫式部の女房名「藤式部」のうちの「式部」は、この時の為時の官名から付けられたものであろう。

花山の即位後、八月二十七日と十月十七日に蔵人を補したことが見えるが（『日本紀略』

『小右記』)、このいずれかの時に為時は六位蔵人に補されたのであろう。六位蔵人は六位ながら殿上人として天皇の側近に侍す職である。なお、十月十七日には、左衛門尉の藤原宣孝が、同じく六位蔵人に補されている(『小右記』)。為時と後に紫式部の夫となる宣孝の直接的な接点は、このあたりからはじまっているのであった。

ついで十二月八日、内御書所(宮中の書籍を保管し、書籍の書写蒐集をおこなう令外官)の所衆について定めた際、「蔵人式部丞為時」は右中弁菅原資忠とともに別当として内御書所のことを掌ることとされた(『小右記』)。

その後も、寛和元年(九八五)正月五日の東宮(懐仁親王)大饗において、出席者の見参簿を渡すよう、実資に命じられたり、正月十八日の賭弓で「的論」(誰の矢が当たったかの議論)があった際に、これも実資に命じられて、的所に差し遣わされて当たったかどうかを実検させられている。初度は宣孝、次度は為時が差し遣わされたとある(『小右記』)。

三月十一日には、石清水臨時祭を穢によって延引することを、実資に命じられて為時が花山に奏上し、四月二十五日には、陸奥国司の貢馬を留めておくことを、花山の意向によって仰せ遣わしている。十月二十五日には、大嘗会御禊の殿上留守を、藤原道兼や宣孝とともに命じられている(『小右記』)。

寛和二年(九八六)二月十六日には、列見(式部・兵部二省の輔が、六位以下に叙す選に入った官人を引率し、太政官に参上して列立し、大臣がこれを点見する儀）に際して、「（式部）大丞藤原為時」は式部少輔たちとともに選人を率いて参入している（『本朝世紀』）。あるいはいつの時点かで、少丞から大丞に昇進したのであろうか。また、この年の春、（村上天皇の第七皇子である）具平親王の桃園第で開かれた詩宴で、惟成たちとともに、慶滋保胤の出家を惜しんだ序を、為時が作っている（『本朝麗藻』）。

このように、為時も順調に蔵人の務めを果たし、花山の新政も進んでいたのであったが、このような政治情況を好ましく思っていなかったのは、右大臣の兼家や公卿層に共通する認識であったに違いない。この時期、公卿や太政官官人の不参や遅参によって外記政（太政官候庁＝外記庁における公卿聴政）が中止されたことを伝える記事が頻出するのも（『本朝世紀』）、そういった雰囲気の表われであろう。

特に兼家としてみれば、すでに成人している花山が、関白頼忠の女である諟子、あるいは為光の女である忯子から皇子を儲け、冷泉皇統内部における超子所生の皇子（居貞・為尊・敦道）の比重が低下するのを恐れていたであろう。個性的な政治を主導しはじめている花山や、積極的な政治を推進して短期間のうちに蔵人頭・参議・権中納言と異数の昇進をはじめた義懐の存在も気に障っていたはずである。

2　紫式部と漢籍

父の嘆き

この時期のことなのであろう、紫式部が少女時代を追想した有名な逸話が、『紫式部日記』に残されている。弟の惟規が父為時から漢籍を習うのを側で聞いていた紫式部は不思議なほど理解が早く、この子が男の子だったならと、父がいつも嘆いていたというものである。自分で書いているのだから、おそらくは本当にあった話なのであろう。なお、現代語訳は『新編　日本古典文学全集』による（以下同じ）。

> 私の弟の式部の丞（惟規）という人が、まだ子供の頃に漢籍を読んでいましたとき、私はそれをそばでいつも聞き習っていて、弟が読み覚えるのに手間どったり忘れたりするようなところでも、私は不思議なほど早く理解しましたので、学問に気を入れていた父親は、「残念なことに、この娘が男の子でなかったのは、まったく幸せがなか

ったのだ」と、いつも嘆いておられました。

まだ惟規は幼かったのであろうし、いったいに女子の方が早熟であることを考えると、年長の紫式部の方が優秀に見えたのも、無理からぬところである。まして姉が希代の天才紫式部、父が一流の学者為時だったのであるから、惟規もさぞやたいへんだったであろうと、同情を禁じ得ない。惟規自身の能力の限界と放逸な性行も、やがて明らかになってくるのであるが、それとても天才を姉に持ったことが影響している可能性も考えられよう。

なお、惟規は歌才には恵まれていたようで、勅撰集には『後拾遺和歌集』以下に一〇首、入集しているし、家集に『藤原惟規集』がある。

未婚時代に吸収された知識

それはさておき、『源氏物語』への引用を想起するまでもなく、紫式部の恐るべき漢籍の知識は、この時期以来、培われてきたものと考えて間違いなかろう。後に述べるように、花山天皇の退位以来、為時は暇を持て余していたであろうから、惟規や紫式部に漢籍を講じる機会も多かったはずである。

今井源衛氏の集計によれば、『源氏物語』の引歌や引詩の材料に用いられた文献は、漢籍が『白氏文集』『史記』『文選』以下一三種、仏典が『法華経』以下六種、歌集が『古今和歌集』以下四一種、物語・日記が三種、史書が『日本書紀』、歌合が二種、その他に歌謡集があり、ほとんどは長い未婚時代に吸収されたものであるという。それは清少納言のように断章取義的な知識のひけらかしをするのとは違い、紫式部は全体の詩情をよく理解したうえで、それをうまく生かしているとのことである（今井源衛『紫式部』）。

また、「はかなき物語」の感想を友人と文通で論じ合っていたという記述も、『紫式部日記』に見える。直接的には寡婦時代のことを記しているが、これも少女時代からのことなのであろう。この「物語」には、紫式部自作の習作も含まれていたことであろう。

ついでに言えば、紫式部の和歌を詠む能力も、私は秘かに尊敬している。それは『紫式部集』に収められた歌もさることながら、『源氏物語』のさまざまな場面で、さまざまな個性を持たせた多くの登場人物が、その場に相応しい和歌を詠んでいることである。ある人の集計では全巻で七九五首に及ぶという。いったいそんなことが一人の作者の手でできるものだろうかと、『源氏物語』を読むたび、いつも感心している。

紫式部のこれらの才能は、あるいは為時の口をとおして、宮廷社会に広まっていたのかもしれない。六位蔵人の同僚である宣孝の耳には、当然のこと入っていたであろう。

第四章　一条天皇の即位

1　為時の逼塞

花山天皇の出家入道

寛和二年（九八六）六月二十三日の丑剋（午前一時から三時）のことであった。花山天皇が秘かに清涼殿を出て、縫殿陣（朔平門）に用意してあった車に、藤原兼家三男の道兼と同乗し、東山の元慶寺に着くと、すぐさま出家入道させられた（『日本紀略』『本朝世紀』）。藤原義懐と藤原惟成も後を追って出家した（『日本紀略』『公卿補任』）。

それより先に、神璽宝剣は兼家二男の道綱によって凝華舎に移され、東宮懐仁親王に献上された（『扶桑略記』『百練抄』『日本紀略』）。兼家は内裏に参入して諸門を固め、譲国（東宮に皇位を譲ること）の儀をおこなった。それは譲位宣命の宣せられない、異例の「譲位」であった（『中右記』）。七歳の一条天皇の誕生である。この一条天皇が、紫式部、そして為時、もちろん道長と深く関わっていくことになるのである。

円融上皇の詔によって兼家は摂政となり（『葉黄記』）、念願の政権の座に就いた。しかも、藤原良房以来、二人目の外祖父摂政である。五十八歳になっていた兼家にとっては、花山の譲位、あるいは死去までは、とうてい待ちきれなかったのであろう。

花山が退位した後、為時は一気に不遇となり、道長政権下の長徳二年（九九六）の除目まで、十年間も無官のままであった。蔵人は天皇の代替わり毎に変わるので、当然、停任となった。式部丞は辞めなくてもいいようなものであるが、六位蔵人にともなう式部丞任官だったであろうから、こちらの方も停任となったのであろう。

それどころか、詩会や内宴も含め、一切の史料に姿を現わさないのである（この時期、古記録に見える「為時」は大内記巨勢為時である。他にも清原・豊原・越智・惟宗・高階・三善氏の為時が古記録に出てくる）。あまりに花山やその側近に接近しすぎたことが、兼家に疎んじられたためである。

この後、為時は、学者らしい清貧の生活の中で、学問や詩作に専念していたようで、学者肌で生一本、非社交的な性格も、これまた学者らしい。このような性格が不遇の一因となっていることも事実であろう。受領に任じられても、任国で巨富を蓄えるといった能力があったとも思えない。

ただ、この為時の性格や生活態度が、幼年時の紫式部に少なからぬ影響を与えたであろうこともまた、疑いようのないところである。詩会にも召されないとなると、経済的には大丈夫だったのだろうかと、そちらの方は心配なのであるが（具平親王の家司だったという考えもあるが、いかほどの収入になったことか）。

道長の急速な昇進

その一方で、兼家が一条の摂政の座に就くや、道長は急速に昇進をはじめた。この年、道長はまだ二十一歳。兄たちが兼家の雌伏期間中に青年期を過ごしたのに対して（この年、すでに道隆は三十五歳、道兼は二十七歳）、道長は若年で父の全盛期を迎えることができ、末子であることがかえって有利にはたらいたことになる。

寛和二年のうちに、七月二十三日に五位蔵人、八月十五日に少納言、十月十五日に左少将を歴任し、翌永延元年（九八七）九月四日に左京大夫に任じられ、九月二十日に従三位に叙されて非参議公卿となった。この時点で実資を抜き去ったことになる。

この間、永延元年四月十七日の賀茂祭では、右中将道綱と左少将道長が車に乗ったまま車前を通ったというので、右大臣藤原為光の従者多数が二人の車に投石をおこなうという事件が発生した。二人は父の兼家に訴え、五月二十一日に為光が二人に釼を贈ることで決着している（『小右記』）。道長もまだ若く、兼家の子という存在であったのである。

道長は永延二年（九八八）正月二十九日には参議を経ずに、一挙に権中納言に任じられた。公卿議定に参加できる議政官ということになる。参議を経ていないということは、陣定における定文の執筆など、実務はほとんど経験することなく、儀式の上卿（諸公事を上首として指揮する公卿）を務める上級公卿の地位に上ってしまったことになる。これ以降、実資は道長のことを、「新中納言」と官職で呼称するようになる（『小右記』）。

十二月四日には式部省試（式部省のおこなう大学寮紀伝道の擬文章生が受ける試験）に関わって「勇堪の従者」を放ち、式部少輔橘淑信を捕え搦めて、車に乗せずに徒歩で連行している。「天下の人が嘆いたところである」というのは（『小右記』）、道長の性急な性格を非難しているのであろう。この年、道長はまだ二十三歳、血気盛んな若者であった。

永祚元年（九八九）に入ると、『小右記』に道長に関する記事が増えてくる。正月十四日の御斎会内論義では、他の公卿とともに泥酔してなかなか参らず、一条の御前において喧嘩（うるさく騒ぐという意味か）をおこない、兼家を怒らせている。

四月二十八日におこなわれた兼家邸の競馬では、道長は衣を脱いで乗り手に下賜している（『小右記』）。気前よく人々に禄を下賜するという後年の道長の特徴がすでに現われている記事である。十一月十三日に殿上人の小食を道長が調達している（『小右記』）のも同様である。これも後年、道長は公卿によく夜食を振る舞ったりしている。

六月二十四日には、道長の同母姉で一条の生母である詮子が病悩して危篤となり、雲林院に定覚を召す使者として、道長が派遣されている（『小右記』）。この時に詮子にもしものことがあったら、道長の未来もきっと違ったものになっていたことであろう。

正暦元年（九九〇）の五月八日には、病の篤くなった兼家が道長の長兄で三十八歳の道隆に関白の座を譲り、七月二日に六十二歳で死去した。

この年の正月二十五日には道隆長女で十五歳の定子が十一歳の一条の後宮に入内していたが、道隆は十月五日に、円融の中宮であった頼忠の女の遵子がいるにもかかわらず、遵子を皇后として、定子を中宮に立てた。本来、中宮というのは皇后の別称、もしくは三后（太皇太后・皇太后・皇后）の総称だったのであるが、ここに皇后と中宮の地位が分離したことになる。もちろん、遵子と定子は別の天皇の后であるが、道長は後にこの手を一人の天皇の后に対して使うことになる。道隆は道長を定子の中宮大夫に抜擢したが、道長は何か含むところがあるのか、重服（重い服喪）ということで立后の儀に不参した（『小右記』）。

その一方で、道長の長女である彰子が、十二月二十五日に着袴の儀を迎えた（『小右記』）。ようやく数えで三歳に過ぎない彰子と定子を比べて、道長は何を思ったであろうか。

正暦二年（九九一）九月七日には、道長は四人を超越して権大納言に任じられたが、残念ながら『小右記』はこの日の記事を欠いている。代わりに藤原行成の『権記』の写本がこの日の任大臣の儀の記事から伝わっているが、行成が記した任官宣命には、何故か道長の名は載せられていない。行成の記憶から、道長は抜けてしまったのであろうか。
ともあれ、そのまま道隆政権がつづけば、道長はたんなる関白の弟の公卿として、脇役をつづけていたはずである。

道長と姉・詮子

この年の九月十六日に、詮子は出家して東三条院の院号を得た。はじめての女院である。そして詮子は十一月三日に道長の土御門第に行啓し、ここを御在所として過ごすようになった（『小右記』）。詮子と道長との緊密な関係が公卿社会に認知されたであろうし、それは先々の政権交代に大きな影響を及ぼすこととなった。

正暦三年（九九二）四月二十七日には、一条は詮子の許に朝覲行幸（天皇が上皇や皇太后の御所に行幸すること）をおこなったのであるが、その行幸先もまた、道長の土御門第であった（『権記』）。この時には、道長は「土御門第の家主」として従二位に叙されている。

正暦五年（九九四）八月二十八日、道隆は嫡男の伊周を、三人を超越させて、わずか二十一歳で内大臣に任じた（『権記』）。これで道隆は後継者を定めたことになる。ただし、公卿社会や詮子の意向は、また別のところにあったことであろう。この年、道長は権大納言、二十九歳であった。

2　道長の結婚

宇多天皇の三世孫・倫子

ここで道長の結婚について、まとめて述べておこう。珍しいことに、道長が左大臣源雅信の長女で、宇多天皇の三世孫にあたる倫子と結婚した日は、わかっている。『小右記』長元二年（一〇二九）九月二十日条に、

永延元年十二月十六日、火平・甲辰・大歳対・月殺方〈云々。納財に吉。〉に、左京大夫道長が、左府（雅信）の女（倫子）に通婚した。この嫁娶の日は、すでに月殺方であった。忌避することはないのではないか。大幸は、あの家から開いた。

とあるのである。実資が道長の結婚の日を記録しておいてくれていたのであった。月殺方というのは、陰陽道で特定の方角に向かって服薬させたり治療したりしてはならないとす

る方角のことで、本来はあまり縁起のいい日ではなかった。しかし、道長は倫子と結婚したことによって運が開け、この日を忌避することはないという文脈である。続く『小右記』の記事が、「大幸は、あの家から開いた」と記すのも、当然のことなのであった。

また、藤原頼長の記録した『台記別記』久安四年(一一四八)七月三日条にも、

先例を勘申したところ、……鷹司殿(倫子)は、御堂(道長)と結婚した〈永延元年十二月十六日。〉。陽将日であった。君臣に、すでに吉例が有る。


とある。陽将日というのは陰陽道で婚姻を忌む日とされたが、頼長は道長と倫子の結婚を縁起のいい例として記録しているのである。

倫子は道長より二歳年上で、この永延元年(九八七)、道長二十二歳、倫子二十四歳と、当時としては二人とも晩婚であった。兼家の五男で左京大夫に過ぎなかった道長が、何故に左大臣源雅信の女である倫子の婿となることができたのかはわからない。天皇(この年、八歳)も東宮(この年、十二歳)も、倫子と結婚するには若すぎたことも原因であろう。

雅信はむしろ摂関家の男を婿に取りたかったのかもしれないが、道隆や道兼は倫子が適齢期の頃にはまだ地位が低く、結局は道長まで待たされたということであろうか。

土御門第故地（仙洞御所北池）

いずれにせよ、倫子と結婚したことによって、道長の運は開け、宇多源氏の高貴な血と雅信の政治的後見と土御門第を手に入れることができたのである。また、漢詩好きな道長が土御門第の近所に住む為時のことを意識することはあったであろう。父母ともに倫子の遠い血縁とはいえ、紫式部が道長の結婚を知ることはなかったであろうが。

倫子は、永延二年（九八八）に彰子、正暦三年（九九二）に頼通、正暦五年（九九四）に妍子、長徳二年（九九六）に教通、長保元年（九九九）に威子、寛弘四年（一〇〇七）に嬉子と、二人の男子と四人の女子を出産した。嬉子を産んだのは、何と四十四歳のときのことであった。男子が少ないことによって次世代の後継者争いを最小限に食い止め、女子が多いことによって入内する「后がね」を多く擁することができたことになる。

このうち、男子二人は、昇進ももう一人の「妻」である源明子所生の男子より早く、二人とも関白に至っている。また、道長から邸第を譲られるなど、あきらかに優遇を受けている。女子四人も、天皇、または東宮のキサキとなっており、早くに死去した嬉子をのぞいては、いずれも立后している。そしてこの四人も、道長から邸第を譲られている。

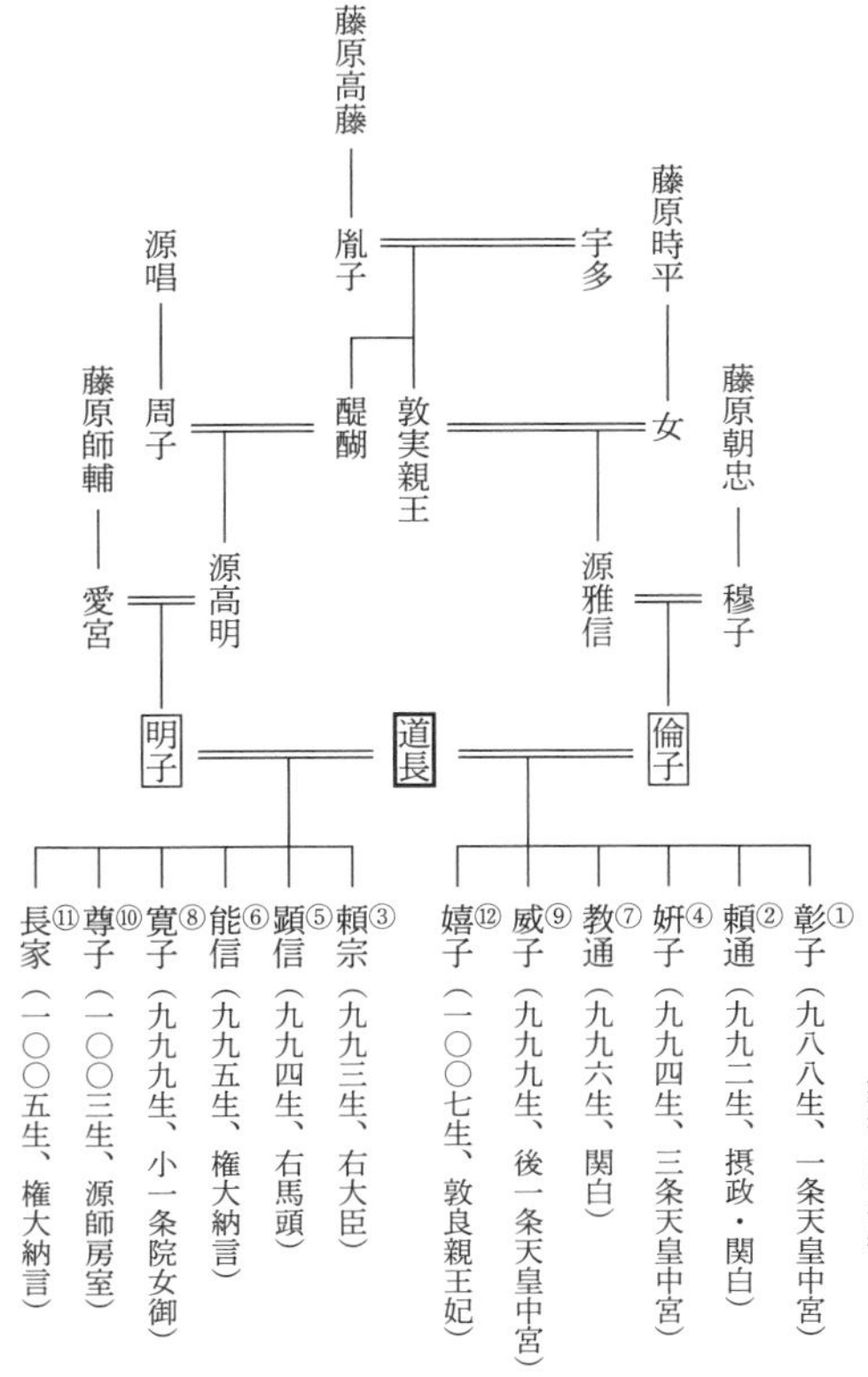

倫子自身も位階を進められ、寛弘五年（一〇〇八）にはついに従一位に達した。長暦三年（一〇三九）に出家し、天喜元年（一〇五三）、九十歳の長寿を得て死去した。

なお、道長は『御堂関白記』において、倫子のことを主に「女方」という語で表記している。『御堂関白記』に「女方」という語は四六一回見られるが、そのうち倫子を示すものが三〇七回である。年上で天皇三世孫、しかも自分より高位の倫子に対して、宮仕え女房と同じ呼称をするとは、まさに道長の面目躍如といったところであろう。

また、外孫敦成親王が誕生した寛弘五年の記事から、倫子を「母（母々・波々）」とも記しはじめているのは、倫子に対する道長の意識の推移をうかがうことができて興味深い。

もう一人の「妻」

つぎに道長の他の配偶者についても、ここで述べておこう。平安貴族というと、妻問婚による一夫多妻を思い浮かべる人も多いと思うが、実際には彼らは嫡妻と同居していたのであり（というより、その女性の家に婿入りしたのである）、一時期には妻は一人しかいなかった人がほとんどなのである。

道長ほどの権力者であっても、配偶者は倫子と明子しか確認できないし、正式な妻となると倫子だけである。他に関係のあった女性として、源重光の女や源扶義の女、藤原為光四女儼子・同五女穠子の名が挙がり、重光女は七男長信（東寺法務僧正）を産んでいるが、日常的な夫婦関係にあったわけではない。

いま一人の配偶者である源明子は醍醐天皇の孫で、父は左大臣源高明であるが、明子が五歳であった安和二年（九六九）、高明が大宰権帥に左遷されるという安和の変が起こった。明子は叔父にあたる高明同母弟の盛明親王に養われ、「宮の御方」とか「明子女王」とも呼ばれた。盛明の死後は詮子に引き取られた。道長よりも一歳年上である。

道長との結婚も、詮子の縁であることが推定される。その時期は、道長と倫子の結婚の少し後であったと思われる。ただし、倫子との婚姻が正式な婿取りであったのに対し、後見のない明子との結婚は、当初から異なる様相を呈していたはずである。

明子は正暦四年（九九三）に頼宗、正暦五年に顕信、長徳元年（九九五）に能信、長保元年（九九九）に寛子、長保五年（一〇〇三）に尊子（隆子）、寛弘二年（一〇〇五）に長家と、四人の男子と二人の女子を産んだ。これも長家を産んだのは四十一歳のときのことであった。こちらも八十五歳の長寿を得ている。

正暦三年に倫子が頼通、正暦四年に明子が頼宗を産んで以来、二人はほぼ交互に子女を出産しており、道長はこの二人を、少なくとも子女を産む配偶者としては、同格に扱っていたことがわかる。

ただし、倫子所生の子女とは異なり、頼宗が右大臣に上った以外は、能信と長家は権大納言にとどまり、顕信は右馬頭で出家している。女子も、寛子が東宮の地位を降りた小一条院（敦明親王）の女御、尊子が頼通養子の源師房室となっていて、明らかな差異が見られる。『小右記』では頼通のことを「当腹」、頼宗のことを「外腹」と称したりしている。なお、明子所生の子女には、道長は邸第を伝領させることもなかった。

『御堂関白記』では、明子のことを「女方」と呼称した例は一例しかなく、たいていは「堀河辺り」とか「近衛御門」など、居住していた邸第の所在地で呼称している。同居していない明子については、わざわざその邸第まで出向かなければ会えないのであり、所在地で認識しているのは、当然といえば当然ではある。だいたい、『御堂関白記』には明子は三六回と、倫子の三五三回のおおよそ十分の一くらいしか登場しないのである。

もっと意外なことは、『御堂関白記』に明子がはじめて登場するのは、寛弘二年八月二十日条、明子にとっての最後の子である長家が生まれた日の、「堀河辺りに産事が有った。男子」という記事なのである。その記述の素っ気なさもさることながら、それまでに五人の子を成している明子について、まったく記載がなかったとは、信じられない思いである。これは『御堂関白記』を記録する具注暦が倫子も住む土御門第に置いてあったためかとも考えている。

第五章　それぞれの転機

1　紫式部の「恋の歌」

方違の男

『紫式部集』に少女時代の恋愛に関する歌が見られないからといって、結婚するまで紫式部に恋愛沙汰がまったく存在しなかったかというと、そういうわけでもないようである。『紫式部集』には、紫式部が詠んだすべての歌が収録されているわけではないし、紫式部が結婚前の恋愛沙汰をすべて封印したかったのかもしれないのである。

恋愛沙汰をほのめかしている唯一の事例として、「方違（忌避しなければならない方角を避けて他所に移ること）に為時邸にやって来た人が、「なまおぼおぼしきこと」（真意のわかりかねる言動）があって、帰ってしまったその朝早くに、こちらから朝顔の花を送ろうと思って」という詞書の後に、つぎの歌が収められている。

4　おぼつかな　それかあらぬか　あけぐれの　そらおぼれする　朝顔の花

（どうも解しかねます。昨夜のあの方なのか別の方なのかと。お帰りの折、明けぐれの空の下でそらとぼけをなさった今朝のお顔では）

紫式部姉妹の部屋に忍んで来て、真意のわかりかねる言動があって帰った翌朝に、姉妹から朝顔の花を送って歌いかけた歌というのである。「なまおぼおぼしきこと」が男女の交流を指すことは間違いなかろうが、それが姉妹のうちのどちらとのものであったか、また男が後に紫式部が結婚する藤原宣孝（のぶたか）だったのか、はたまた他の男であったのかは、はっきりしない。ともあれ、『源氏物語（げんじものがたり）』の空蟬（うつせみ）と軒端荻（のきばのおぎ）の話（空蟬に逃げられた光源氏（ひかるげんじ）が、空蟬の義理の娘の軒端荻と関係を持ったもの）のような出来事であった。

方違のために泊まりに来るのであるから、為時と同格以上の身分の者であろうし、為時と親交のあった人物なのであろうから、宣孝の可能性もあるであろう。ただ、この男は歌の筆跡が姉妹のどちらか見分けることができなかったとあり、返歌の内容も、そうしているうちに朝顔の花がしおれてしまったというのであるから、どうも成就しなかった色恋沙汰のようである。実事がなかったからこそ、紫式部は『紫式部集』にこのエピソードを収めたのではないだろうか。この年、紫式部は推定十八歳である。

邸内に肉親は弟一人

宣孝は正暦元年（九九〇）八月三十日の除目で、筑前守に任じられた。「未だ検非違使の巡に及んでいない。何の理由が有って任じられたものであろうか」と実資に非難されているが（『小右記』）、やがて任地に赴任したことであろう。なお、『石清水文書』所収「筥崎宮塔院所領官符」によると、大宰少弐も兼ねていた可能性もある。為時と違って有能で世渡り上手な宣孝は花山天皇の退位後も（六位蔵人は自動的に停任となったものの）左衛門尉を解任されることはなく、検非違使に補されていたのである。ここで道隆によって受領に抜擢されたことになる。

なお、ここに出てきた姉は、まもなく亡くなってしまった。紫式部は、同じく妹を亡くした女性と義姉妹の約束をしている。

15　北へ行く　雁のつばさに　ことづてよ　雲のうはがき　かきたえずして

（北へ飛んで行く雁の翼にことづけて下さい。今まで通り手紙の上書を絶やさないで）

為時の方は相変わらず散位で過ごし、しかも後妻の許に通う日々であった。母も姉も亡くした紫式部にとって、邸内に肉親といえば弟が一人いるだけである。

不遇の家で少女時代を寂しく過ごした紫式部は、思索を重ねるなかで、兼家から道隆・道兼・道長への政権交代を、まったく他所のこととして聞いていたことであろう。

2 道長政権の誕生

疫病と道隆・道兼の死

伊周に完全に先を越された道長であったが、その転機は突然に訪れた。疫病が蔓延していた長徳元年（九九五）、関白藤原道隆が四月十日、そして関白を継いだ藤原道兼も五月八日に死去した後を承けて、五月十一日に、一条天皇は権大納言に過ぎなかった道長に内覧宣旨を賜わった。こうして道長は、いきなり政権の座に就いたのである。道長の同母姉で一条生母（国母）である詮子の意向が強くはたらいたとされる。

道長は六月十九日には右大臣に任じられ、太政官一上（首班）となって、公卿議定を主宰した（翌年には左大臣に上っている）。道長にはこれ以降、とてつもなく忙しく、また諸所に気を使わなければならない日々が待っていた。当時の公卿構成で、道長は伊周・隆家兄弟を除けば最年少だったのである。

ただし、詮子も一条も、それに道長自身も、この時点では、あれほどの長期政権になるとは考えていなかったはずである。道長自身は病弱であり、加えて長女の彰子は幼少（長徳元年では八歳）、嫡男の頼通はさらに幼少（同じく四歳）となると、道長がつぎの世代にまで政権を伝えられると考えた者もいなかったはずである。結局は定子の兄である伊周に政権を担当させることになるであろうと、一条も考えていたことであろう。

為時の越前守任官

長徳二年（九九六）正月二十五日におこなわれた、つまり道長が執筆（除目の上卿）を務めた最初の除目において、為時はじつに十年ぶりに官を得た。この年の除目は大間書という任命者の名簿が残っていて、越前守に「従四位上源朝臣国盛」、淡路守に「従五位下藤原朝臣為時」という名が明記されている。

為時は、この年正月六日におこなわれた叙位で従五位下に叙爵されていたのであろう。通常、受領の任官は申文を提出して、そのなかから選ばれるが、十年間も無官で五位に叙されたばかりの為時としては、下国の淡路守くらいが適当だと判断したのであろうか。

ところが三日後の二十八日、国盛の越前守を停め、為時を越前守に任じるという措置が執られた。『日本紀略』は、「右大臣（道長）が内裏に参って、にわかに越前守国盛を停め、淡路守為時をこれに任じた」と記している。

　これが信頼できる唯一の史料である。『小右記』の写本は正月後半は残っておらず、逸文は除目で伊周の円座が取られていたことを記すのみ、『権記』はこの年は五月までの記事を欠いており、『御堂関白記』はこの年はまだ本格的に記録されていない。

　この為時の越前守任命については、『続本朝往生伝』の第一話「一条天皇」や『今昔物語集』『古事談』『今鏡』『十訓抄』に有名な説話が見える。下国の淡路守に任じられた為時が嘆いて作ったという、「苦学の寒夜は紅涙（悲嘆の涙）が袖（襟とも）を霑し、除目の春の朝は（天を仰いで）蒼天が眼にある」という詩を見た一条が食事も摂らず夜の御帳で涕泣していた。それを見た道長が、乳母子でもある越前守に任じられた源国盛に辞表を書かせ、為時を越前守に任じたというものである。越前国は最上格の大国で、生産力が高く、京都からも近い熟国として、受領を希望する官人が多かったのである。

　この除目の直物（除目の訂正）において二人の任国が交換されたのは史実であるが、実際にはこのような事情で国替えがおこなわれたわけではなく、前年九月に来著して交易を求めていた朱仁聡・林庭幹ら宋国人七十余人（『権記』『日本紀略』）との折衝にあたらせるために、漢詩文に堪能な為時を越前守に任じたものとされる。一条が詩文を好んだということや、文人を出世させるという一条「聖代」観から作られた説話であろう。国替えを嘆いた国盛がそのまま死んでしまった（『続本朝往生伝』）というのも、まったく根拠のない話である。

為時が本当にこの詩を作ったのならば、「いつも除目の翌朝に、無念さから天を仰ぐ」という意味で、むしろ除目の前に作ったものであろう（もしかしたら淡路守を申請した際の申文の一節だったのかもしれない）。

『源氏物語』の「少女」巻で、光源氏が不遇の学者を抜擢して大学が繁栄し、これが聖代の象徴とされたという記述は、紫式部とその一家にも脈々と流れる希望を、舞台を醍醐・村上朝に設定することによって物語世界に現出させたものであろう。

なお、為時が宋客羌世昌に拝謁した後に贈った詩というのが、『本朝麗藻』に収められている。そこでは、「言語は異にするとはいっても、藻思（詩や文章をうまく作る才能）は同じである」と言っている。ともあれ、為時にとっては、思いも寄らない大抜擢なのであった。

3　長徳の変

発端は従者同士の闘乱

為時や紫式部一行が越前に下向する直前、たいへんな政変が起こっていた。すでに長徳元年（九九五）に、伊周やその弟の隆家は、道長との反目を強めていた。七月二十四日には、道長と伊周が議定をおこなう陣座において闘乱のごとく口論をおこない、二十七日には、道長と隆家の従者同士が七条大路において合戦に及んだ。八月二日には隆家の従者が道長の随身を殺害している（『小右記』）。

長徳二年（九九六）が明けると、「長徳の変」が起こった。この政変の発端について、『栄花物語』巻第四「みはてぬゆめ」は、花山院と伊周が故為光の女をめぐって誤解を来たしたという背景を語っているが、史実として確認できるのは、『三条西家重書古文書』が引く『野略抄』（『小右記』の逸文）正月十六日条の、

> 右府（道長）の書状に云ったことには、「花山法皇が、内大臣（伊周）・中納言隆家と故一条太政大臣（為光）の家で相遇し、闘乱が起こった。御童子二人を殺害し、首を取って持ち去った」と云うことだ。

という記事からわかるように、花山と伊周・隆家が、故為光家（一条第。後の一条院内裏）で

遭遇して闘乱に及び、花山の随身していた童子二人が殺害されて首を持ち去られたという、従者同士の闘乱である。なお、『小記目録』には、「華山法皇と隆家卿と、闘乱の事」とあり、花山の従者と闘乱をおこなったのは隆家の従者であったようである。

この情報を実資に伝えたのは道長であったが、道長はこの事件にはまったく関与しておらず、まさに伊周の自滅であった。二月五日には、精兵を隠しているという噂のある伊周家司の宅を検非違使が捜索している。検非違使別当であった実資が、「天皇の仰せを承って退出した。右府の許に参った。すぐに帰って右衛門権佐（源）孝道朝臣及び検非違使に命じた」と記していることから（『小右記』）、実資に細かな指示を出していたのが道長ではなく一条天皇であったことがわかる。

二月十一日、伊周・隆家の罪名を勘申（儀式などに必要な先例や法令を調べて報告すること）させよとの命が下ったが、これも「頭中将（藤原斉信）が陣座に出て右大臣（道長）に命じた。満座は傾き嘆いた」とあることから（『小右記』）、道長をはじめとする公卿は、その決定を聞くまで何らこの件に関与しておらず、一条がこの件に関しても主導していたことがわかる。

加えて、三月二十八日には詮子の病悩に対して、「或る人の呪詛である」「人々は厭物を寝殿の板敷の下から掘り出した」といった噂がささやかれた（『小右記』）。さらに四月一日には、伊周が臣下のおこなってはならない太元帥法を修して道長を呪詛していたことが奏上された（『日本紀略』『覚禅鈔』）。もちろん、その真偽は明らかではない。

伊周・隆家の左降

伊周と隆家については、四月二十四日におこなわれた除目において、それぞれ大宰権帥と出雲権守に降すという決定が下された。それを承けた道長は、大内記を召して、配流宣命と固関（鈴鹿・不破・逢坂の三関を固めること）の勅符の作成を命じた。配流宣命に載せられた罪名は、「花山法皇を射た事、女院（詮子）を呪詛した事、私に太元帥法をおこなった事」であった（『小右記』）。これも「花山法皇を射た事」とはいっても、「法皇の御在所を射奉った」（『日本紀略』）とあるように、闘乱の過程で花山の坐していた輿に矢が放たれたという事態が起こったことを指し、花山院自身を狙ったわけではない。ともあれ、こうして道長は、最大の政敵を自然と退けることができたのである。

ただし、伊周の妹である定子（五月一日にみずから出家していた）に対する一条の寵愛は変わることはなく、その点では道長の権力は盤石とは言いがたいものであった。事実、定子はこの頃、ふたたび内裏に参入し、一条の最初の子を宿していた。

そして定子は十二月十六日に一条の第一子を出産した（『日本紀略』）。後に脩子と名付けられる皇女である。このまま定子が一条の寵愛を受けつづければ、いずれは皇子が誕生する日が来るかもしれない。道長の焦りは増したことであろう。この年、彰子はまだ九歳であった。

なお、伊周と隆家兄弟は、それぞれ任地に下ったが、紫式部はどのような気持ちでこの政変を眺めていたことであろう。播磨に留まった伊周の姿は、かつての源高明とともに、やがて須磨・明石に謫居する光源氏に投影されることとなる。

4 紫式部、越前に下向

越前下向の道

この長徳二年（九九六）の秋、為時は越前に赴任し、紫式部は父に従って越前に下向した。この時、紫式部の身上に、誰か（特に宣孝）との色恋沙汰が持ち上がっていたのかどうかは、明らかではない。妻を伴わなかった為時が赴任するに際して、当面の世話をするために、紫式部が同行したと考えても、何ら差し支えはないのである。もしかしたら為時が漢文のできる自慢の女も宋人との交渉に使いたかったのかもしれないが。もちろん、道長のまったく与り知らぬことであった。

京を出て鴨川を渡り、粟田口から山科を経て逢坂山を越え、一行は大津の打出浜（現大津市松本町）から舟で琵琶湖西岸を北上した。打出浜というのは逢坂越えの谷口より打出た浜の意味で、『万葉集』をはじめ、『大和物語』『蜻蛉日記』『枕草子』『源氏物語』『更級日記』など多くの文学作品に登場する名所である。現在の浜大津から瀬田川河口にかけての湖岸、におの浜のあたりであろう。今も風光明媚な浜で、「式部の庭」「さざなみの庭」「源氏の庭」と名付けられた花壇が設置されている。

紫式部は、高島の三尾が崎（現滋賀県高島市安曇川町）の湖岸（勝野のことであろう）で、漁師が網を引く姿を見て、早くも都を恋う歌を詠んでいる。

20　三尾の海に　網引く民の　てまもなく　立ち居につけて　都恋しも

（三尾が崎で網を引く漁民が、手を休めるひまもなく、立ったりしゃがんだりして働いているのを見るにつけて、都が恋しい）

また、夕立が来そうで空が曇り、稲妻が閃いて波が荒れた時には、これまで舟に乗る経

「深坂越え」（塩津山）

験もなかった紫式部の心は落ち着かなかった。

22　かきくもり　夕立つ波の　あらければ　浮きたる舟ぞ　しづ心なき

（空一面が暗くなり、夕立を呼ぶ波が荒いので、その波に浮いている舟は不安なことだ）

「浮き舟」という語に、やがて自分の作る物語世界で大きな意味を持たせることになろうとは、この時はまだ、まったく気づいてはいなかったことであろう。

やがて琵琶湖北岸の塩津（現滋賀県長浜市西浅井町塩津浜）に上陸した。塩津は陸上でも湖上でも、京と北陸道を結ぶ交通の要衝であった。近年、湖底にある旧塩津神社の発掘調査が進められており、興味深い木簡が出土している。

近江と越前の国境である塩津山を越え、敦賀に入った。「深坂越え」と呼ばれるこの道は、現在のＪＲ近江塩津駅から新疋田駅の間に、古道がよく残されている。北陸本線の深坂トンネルの上にあたる。疋田の北側に、かつて愛発関が設けられていたという説が有力である。

塩津山を越えた際には、紫式部の輿を担ぐ「下賤な男で粗末な身なりをした」人夫の、「やはりここは難儀な道だなあ」というぼやきに呼応した歌を詠んだ。

23　知りぬらむ　ゆききにならす　塩津山　よにふる道は　からきものぞと

（お前たちもわかったでしょう。いつも往き来して歩き馴れている塩津山も、世渡りの道としてはつらいものだということが）

輿の上の姫君から、「世の中は辛いものだよ」と諭されて、輿を担いでいた人夫たちもさぞや驚いたことであろう。まだまだ紫式部も若くて世間知らずだったのである。

敦賀からは、海路で杉津に上陸して元比田から「山中越え」をするにせよ、陸路で木ノ芽峠（現福井県敦賀市新保。ＪＲ北陸本線の北陸トンネルの上）を越えるにせよ、今庄まではたいへんな難路である。その後、湯尾峠（現福井県南越前町今庄・湯尾）を越えて、越前国府に入った。この間に詠った歌は、『紫式部集』に載せられていない。よほどたいへんだったのか、思い出したくなかったのであろう。

『延喜式』では、京と越前との日程は四日とされているが、これは租税の運上に関わる規定である。国司の下向ともなれば、さらに多くの日数を要したはずである。

越前国府の日々

越前国府は、現越前市（旧武生市）国府に比定されている。ここに総社（国内の神社を国府近辺の一ヵ所に集めた神社）や国分寺があり、国府関連遺跡の発掘調査も進められている。

国府に到着した一行を、初雪が出迎えた。紫式部は、「暦に『初雪が降った』と書きつけた日」、都を懐かしむ歌を詠んだ。

25　ここにかく　日野の杉むら　埋む雪　小塩の松に　今日やまがへる

（こちらでは、日野岳に群立つ杉をこんなに埋める雪が降っているが、都でも今日は小塩山の松に雪が入り乱れて降っているのだろうか）

紫式部が暦に日記を書き付けていたことに、まずは興味を惹かれる。この「暦」が国司に頒布された具注暦なのか、たんに日付を並べた自家製の仮名暦なのか、また紫式部は

（男性貴族と同様の）和風漢文で「初雪降」と書きつけたのか、はたまた仮名で書いたのか、興味は尽きない。

ただし、彼女の視点の先は、あくまでも都なのであった。初雪の歌でも、実際に目にしている日野岳ではなく、都の小塩山（現京都市西京区大原野）が脳裡に浮かぶのであった。

皆が積もった雪（「いとむつかしき雪〈うっとうしくうんざりする雪〉」と記述している）を山のようにして国府の人々がそこに登り、紫式部を呼んだ際にも、

27　ふるさとに かへるの山の それならば 心やゆくと ゆきも見てまし
（故郷の都へ帰るという名のあの鹿蒜山の雪の山ならば、気が晴れるかと出かけて行って見もしましょうが）

と答えるのであった。なお、鹿蒜山は越前国敦賀郡にあった山で、ここを越えて敦賀湾東岸の杉津に到るのである。

清水氏が指摘されるように、紫式部にはその後の一年ほどの越前滞在で、その風物を詠んだ歌はない。国内のあちこちに出かけることは、ほとんどなかったのであろう。歌集の編集にあたって捨てたものか、それともまったく詠まなかったのであろうか。その点、国

「紫式部公園」

司としての責任感にあふれる『万葉集』の大伴家持とは決定的に異なるのである。

なお、越前市東千福町に作られた紫式部公園は、芝生広場の部分を除くと、ほぼ方一町の敷地を持つ。つまり、国司の館ではなく、都の邸第を復元したものなのである。寝殿造の邸第の広さを実感するには、最適の場である。森蘊氏が設計された庭園は、越前海岸の景観を取り入れた石組みや、洲浜・中島を配した見事なものである。さらには、寝殿や東対屋、渡殿、東中門、侍廊の位置が示されているほか、太田博太郎氏が監修された釣殿が復元されている。

後のことになるが、治暦元年（一〇六五）九月一日に越中国司に宛てた「太政官符写」には、以下のように語られている。

当国は北陸道の中で、是れは難治の境である。九月以降三月以前は、陸地は雪が深く、海路は波が高い。僅かに暖気を待つ季節に、調物を運漕する。……
豊かな大国であるとはいっても、やはり都人には北陸の気候は堪えたのであろう。

5　道長の病悩

一条天皇の定子・元子への寵愛

長徳三年（九九七）、詮子の病悩は一向に快復に向かう気配がなかった。その平癒を期して、三月二十五日に大赦がおこなわれ、一条天皇の意向もあって伊周と隆家は四月五日に召還された（『小右記』）。

一方、六月二十二日の夜、一条は、長徳の変の最中の前年五月一日に出家した定子をふたたび職曹司に遷御させた。「天下は感心しなかった。『あの宮の人々は、「中宮は出家されていない」と称している』と云うことだ。甚だ希有の事である」という実資の批判（『小右記』）は、宮廷社会全般に共通するものだったはずである。そしてそれは、我意を張って定子を寵愛する一条にも向けられたものだったであろう。
その間、長徳二年（九九六）十一月に入内した女御の元子（右大臣藤原顕光の女）に対する一条の寵愛もつづき、この年の八月頃、元子は懐妊した（翌年、破水してしまう〈『台記』〉。もともと他の病気だったのかもしれない）。彰子が成人もしていない道長としては、これらの事態には手をこまねいているしか方策はなかった。
この頃、道長は異腹の兄である藤原道綱を大納言に任じた。この無能な人物に超越された実資は怒りを露わにし、七月五日の日記につぎのように不満を爆発させた（『小右記』）。

万事を推量すると、賢者を用いる世では貴賤の者が研精する。ところが近臣（道長）が頻りに国柄（国政）を執り、母后（詮子）がまた、朝事を専らにしている。無縁の身（実資）は、どう処すればよいのであろうか。

はからずも摂関政治の本質を語っているところが面白い。ただし実資の批判は日記の中だけの話であって、日常的な生活においては、二人は互いに尊重し合った、きわめて親密な関係であったのである。道長は儀式の次第について、しばしば実資に問うているし、私的な行事にはあまり参列しない実資がたまに参ってくると、道長はひどく喜ぶのである

（実資はそれを狙っていたのかもしれないが）。いくどもの道長の病悩に際しては、実資はいつも病状を心配し、それは道長の死までつづくのである。

道長の辞表

長徳四年（九九八）が明けると、道長は急に腰病を発し、三月三日に出家の意を上表した。一条は、「病体は邪気（物怪）のおこなったところである」として、これを許さず、「外戚の親舅にして、朝廷の重臣であり、天下を燮理（国を治めること）し、私の身を輔導する事は、現在、丞相（道長）でなくては、誰がいるであろうか。今、丞相の重病を聞き、嘆息は極まり無い」という恩詔を伝えた（『権記』）。

ただし、一条は、「丞相が出家を申請させた事については、功徳は極まり無い。これを妨げたりすれば、その罪報を畏れるべきであろう。ところが、『病体は邪気のおこなったものである』と云うことだ。道心が堅固であって必ず志を遂げたいというのならば、病悩が平癒してから心閑かに入道しては如何であろう」と答えてしまった（『権記』）。

道長が快復後に出家を申し出たとしたら、それを許してつぎの執政者を任命する心積もりが一条にはあったということである。道長と一条との間の微妙な関係は、この頃からはじまることになる。

道長は、三月五日に第二度の上表、三月十二日に第三度の上表を奏上した（『権記』）。『本朝文粋』に収められている第三度上表の際の道長の辞表に、

> 私は声望が浅薄であって、才能も荒蕪（いい加減）である。ひたすら母后（詮子）の兄弟であるので、序列を超えて昇進してしまった。また、父祖の余慶によって、徳もないのに登用された。……二兄（道隆・道兼）は、地位の重さを載せて夭折した。

とあるのは、道長の偽らざる本音であろう。自分の権力の基盤についての謙虚な自己認識である。このまま道長が、彰子の入内や頼通の元服より以前に、死去したり出家したりしていれば、実際に一代限りの中継ぎ政権に終わったはずである。この年、彰子は数えで十一歳、頼通はわずか七歳であった。

この上表に対する一条の勅答は、左大臣の辞任は許さず、文書の内覧と近衛の随身を停めるというものであった（『権記』）。

この時に停止された道長の内覧が復活されたという史料は存在しない。一年後の長保元年（九九九）三月十六日の東三条院行幸の際に、道長に随身を元のごとく賜うという記事が見える（『日本紀略』『御堂関白記』）、あるいはこの時に内覧も復活されたのであろう

か。それとも慣例的に道長が内覧の職務をつづけたのであろうか。
じつはこれは、道長の権力の根拠が官職にあったのか、それとも何か別のところ（たとえば天皇家とのミウチ的結合）にあったのかという、その本質を見極めるうえでは、重大な問題なのである。

実際、道長はその後も文書の内覧という政務をつづけている。長徳四年三月十八日の仁王会の際にも、「贈太政大臣（道兼）がおられなくなった後は、万事、左大臣（道長）の指揮に随ってきた」と記されている（『権記』）。

七月十五日に、「左府（道長）は甚だ重く病悩しておられた。存生されることは難しいだろう」と言われたようにたいへんな病中にあった道長であったが、驚くべきことに、この頃、彰子の入内に関して動きはじめた（『権記』）。

八月十四日、行成に自分の辞表を奏上させた際に、何事かの「秘事」を一条に奏上させたのである。一条は辞表を却下し、「秘事」に答えた。行成が『漢書』孔光伝や『蒙求』に見える「温樹を語らず」という語（朝廷内のことをみだりに口にしないこと）を記していることから、この「秘事」は彰子の入内に関わることと考えるのが穏当であろう。行成はこの後に詮子の許を訪れ、翌十五日に一条の勅答を道長に告げている（『権記』）。

長保元年八月九日には、御産が近づいた定子が平生昌邸（竹三条宮）に退出することになったが、行啓の上卿（諸公事を上首として指揮する公卿）を命じられた公卿は、ことごとく故障を申して参入してこなかった。道長が宇治別業（道長が宇治に経営した別邸。後に頼通が平等院とした）に遊覧してこれを妨害したのである（『小右記』『権記』）。

第六章　紫式部の結婚・出産と夫との死別

1　宣孝からの求婚

派手で明朗闊達

藤原宣孝は長徳元年（九九五）に筑前守の任期を終え、その年の内には帰京しているはずである。その後、右衛門権佐に任じられた（『権記』）。その宣孝から、長徳三年（九九七）が明けると、紫式部に求婚の書状が届いた。宣孝はそれ以前から、「新年になったら（越前に安置された）唐人を見に行こう」と言っていたのであったが、越前にやって来ないで、「（春には氷が溶けるように）あなたの心も、とざしていずに私（宣孝）にうちとけるものだと是非知らせてあげたい」と言ってきたのである。

それに対し、紫式部は、

28　春なれど　白嶺のみゆき　いやつもり　解くべきほどの　いつとなきかな

（春にはなりましたが、こちらの白山の雪はいよいよ積って、おっしゃるように解けることなんか

いつのことかしれません）

と言って送ったのであった。すでに旧年中に宣孝からの求婚はあったのであろう。宣孝の長男隆光は、長保元年（九九九）に二十九歳となっており（『枕草子』勘物）、紫式部の二年前の天禄二年（九七一）の生まれである。隆光が仮に宣孝二十歳の時の子とすると、宣孝はこの長徳三年にはすでに四十六歳となっている。曾祖父の定方は右大臣にまで上り、醍醐天皇の外戚であった人で、父為輔は権中納言にまで至っている。また、道長の嫡妻である源倫子とも縁戚にあたる人物である。紫式部とは又従兄妹にあたり、為時とは元同僚で、懇意の仲であったはずである。

有能な官人であり、賀茂祭の舞人をしばしば務めるなど、宣孝は雅な一面も持っていた。長保元年（九九九）の賀茂臨時祭調楽では神楽の人長を務め、「甚だ絶妙である」との評も得ている（『権記』）。『藤原宣孝記』という日記も記録している（『家記書目備考』）。『西宮記』『祈雨日記』に天元五年（九八二）から長保二年（一〇〇〇）までの逸文六条が残されているが、いずれも右衛門権佐として、著鈦政（囚人に鈦を付け、検非違使が鞭打つまねをした公事）、神泉苑の祈雨御修法、市政（著鈦政）といった公事を丁寧に記録しているものである。

その一方では、派手で明朗闊達、悪く言えば放埓な性格でもあったようである。永観二年（九八四）の賀茂臨時祭では御馬を牽く役を務めずに召問され、除籍の処分を受けているし（『小右記』）、寛和元年（九八五）に丹生社に祈雨使として発遣された際には大和国の人の為に小舎人および従者を陵轢され、そのためか殿上人の簡を削られて昇殿を止められ、官も追われそうになっている（『大斎院前御集』）。この時は文名の高い大斎院選子内親王の女房たちから慰めの歌を贈られるなど、その人気のほどが知られる。

正暦元年（九九〇）にも「きっとまさか『身なりを悪くして参詣せよ』と御嶽の蔵王権現はけっしておっしゃるまい」などと言って隆光とともに、「紫のとても濃い指貫に白い狩襖、山吹色のひどく大げさな派手な色の衣」といった装束で金峯山詣をおこなったことが、『枕草子』第一一五段「あはれなるもの」に描かれている。

また、長保元年八月十八日には、宣孝の所領である大和国田中荘の預である文春正を首魁とする賊党が、大和国城下郡東郷から朝廷に上納される早米使の藤原良信を殺害し、随身していた物を強盗するという事件を起こした（『北山抄』裏文書）。以前から集団で殺害・強盗・放火をおこなっていた連中とのことであるが、これなども宣孝のいわばいい加減な性格がもたらしたものとも言えよう。

そういった性行の一環でもあろうか、当時宣孝は、すでに子を生した女性が三人いるにもかかわらず、近江守（源則忠か）の女にも求愛していたらしい。それなのに「あなた以外に、二心はない」などとつねに言ってくるというので、わずらわしくなった紫式部は、

29　みづうみに　友よぶ千鳥　ことならば　八十の湊に　声絶えなせそ

（近江の湖に友を求めている千鳥よ、いっそのこと、あちこちの湊に声を絶やさずかけなさい。あちこちの人に声をおかけになるがいいわ）

と言って送った。また、海人が塩を焼き、投木（薪のこと。「嘆き」と掛ける）を積んだ様子を描いた「歌絵」とともに、つぎの歌も送っている。紫式部が描いた絵が残っていれば、是非とも見てみたいものである。

30　よもの海に　塩焼く海人の　心から　やくとはかかる　なげきをやつむ

（あちこちの海辺で藻塩を焼く海人が、せっせと投木を積むように、方々の人に言い寄るあなたは、自分から好きこのんで嘆きを重ねられるのでしょうか）

このような返歌をするほどに、二人の仲は接近していたという解釈がもっぱらである。

いよいよ女が優位に立っていて、多情をなじるのも女の側の傾斜の表われであるとのことである（清水好子『紫式部』）。そんなものなのであろうか。

これに対し宣孝は、手紙の上に朱を振りかけて、「涙の色を見て下さい」と返したが、紫式部はつぎの歌を返すのであった。

31　くれなゐの　涙ぞいとど　うとまるる　うつる心の　色に見ゆれば
（あなたの紅の涙だと聞くと一層うとましく思われます。移ろいやすいあなたの心がこの色ではっきりわかりますので）

この歌につづけて、「相手の人（宣孝）は、ずっと以前から、人の女（しっかりとした親の娘）を妻に得ている人だったのだ」という注が記されている。この注がどの時点で記されたものなのか、知る由もないが、いずれにしても紫式部は、たとえ宣孝と結婚しても、自分がどのような立場に置かれるか、はっきりと認識していたことであろう。

紫式部の上京

このようなやりとりの後、結婚の決心がついたのであろう、紫式部は長徳三年の年末か翌長徳四年（九九八）の春、父を残して単身、都へ帰った。鹿蒜山から呼坂を越え、今度は琵琶湖東岸を舟で進み、雪の伊吹山を見ながら磯の浜を経て、ふたたび打出浜に着いた。

「都の方へ帰るというので、鹿蒜山を越えた時に、呼坂という所のとても難儀な険しい道で、輿もかき難じているのを、恐ろしいと思っていると、猿が木々の葉の中から、たいそうたくさん出て来たので、」といって詠んだ歌は、

71　ましもなほ　遠方人の　声かはせ　われ越しわぶる　たにの呼坂

（猿よ、お前もやはり遠方人として声をかけ合っておくれ。私の越えあぐねているこの谷の呼坂で）

というものであった。猿の声など、はじめて聞いたことであろう。伊吹山を見ては、

72　名に高き　越の白山　ゆきなれて　伊吹の嶽を　なにとこそ見ね

（名高い越の国の白山へ行き、その雪を見馴れたので、伊吹山の雪など何ほどのものとも思われないことだ）

と詠んでいる。いかにも自分は人の知らぬ特別の経験を積んだ者だといわんばかりであるとのことである（清水好子『紫式部』）。往路の歌の間に紛れ込んだ錯簡（さっかん）であろうが、琵琶湖東岸の磯の浜（現滋賀県米原市磯）で、磯の陰で鳴いている鶴を見ては、

21　磯がくれ　おなじ心に　たづぞ鳴く　なに思ひ出づる　人やたれぞも

（磯の浜のものかげで、私と同じ気持ちで鶴が鳴いている。一体何を思い出しているのかしら。思い出しているのは誰なのかしら）

と詠んでいる。紫式部が思い出しているのは、もはや越前に残してきた為時ではなく、都で待っている宣孝だったのであろうか。

長徳四年の夏、宣孝から、「親しく話すようになって、二人は互いに心がわかったでしょう。この上は、同じことなら、隔てをおかない仲となりたいものです」という歌が届けられ(74)、それに対して、

75　へだてじと　ならひしほどに　夏衣　薄き心を　まづ知られぬる

（私は心の隔てをもたないようにと思っていつもお返事をしていますのに、「へだてぬちぎり」をもちたいとおっしゃるお言葉で、まずあなたのお心の薄さがわかったことです）

と返してなじっているのも、正式な結婚に向けた手続きといったところであろうか。なお、この年の八月二十七日、宣孝は山城守を兼任することになった（『権記』）。

2 紫式部、結婚し賢子を出産

二十歳前後の年齢差

そして長徳四年（九九八）の冬に、紫式部は宣孝と結婚した。これが越前下向前からの予定の行動なのか、それとも田舎暮らしに飽きた末の行動なのかはわからないが、私にはどうも、為時の着任が一段落したら京に帰って宣孝と結婚するのが既定の行動だった気がしてならない。紫式部は当時、二十六歳前後と考えられるが、これは当時としてはきわめて遅い初婚で、二度目の結婚という説もあるくらいである。

ここまで婚期が遅れたのは、なにも紫式部の内省的な性格や結婚観や性的嗜好によるものではない。紫式部の適齢期に為時が無官であったためである。当時は男性が婿として妻の実家に入る結婚形態であったから、政治的にはもちろん、経済的にも後見の期待できない為時の婿になろうなどという男は、現われるはずがないのであった。紫式部としても、装束や食事や牛車の用意もできない我が家に婿を迎える気にはなれなかったであろう。

宣孝とは二十歳前後の年齢差があったが、これは当時としては、女性が嫡妻でない場合は、あり得ない話ではなかった。宣孝は紫式部と同居しておらず、いずれかの旧妻（嫡妻）の許で暮らしているので、紫式部は嫡妻の地位を手に入れたわけではなかった。

いったいに仮名文学を記した女性は、『蜻蛉日記』の藤原道綱母をはじめ、嫡妻でない人ばかりなのである。いつともしれぬ夫の訪れを待つ女性の生活（を描いた文学作品）を、「当時は妻問婚だった」などと平安貴族一般の結婚形態と勘違いすることは、厳に慎しむべきであろう（夫と同居する嫡妻の描いた日常など、面白くもないであろう）。

痴話喧嘩

さて、翌長保元年（九九九）正月十日頃には、さっそく痴話喧嘩の歌を残している。紫式部の性格の強さを示すものでもあろう。それは、宣孝が紫式部の送った手紙を他の人に見せたと聞いたので、今までの自分の出した手紙をすべて集めて返さなければ返事は書かないと、使者に（手紙ではなく）口上で言わせたところ、宣孝が、すべて返しますと言って、これでは絶交だねとひどく怨んでいたというものである。宣孝としてみれば、文才豊かな（自分よりは）若い新妻の歌を見せびらかして自慢したかっただけかもしれないが、そんなことが女性に通用するはずがない。

32　閉ぢたりし　上の薄氷　解けながら　さは絶えねとや　山の下水

（氷に閉ざされていた谷川の薄氷が春になって解けるように、折角うち解けましたのに、これでは、山川の流れも絶えるようにあなたとの仲が切れればよいとお考えなのですか）

まったく、夫婦喧嘩というのは、はたから見れば馬鹿馬鹿しい話でも、本人たちにとっては重大な営為なのであろう。紫式部の歌になだめられたはずの宣孝は、「浅い心のお前との仲は切れるなら切れるがいいんだよ」という歌を寄こし（33）、「もうお前には何も言うまい」と腹を立てたが、紫式部は笑って歌を返した。

34　言ひ絶えば　さこそは絶えめ　なにかその　みはらの池を　つつみしもせむ

（もう手紙も出さないとおっしゃるなら、そのように絶交するのもいいでしょう。どうしてあなたのお腹立ちに遠慮なんかいたしましょう）

宣孝は結局、夜中になって、「お前には勝てないよ」と降参することになる。父娘ほども年齢の離れた夫に対して、結婚後すぐに主導権を握る紫式部もさすがであるが、希代の天才である紫式部とこのようなやりとりをすることのできる宣孝というのも、考えてみれば大した男ではある。

この春、瓶（かめ）に挿してあった桜がすぐに散ってしまったので、桃の花を眺めて、つぎの歌を送った。

36　折りて見ば　近まさりせよ　桃の花　思ひぐまなき　桜惜しまじ

（折って近くで見たら、見まさりしておくれ、桃の花よ。瓶にさした私の気持ちも思わずに散ってしまう桜なんかに決して未練はもたないわ）

桃を自分に、桜を宣孝の別れた旧妻（の一人）になぞらえて、結婚してみたらいっそうよく見える女であったと思われたいとの寓意（ぐうい）を含むとされる。その気の強さもさることながら、日本的な桜ではなく、中国的な桃に自分をなぞらえるなど、いかにも漢籍（かんせき）に詳しい紫式部ならではである。宣孝は、「百（もも）にも通じる桃は、すぐに散ってしまう桜より見劣りするようなことはない」という歌を返している（37）。実際には百年どころか、二年半ほどの結婚生活となってしまったのであるが。

一般的に日本では賞翫（しょうがん）されることのない梨の花も詠んでいる。

38　花といはば　いづれかにほひ　なしと見む　散りかふ色の　ことならなくに

（桜も梨も花という以上は、どれが美しくない梨の花と見ようか。風に散り乱れる花の色は違っていないんだもの）

すでに当時の一般的な婚期を過ぎ、美人という評判も立っていない自分を、梨の花にたとえたものであろうか。これも中国では「長恨歌（ちょうごんか）」にあるようにもてはやされる梨の花を詠みこむあたり、『枕草子（まくらのそうし）』第三五段の「木の花は」に通じる美意識である。

ともあれ、こうやって紫式部の結婚生活ははじまった。このまま幸福な日々がつづくと、このときには思われたことであろう。

賢子を出産

この長保元年であろうか、二人の間に賢子が誕生した。後に越後弁として彰子に出仕し、親仁親王（後の後冷泉天皇）の乳母となって「藤三位」「越後弁」「弁乳母」と称され、はじめ関白藤原道兼二男の兼隆、ついで大宰大弐高階成章と結婚して「大弐三位」と呼ばれることになる人である。女房三十六歌仙の一人に数えられ、家集に『藤三位集』（『大弐三位集』）がある。八十歳を越える長寿を得ている。

しかし賢子の出産はまた、紫式部の存在が妻から母へと変化することにもつながった。紫式部は、父の為時も夫の宣孝もいない邸第で、賢子を育てることになったのである。『紫式部集』の後半には、宣孝の冷淡や心変わりを嘆き、夜離れをなじる歌（「閨怨の歌」と言うらしい）もいくつか収められている。夜離れの言い訳をしてきた（103）宣孝に対し、七月上旬、紫式部はつぎのように返した。

104　しののめの　空霧りわたり　いつしかと　秋のけしきに　世はなりにけり

（夜明けの空は、一面霧がたちこめ、早くもこの世は秋の景色――私たちの仲も飽かれることになったことです）

七月七日の七夕には、今日の七夕の逢瀬(おうせ)が羨ましいという(105)宣孝に対しては、

106　天の川　逢ふ瀬を雲の　よそに見て　絶えぬちぎりし　世々にあせずは
(天の川の逢う瀬を雲の彼方のよそごとと思って、今夜逢えなくても、切れることのない私どもの仲が、末長く変わらないのであればよいがと思われます)

と返した。こちらは夫婦仲が絶えないことを願っている。現代でも夫婦の仲というのは一筋縄ではいかないものであるが、これが夫と同居しておらず、いつ訪れがあるかわからない妻であってみれば、その思いはなおさら複雑なのであろう。

紫式部邸の門前を素通りする宣孝が、「うちとけたらむを見む(紫式部が普段着で気楽にしているところが見たい)」と言って寄越したので(昼間に会いたいという意味)、それに書きつけて返した歌というのは、

107　なほざりの　たよりに訪(と)はむ　人ごとに　うちとけてしも　見えじとぞ思ふ
(いいかげんな通りすがりに訪れるような人の言葉には、心を許してお目にかかることは決してするまいと思っています)

というもので、ほとんど『蜻蛉日記』の藤原道綱母の世界を再現してしまっている。なお、道綱母は藤原倫寧（藤原北家長良流、正四位下伊勢守）の女で、承平六年（九三六）ごろの生まれ。藤原兼家と結婚し、道綱を産んだものの、兼家の訪れが絶えた嘆きなどを『蜻蛉日記』に書きつづっている。長徳元年（九九五）に疫病で死去したが、おかげで道綱が無能な公卿として皆に軽侮されるのは見ずにすんでいる。

紫式部は、長く訪れない人（宣孝）を思い出した折の歌も、つぎのように詠んでいる。

62　忘るるは　うき世のつねと　思ふにも　身をやるかたの　なきぞわびぬる

（人を忘れるということは、憂き世の常だと思うにつけても、忘れられた身のやり場がなく、切ない思いで泣いたことです）

63　たが里も　訪ひもや来ると　ほととぎす　心のかぎり　待ちぞわびにし

（時鳥は誰の里へも訪れるものだから、私の所へも来るかと一心に待ちあぐねたことです）

このような夫婦生活をつづけていた紫式部と宣孝であったが、それは突然の終焉を迎えることになった。それについては後に述べることとしよう。

3　彰子立后と定子崩御

定子への寵愛に対抗

ここで一条天皇の後宮の変遷について述べておこう。長保元年（九九九）二月九日、道長長女の彰子は着裳（女子の成人式）の儀を迎えた（『御堂関白記』）。いまだ数えで十二歳ながら、これで彰子は大人ということになったのである。

一方、一条は二度目の御産が近づいた定子の皇子出産に強い期待を抱いていた。八月二十三日には一条は行成に何事かを漏らしたが、行成がまた、「昔、（中国前漢末期の儒家・政治家で孔子十四世の子孫である）孔光は、宮廷の温室殿の前の樹について語らなかった。ましてや天皇の叡旨を記すわけにはいかないばかりである」と記している（『権記』）ところを見ると、宮廷の秘事に関わるものであった。今度生まれるのが皇子だったならば、いずれ立太子させようなどといった内容であろうか。

道長も負けてはいられない。九月二十五日に彰子入内について詮子の許で定めはじめ(『御堂関白記』)、十月二十三日には入内調度としての四尺屏風に貼るための和歌を人々に詠ませ、実資を「公卿の役は、荷担ぎや水汲みに及ぶのか」と怒らせている(『小右記』)。十一月一日、彰子は入内した(『御堂関白記』『小右記』『権記』)。公卿の多くが入内の行列に付き従ったというのも、彰子の入内が宮廷に安定をもたらす要因として、公卿社会から歓迎された結果によるものであろう。

彰子を女御とするという宣旨は、十一月七日に下った(『御堂関白記』『小右記』『権記』)。公卿たちは、「左府(道長)の意向」によって彰子の直廬に参った。一条ははじめて彰子の直廬に渡御したものの、すぐに還御してしまった(『小右記』)。渡御とはいっても、たんなる顔合わせに過ぎなかったのである。いまだ十二歳に過ぎない彰子と一条との間に懐妊の「可能性」がなかったことは、誰の目にも明らかであった。

にもかかわらず、道長が彰子の入内を急いだのは、定子への一条の寵愛に対抗するためであった。定子から第一皇子が生まれでもしたら、またもや伊周たち中関白家が一条の最強のミウチとなってしまう。そうなった場合、円融皇統の存続を何よりも第一に考える一条や詮子がそちらを支持する可能性も残されていた。定子から皇子が生まれる前に、何とか形だけでも自分の女を一条のキサキとし、一条にプレッシャーをかけたのである。

定子、敦康親王を出産

ところが、彰子が女御となったのと同じ十一月七日の早朝、定子は待望の第一皇子敦康を出産していた（『小右記』『権記』）。『権記』によると、一条は行成に、「中宮が男子を産んだ。天気（私の気持ち）は快然としている。七夜の産養（子供の将来の多幸と産婦の無病息災を祈る祝宴）に物を遣わすことについては、通例によって奉仕させるように」と語ったように、喜びを隠そうとはしなかった。また、詮子からも御釼が奉献されており、王権からの期待のほどがうかがえる。

一方、道長の『御堂関白記』は、彰子を女御とするという記事ばかりが記され、皇子誕生については何も語っていない。また、『小右記』は、彰子の女御宣旨については詳しく記しているのに、皇子誕生については、「卯剋、中宮が男子を産んだ〈前但馬守（平）生昌の三条の宅。〉。世に『横川の皮仙』と云う」とだけしか記していない。「横川の皮仙」とは行円のことであるが、「出家らしからぬ出家」という意味で、落飾しながら子を儲けた中宮に対する蔭口に転用されたものとのことである（黒板伸夫『藤原行成』）。

なお、彰子の直廬において開かれた饗宴において、道長は宣孝を遣わして公卿たちに酒を勧めさせている（『小右記』）。

彰子立后を逡巡する一条天皇

道長としては、第一皇子を産んだ定子に対して、彰子の後宮における存在意義を低下させないために、その立后を急がなければならなかった。

十二月初旬、まず一条は行成に対し、彰子立后の可否について相談した。十二月七日、道長は、詮子に一条を説得させるよう、行成に依頼した。行成は詮子の許を訪ねて書状を書いてもらい、それを一条に奏覧し、ついで道長の意向を奏上した。一条は「然るべし」と勅答したが（『権記』）、じつはこれは全面的な許諾というわけではなかった。

行成は、まず詮子、ついで道長の許を訪れ、一条の勅答を伝えた。道長は彰子の立后は決定したものと解釈し、行成に言葉を極めて謝意を述べている。詮子は十二月二十四日に参内し、彰子立后に関して一条との直接交渉に乗り出した。二十七日、詮子は行成に、「立后については、『許すように』という天皇の意向が有った」と告げている。行成は道長の許を訪れているが（『権記』）、詮子の言葉と一条の「勅許」を伝えたものと思われる。道長は、ますます立后勅許を確信したはずである。

ところが、十二月二十九日、行成は一条から、「后については、先日、院（詮子）に申したが、しばらく披露してはならない」との命を受けた（『権記』）。この突然の命令に行成は、いまだ一条が立后を逡巡していることを知り、驚いたことであろう。

この時以降、行成は彰子立后を正当化する理屈をたびたび一条に説いている。東三条院詮子・皇后宮遵子・中宮定子と三人いる藤原氏出身の后は出家しており、氏の祭祀、特に大原野祭を務められない。定子は正妃ではあるが出家入道しており、帝の個人的な私恩によって、中宮号を止めずに封戸も支給されているに過ぎない。尸禄素飡の臣（禄盗人）のようなものである。重ねて彰子を后とし、氏祭を掌らせるのがよろしかろう。定子が廃后となったらたいへんであるというものである（『権記』）。

道長の方は、十二月二十七日に彰子立后について一条の勅許が下ったと思い込み、年明け早々の長保二年（一〇〇〇）正月十日、安倍晴明を召して立后の雑事を勘申させた。そして、二十□日という日付が宜しき日と出て、その結果を詮子、ついで一条に奉献したものと考えられる。ところが、詮子はともかく、まだ彰子の立后に逡巡していた一条は、道長に対してもストップをかけたのであろう。『御堂関白記』の長保二年正月十日条を記しはじめた道長は、彰子立后勘申に関する部分のみを一生懸命に抹消している。

この間にも行成の説得はつづき、それが功を奏したものか、正月二十八日、彰子を皇后とせよとの一条の勅が道長に伝えられた。道長はふたたび晴明を召し、彰子の内裏退出の日、立后宣命の日、内裏参入の日などの雑事を勘申させている（『御堂関白記』）。

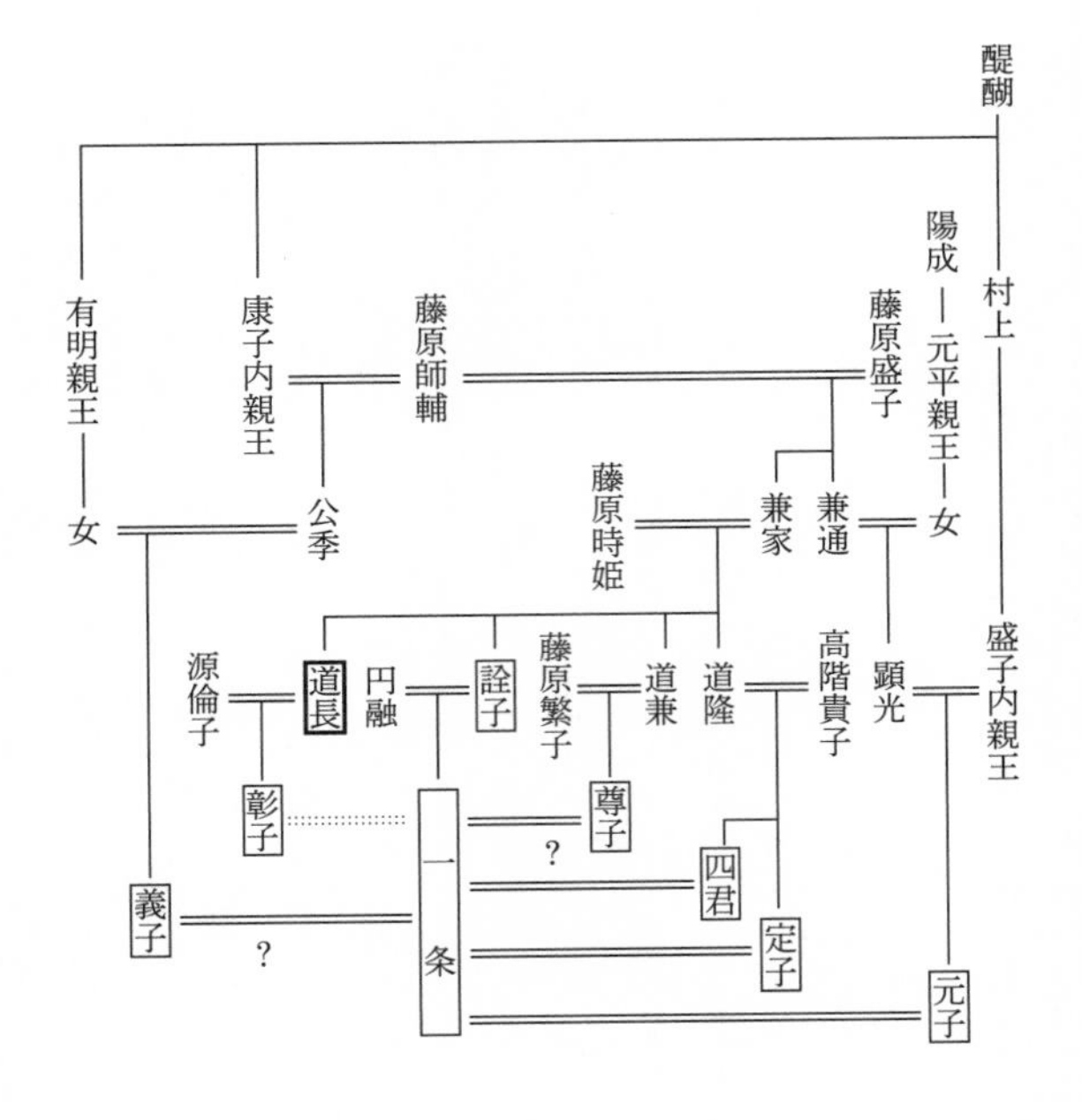

一条の方は、彰子が立后宣命を聞くために二月十日に内裏から土御門第に退出するのを見越して、九日、定子に十一日に参内するよう伝えた（『権記』）。翌十日、彰子が内裏から退出すると、十一日、一条は彰子の許に勅使を遣わしておいたうえで、定子を一条院内裏に参入させた。道長の、「神事の日に参入されるというのは、如何なものであろうか。春日祭の神事は、通常と相違してしまった」という記述（『御堂関白記』）からは、道長の露わな不快感、それに定子が三たび懐妊することへの恐怖感が読み取れる。

いよいよ二月二十五日、彰子立后の儀がおこなわれた。「女御従三位藤原朝臣彰子を皇后とするように」という宣命が読み上げられ、中宮（定子）職を皇后宮職とし、新后宮（彰子）を中宮職とするという宮司が定められた（『権記』）。これで定子は皇后、彰子は中宮と称されることになったのである。

定子の死

ところが一条の方は定子を寵愛しつづけ、定子は三月に最後の子供である媄子を懐妊した。まさに彰子立后の直後のことであった。四月十七日には敦康に親王宣下が下り、敦康は親王となった（『権記』）。道長はこれについても、何も記していない。

これらの心労がたたったのであろうか、道長はこの頃から重い病を患った（『御堂関白記』）。道長は四月二十七日には、頼通のことを行成に託すほどの弱気を見せ、上表をおこなった。五月十九日には道長に道兼の霊が取り憑いて託宣をおこなった（『権記』）。

五月二十五日には、道長は伊周を本官・本位に復すようにという「邪気（物怪）の詞」を一条に奏上させた。ただし、その際にまた、「このことを申す際に、秘かに人々の様子を見定めるように」と命じた。行成はこの命の方を、「本心からおっしゃったものである」と記している（『権記』）。

一条はこれを許さなかったが、つづけて「ただ、申してきた事については相定めて、追って命じるということを伝えるように」と答えているのは（『権記』）、伊周の復帰という選択肢がまったく一条の脳裡に存在しなかったわけではなかったことを示している。

それを聞いた道長は、「目を怒らせ、口を張った。忿怒は非常であった」という状態と化した。その様子を見た行成の慨嘆は、以下のようなものである（『権記』）。

> 藤原氏の長者として壮年に達し、すでに人位を極め、皇帝（一条）・太子（居貞）の親舅、皇后（彰子）の親父、国母（詮子）の弟である。その栄幸を論じれば、天下に比べる者は無い。ところが今、疾病に侵されて、心神は亡きがごときである。邪霊に領得され、平生ではないようなものである。死とは士の常である。生きて何の益が有ろうか。事の道理を謂うならば、この世は無常である。愁うべし、愁うべし。悲しむべし、悲しむべし。

そして定子は御産を迎えた。ところが十二月十五日、定子は皇女媄子を出産したものの後産が下りず、翌十六日の早朝に死去してしまう。「皇后宮がすでに頓逝したことは、甚だ悲しい」と悲しみを隠そうとはしなかった一条は、参内した行成に道長の参内を命じたのであるが、道長は詮子の許に参上してしまった（『権記』）。その時、前典侍（女御藤原尊子の母、つまり道兼の元妻の藤原繁子）という女官が邪霊のために憑依し、詮子の床席に候じていた道長に襲いかかるという事件が起こった。その叫ぶ声は、道隆、あるいは道兼に似ていたという。道長は心神を失ない、「甚だ怖畏されている様子が有った」ということであった（『権記』）。

　定子の葬礼は翌十二月十七日におこなうこととなったが、上卿を務めるべき諸卿は、顕光をはじめとしてこれを忌避し、また崩奏や定子の遺令を奏上させようとしても、皇后宮職の官人や外戚の高階氏の者、定子と親しかった者は、誰も二条宮にはおらず、崩奏も遺令の奏上もおこなうことができなかった（『権記』）。

　十二月二十日、行成は一条の御前に伺候したが、一条は「天皇がおっしゃった事は、甚だ多かった。心中、忍びがたい（我慢できない）ものであった」という状態だったとある（『権記』）。一条の忍びがたい心中とは、道長をはじめとする人々の定子に対する対応であろうか。

敦康親王の後見

　定子の死によって、ただ一人の円融皇統の皇子である敦康は、後見も生母もないまま、一人残されてしまった。しかし、定子が死去した後にも、一条と彰子の間に皇子懐妊の

「可能性」が生じておらず、当時はまだ嫡流であった冷泉皇統の東宮居貞親王（後の三条天皇）には娍子（父はすでに死去している大納言藤原済時）からすでに三人の皇子が誕生しているという情勢にあっては、道長や詮子は、第一皇子敦康を後見するしかなかった。

長保三年（一〇〇一）の春頃から、行成は一条に、後漢の明帝（顕宗）が馬皇后に粛宗（後の章帝）を愛養させた故事を上奏し、彰子に敦康を養育させることを提言していた。八月三日に敦康は彰子の上直廬に移御し、十一日に敦康の魚味始（誕生後はじめて魚肉を食べさせる儀式）がおこなわれた。十一月十三日には彰子の御在所において、敦康の着袴の儀がおこなわれた（『権記』）。それはあたかも、『源氏物語』で明石の上が産んだ女（後の明石中宮）を、手許に引き取って養育させられる紫の上のようなものであった。

相変わらず彰子と一条との間には懐妊の「可能性」が生じなかった。一条の敦康への愛情と、定子への追憶、そして女御元子（藤原顕光の女）への寵愛をめぐって、道長と一条との間には微妙な雰囲気が生じていたのである。

そしてそれは現実のこととなった。定子の妹（道隆四女）で敦康の「御母代」として彰子の御在所に伺候していた御匣殿（後宮で天皇の身のまわりの世話を奉仕した上臈女房）を一条が寵愛し、懐妊させたとされるのである。十代後半という年齢の御匣殿の中に、一条はかつての定子の面影を見出したのであろう。御匣殿は六月三日に死去してしまうが（『権記』）、道長も彰子も、御匣殿の懐妊を知った際の心中は、かなり複雑だったことであろう。

ただ、道長としても、引きつづいて敦康の後見に努めるしかなかった。三月九日に敦康は上巳の祓をおこなっているが、これには道長も伺候している。六月七日には敦康は道長邸に移御している。二十日の敦康の方違には、道長は車後に伺候し、二十三日に敦康が一条院内裏に還御した際には、道長は贈物に野釼を送っている。八月二十二日の敦康御読経定も、道長の直廬においておこなわれたものである（『権記』）。

4　宣孝の死

ふたたび無官となった為時

紫式部一家に視点を戻すと、長保三年（一〇〇一）に越前守の任を終えて、春に為時が帰京した。久々に賑やかな一家となったが、その後は、為時はふたたび無官となり、左少弁に任じられたのは八年後の寛弘六年（一〇〇九）三月四日、越後守に任じられたのはその二年後の寛弘八年（一〇一一）二月一日のことであった（『権記』『弁官補任』）。

その間、為時は、長保三年十月七日の東三条院算賀試楽に屏風和歌を献じ（『権記』）、長保五年（一〇〇三）五月一日の道長邸法華三十講の作文会に詩を献じたり（『本朝麗藻』）、同月十六日の道長邸法華三十講の歌合に和歌を出したり（『古今歌合』）、寛弘四年（一〇〇七）四月二十五日の内裏密宴に詩を献じたり、寛弘六年七月七日の内裏庚申待に作文の序を献じたりしている（『御堂関白記』）。しかし、「家旧く門閑かにして只、長蓬あり。時に謁客無く、事、条空たり」という詩を残しているように（『本朝麗藻』）、官人としての動きは見せていない。

なお、『続本朝往生伝』に一条朝の「天下の一物」が列挙されているが、為時は文士十人の中の一人として名を挙げられているし、『江談抄』に大江匡衡が行成に送った書に、為時を含む六人は「凡位を越える者である。故にその身は貧しい」と称され、『二中歴』にも代表的な詩人として名が挙げられるなど、詩人としての為時の評価は高かった。

約二年半での別れ

宣孝の方は、長保元年（九九九）十月二十一日に弓場始試射の所掌を務め、十一月十一日に賀茂臨時祭調楽の人長（舞人の長）を務めたりしていたが（『権記』）、宇佐奉幣使を命じられ、十一月二十七日に発遣されている（『日本紀略』『権記』）。発遣に際しては特に一条から餞宴を賜わり、「宣孝を召せ」と召されて、禄（御下襲と表御袴）を下給されている（『権記』）。宣孝は翌長保二年（一〇〇〇）二月に帰京し、道長に馬二疋を献上したりしている（『御堂関白記』）。

　しかし折しも、それは九州からはじまった疫病流行の最中であった。帰京後の宣孝は四月一日に平野臨時祭勅使を務め（『御堂関白記』『権記』）、七月二十七日の相撲の召合に参列し、九月五日に山城国が進上した葛野郡の図帳に封を加え、十月十五日の殿上の楽にも召されているから（『権記』）、ただちに宇佐使と疫病を結びつけるわけにはいかないが、何らかの影響があった可能性も捨てきれない。

　長保三年（一〇〇一）になっても、正月二日に一条に屠蘇を供した際に後取（天皇が飲んだ余りを飲む役）を務めるなど、宣孝は忙しい日々を送っていた。ところが二月五日に、宣孝は春日祭使代官の替わりとして道長から呼び出されたものの、「痔病が発動」して不参であった（『権記』）。二ヵ月後に死を迎えることから考えて、現在の痔疾患にとどまらない重病、下血を伴う内臓疾患であった可能性が高い。

　そして四月二十五日、宣孝は死去した（『尊卑分脈』）。紫式部は結婚後わずか二年半ほどで寡婦となってしまったのである。『紫式部日記』には、後の述懐として、「夫を亡くして将来の頼みもないのは、ほんとうに思い慰める方法すらもありませんが、しかしせめ

て寂しさのあまりに心すさんで自棄的なふるまいをする身だとだけは、思いますまい」という記述が見える。また、

憂鬱（ゆううつ）であれこれと思い乱れて、夫の死後数年来、所在なさにただ茫然（ぼうぜん）と物思いに沈んで明かし暮しては、花の色を見ても鳥の声を聞いても、また、春秋に移りかわる空の様子や、月の光、霜、雪を見ては、その時節がめぐってきたのだなあと、かろうじて思い知っては、いったいわが身は結局どうなることだろうと思うばかりで、行く末の心細さは晴らしようもないものであったけれど、……

と物思いにふけっていた。

ともあれ、宣孝との日々が、紫式部の特異な男性観や結婚観を生み出したことは確実である。それはやがて、『源氏物語』の世界にさまざまなかたちをとって現われることになるであろう。

なお、宣孝の子孫は勧修寺（かんじゅじ）流の嫡流となり、院政（いんせい）期に近臣（きんしん）や公卿（くぎょう）を輩出している。

宣孝の死に関わる歌

その後、『紫式部集』には夫の死を直接悼む哀傷歌は見られないものの（清水好子『紫式部』）、宣孝の死に関わる歌がつづく。誰かから見舞いの歌（40）を送られた返歌に、

41　なにかこの　ほどなき袖を　ぬらすらむ　霞の衣　なべて着る世に

（取るにたりない私ごとき者が、どうして夫の死のみ悲しんで袖を濡らしているのでしょう。国中の方が喪服をつけていらっしゃる時ですのに）

と詠んでいる。ちょうど東三条院詮子の死去による天下諒闇（天皇父母の死に際して、天皇のみならず臣下にも服喪させること）と重なっていたのである。

宣孝の旧妻との間に生まれた女からは、

42　夕霧に　み島がくれし　鴛鴦の子の　跡を見る見る　まどはるるかな

（夕霧のたちこめる島陰に姿をかくした鴛鴦の跡を見て途方にくれている子のように、亡くなった父の筆跡を見ながら悲嘆にくれています）

という歌が贈られてきた。宣孝の筆跡を見て悲嘆しているという内容である。

同じ女が、宣孝が死んで荒れた家でも桜が咲いたと言って寄こした歌は、

43　散る花を　嘆きし人は　木のもとの　さびしきことや　かねて知りけむ

（桜の散るのを嘆いていたあの方は、花の散ったあとの木のもとのさびしさを、そして自分の亡くなったあとの子供のさびしさを、生前からご存じだったのでしょうか）

というものであった。紫式部は左に「『心配が絶えない』と、あの亡くなった方が言っていたことを思い出したのである」という注を記している。

物怪の憑いた醜い女の背後で、鬼の姿となった先妻を小法師が縛っている様子が描かれ、さらに夫が経を読んで鬼の姿となった先妻を退散させようとしている絵を見て詠んだ歌は、

44　亡き人に　かごとをかけて　わづらふも　おのが心の　鬼にやはあらぬ

（妻についた物怪を、夫が亡くなった先妻のせいにして手こずっているというのも、実際は、自分自身の心の鬼に苦しんでいるということではないでしょうか）

というものである。「心の鬼」という語は、その後も紫式部がしばしば意識する観念なの

であった。

つづけて、陸奥（むつ）の塩竈（しおがま）の絵を見て詠んだ歌がある。この歌は、「この世の無常なことを嘆いている頃」というもので、宣孝の死の直後に詠んだらしい。

48　見し人の　けぶりとなりし　夕べより　名ぞむつまじき　塩釜（しほがま）の浦

（連れ添った人が、荼毘（だび）の煙となったその夕べから、名に親しさが感じられる塩釜の浦よ）

宣孝を火葬にした煙の記憶が、ここに詠みこまれているものである。

紫式部への求婚者

そんな紫式部のところに、何と早速の求婚者が現われた。「私の家の門を叩きあぐねて帰っていった人」（49）というものである。九州あたりの受領（ずりょう）を務めた人物と推定されている（宣孝男の隆光（たかみつ）とする説もある）。この男に対する返歌は、

50　かへりては　思ひしりぬや　岩かどに　浮きて寄りける　岸のあだ波

（お帰りになって、私の堅さがおわかりになったでしょうか。岩角に浮いて打ち寄せた岸のあだ波

のように浮気っぽく言い寄って来たあなたは）

というものである。身持ちの堅い寡婦の姿が思い浮かぶ。

長保四年（一〇〇二）が明けると、その男は、「門はもう開きましたか（喪は明けましたか）」と言ってきた。それに対し紫式部は、つぎのように突っぱねている。

51　たが里の　春のたよりに　鶯の　霞に閉づる　宿を訪ふらむ

（鶯は、どなたの春の里を訪れたついでに、霞の中に閉じこもっているこの喪中の家を訪ねて来るのでしょうか）

この男との歌の贈答はその後は見えないことから、紫式部はこの縁談を拒みつづけたものと推定されている。他にも時おり文をやりとりしていた男がいたことは、九月末に、

82　霜枯れの　あさぢにまがふ　ささがにの　いかなるをりに　かくと見ゆらむ

（霜枯れの浅茅の中にまぎれ込んでかすかに生きている小さな蜘蛛が、どんな折に巣を作るとお思いなのでしょう）

という歌を返していることからもうかがえる。

思索と構想の日々へ

これ以降、長い寡婦生活がつづく。その間の紫式部の動静は明確には把握できないが、彼女自身が世の中をどう見ていたかがうかがえる歌が存在する。「世の中を無常だなどと思う人（紫式部のこと）」が、幼い子（賢子）が病気になったので、唐竹というものを花瓶に挿した女房が祈ったのを見て詠った歌として、つぎの歌が残されている。

54　若竹の　おひゆくすゑを　祈るかな　この世をうしと　いとふものから
（若竹のような幼いわが子の成長してゆく末を、無事であるようにと祈ることだ。自分はこの世を住みづらい所だといとわしく思っているのに）

ただ、そのつぎに載せられている歌は、「わが身の上を思うようにならず不遇だと嘆くことが、次第に並々の程度になり、ある時はひたすら激しい状態になる自分であることを思って詠んだ歌」というものであり、次第に立ち直っていく自分を自覚している。

55　数ならぬ　心に身をば　まかせねど　身にしたがふは　心なりけり
（人数でないわが身の願いは、思い通りにすることはできないが、身の上の変化に従っていくものは心であることだ）

後に述懐しているところでは、宣孝が大切に所蔵していた漢籍（かんせき）も、その死後には手を触れる人もいなかったので、紫式部が所在ない時などに一冊二冊と引き出しては見ていたとある（『紫式部日記』）。

そして気心の合う友達同士で他愛のない物語を作っては見せ合い、手紙で批評し合ったりして過ごしはじめた。「自分など世の中に存在価値のある人間とは思わないものの、今さしあたっては恥ずかしい、つらいと思い知るようなことだけはまぬがれてきた」というのである（『紫式部日記』）。

こうして紫式部の長い思索と物語の構想の日々がはじまった。これが直接的に『源氏物語（げんじものがたり）』の起筆を指すのかどうかは不明である。むしろ長い習作（しゅうさく）の年月の後に、『源氏物語』の壮大な世界が構築されたと考えたい。

第七章　『源氏物語』と道長

1　『源氏物語』の構想

罪と罰と贖と

ここで『源氏物語』の世界に踏み込んで、その執筆にいたった経緯と、道長が与えた影響について考えてみたい。

紫式部が、『源氏物語』の執筆をいつ頃にはじめたのか、また執筆の動機は何だったのか、その背景には何が存在したのかなど、さまざまな問題を考える前提として、『源氏物語』全体の構造と構想を、まずはおさえておくことにしよう。

『源氏物語』全体の構成は、

第一部・父桐壺帝の后（藤壺）と密通し、産ませた子が即位する（冷泉帝）という「罪」
第二部・妻（女三の宮）が密通を犯し、生まれた子（薫）を光源氏が育てるという「罰」
第三部・光源氏の死後、宇治の姫君（大君・浮舟）がそれらを償うという「贖」

という三部構成で理解することができ、第一部は光源氏の一生の主要部分のa系と、それ以外のb系に分けられる。

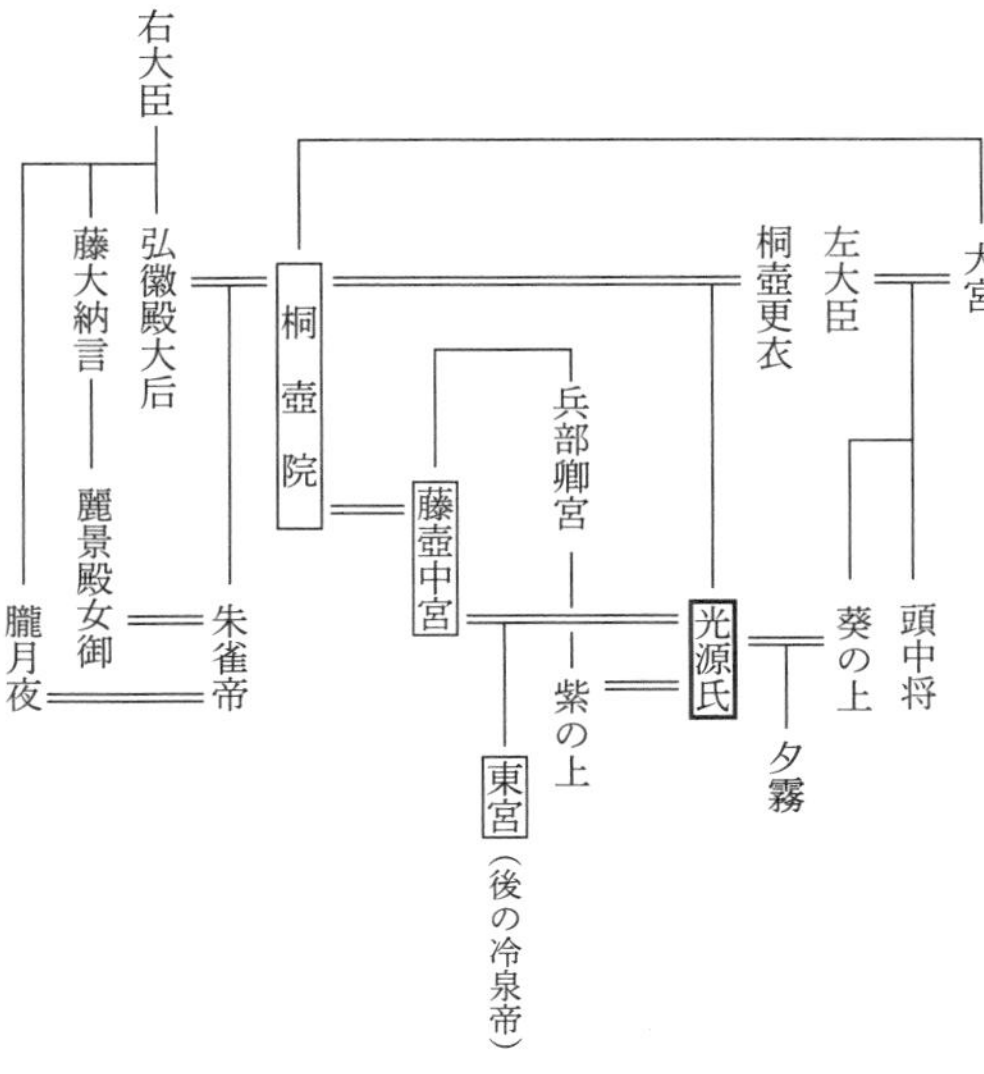

第一部「罪」

『源氏物語』第一部——罪

第一部a系は、光源氏の生い立ちと女性遍歴、特に藤壺・紫の上との関係を描いた部分（「桐壺」「若紫」「紅葉賀」「花宴」「葵」「賢木」「花散里」の七巻）、光源氏の流寓から都への召還を描いた部分（「須磨」「明石」「澪標」「絵合」「松風」「薄雲」「朝顔」「少女」の八巻）、六条院の栄華を描いた部分（「梅枝」「藤裏葉」の二巻）から構成される。執筆順序はさておき、これらが光源氏の一生のうちで、骨格となる「罪」の部分となる。

なお、第一部b系は、主要でない女性たちとの遍歴を描いた「帚木」「空蝉」「夕顔」「末摘花」の四巻、女性たちのその後を描いた「蓬生」「関屋」の二巻、そして玉鬘十帖（「玉鬘」「初音」「胡蝶」「蛍」「常夏」「篝火」「野分」「行幸」「藤袴」「真木柱」）からなる。これらはいわば、第一部の番外編、エピソード集とも称すべき巻々であろう。これらは折々の要請にしたがって、後に書き足したものであろうか。

『源氏物語』第二部――罰

そして第一部の末尾における六条院の大団円で、光源氏の物語は完結するものとなっていたはずである。しかし、他者からの要請によるものか、それとも人生のより深く暗い深淵を描きあげようとした紫式部の心の底から湧き上がってきた熱情によるものか、紫式部は第二部の執筆をはじめた。

女三の宮降嫁とその後の物語を描いた部分（「若菜上」「若菜下」「柏木」「横笛」「鈴虫」「夕霧」の六巻）、紫の上と光源氏の死を描いた部分（「御法」「幻」の二巻）は、光源氏の受けた「罰」を描いたものであろう。

かつて父桐壺帝の后である藤壺と密通し、子を成してしまったものの、父帝はおそらくはそれと知りながら自分の子として育てなければならなかった。生まれた皇子は、冷泉帝として即位するものの、やがて自分の出生の秘密を知ってしまう。
同じことが、あれほどの栄華を謳歌する光源氏の身の上にも起こってしまったのである。柏木と密通した女三の宮が産んだ薫を、光源氏はそれと知りながら自分の子として育てなければならなくなってしまった。薫もまた、自分の出生の秘密を知ってしまうのである。

弘徽殿大后
藤壺女御
桐壺院
藤壺中宮
朱雀院
一条御息所
柏木
女三の宮
光源氏
葵の上
太政大臣
薫
夕霧
雲居雁
柏木
落葉の宮

第二部「罰」

『源氏物語』第三部――贖

そして第三部の光源氏死後の世の中、特に後継者としての薫と匂宮を描いた部分（「匂兵部卿」「紅梅」「竹河」の三巻）、さらには宇治十帖（「橋姫」「椎本」「総角」「早蕨」「宿木」「東屋」「浮舟」「蜻蛉」「手習」「夢の浮橋」）は、光

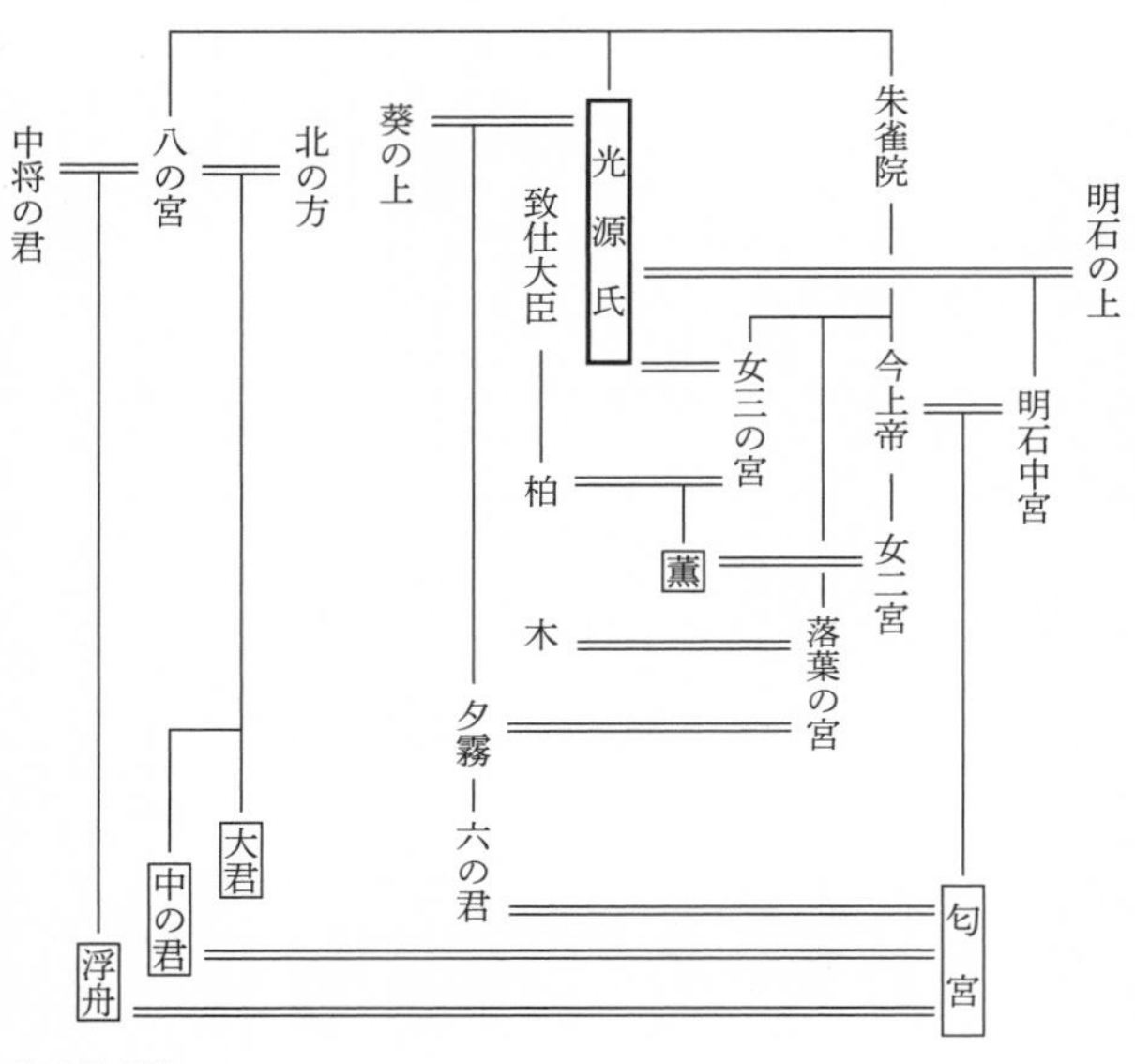

第三部「贖」

源氏をはじめとする人々が犯してきた罪を、特に浮舟が浄土信仰に身を投じることによって償う、「贖」の意味を持ったのであろう。

そこには、紫式部自身の浄土信仰への傾倒を垣間見ることもできよう。『紫式部日記』にも仏道修行への志向を語りながらも果たせなかったことが記されているが、紫式部はそれを宇治の姫君におこなわせたということになる。

しかしそれにしても、この長大にして雄壮な『源氏物語』の末尾が、小野の庵で仏道にいそしむ浮舟の許に薫の手紙が届き、返事を書くことを拒否した浮舟に対し、薫が、「どこかの男が人目につかぬよう浮舟を隠し住まわせているのだろうか」と思ったところで終えているというのは、どういう人生経験によって身につけたのか、紫式部の絶望的な男性観の到達点がうかがえよう。

2 宮廷政治のなかの『源氏物語』

いつ執筆をはじめたのか

紫式部(むらさきしきぶ)が、『源氏物語(げんじものがたり)』の執筆をいつ頃はじめたのか、古来からさまざまな説が出されてきたが、可能性はつぎの四つに分類される。

1. 結婚以前
2. 結婚後、宣孝(のぶたか)の死去以前
3. 宣孝死去後、彰子(しょうし)への出仕(しゅっし)以前

4．彰子への出仕後

彰子の許に出仕した後に斎院選子内親王から彰子に依頼があり、紫式部は石山寺に籠ったものの、なかなか起筆に至らなかったところ、琵琶湖の湖水に映った月影を見て「須磨」巻から起筆したという古来からある伝承はさておき、もっとも可能性の高いのは、江戸時代初期以来の通説となっている、3の宣孝死去後、出仕以前というタイミングであろう。なお、長保三年（一〇〇一）の宣孝死去の時点では、紫式部は二十九歳と推定される。

「源氏の間」（石山寺）

起筆の動機

ただ、起筆の動機となると、とんと見当がつかない。紫式部が徒然の慰めとして、とりとめのない作り物語を書きはじめたとも思えないし、さりとて引き裂かれそうになる自我をぎりぎりつなぎ止めるための必死の営為であったようにも、どうも思えないのである。

つまり、紫式部が自発的に書きはじめたものなのか、はたまた何らかの外的な要請があって書きはじめたものなのかが問題となろう。

もちろん、起筆の段階でどれだけ全体の構想が形をなしてできあがっていたのか、またどの順番で執筆していったのか、ましてや全編を紫式部が書いたのかという問題が存在することも、つねに頭に入れておかなければならないことである。

そもそも、紫式部の出仕と『源氏物語』とは関係があるのかないのか、また出仕の時点で『源氏物語』はどこまで書かれていたのか、紫式部が生きていた時代にいったい何種類の『源氏物語』が存在したのか、紫式部が「源氏の物語」と呼んでいたこの物語が、いつから、誰によって『源氏物語』と呼ばれるようになったのか。肝心な部分が未解決のままである。もっとも本質的な問題は、『源氏物語』には中世以降の写本しか存在せず、増補や改作を除いた紫式部が執筆した原文がわからないという根本的な点であろう。

また、紫式部の出仕は為時(ためとき)の推挽(すいばん)によるものなのか、あるいはどこかからの要請によるものなのか。これも紫式部の出仕と『源氏物語』との関係を解く鍵となりそうである。

これらの問題は、国文学の世界ではすでに語り尽くされ、結局は結論を見ない問題なのであろうが、私には、『源氏物語』全編を紫式部が執筆したという前提で、特定の読者を意識しないでは、あれほどの長編を書きはじめるのは難しいように思われてならない。ここでは二つの視点を付け加えてみたい。

『源氏物語』に要する料紙の枚数

一つには料紙の問題である。下世話な視点であるが、『源氏物語』を書き記すためには、いったいどれほどの紙が必要となるのであろうか。

まずは『源氏物語』の構成と清書に要した料紙の枚数を推定してみた（巻毎の明細は倉本一宏『紫式部と平安の都』に表示してある）。一枚の紙を四半本として四丁とすると、一丁は裏表で二頁となるから、一紙から八頁が取れる。現存最善本の写本とされている大島本（文明十三年〈一四八一〉作成。古代学協会所蔵）を見た限りで大まかな平均を取り、乱暴な仮定をおこなうと、一行に二〇字書くとして、一頁一〇行とすると、一頁には二〇〇字、つまりは一紙で一六〇〇字を書くことができることになる（藤本孝一氏のご教示による）、と仮定した場合の料紙の枚数である。

『源氏物語』は全編五四巻で、数え方にもよるが九四万三一三五字である（改行は考慮に入れていない）。これを記すためには六一七枚の料紙が必要となる。内訳は、「桐壺」巻から「藤裏葉」巻までの第一部が四三万九四六五字で二九一枚、そのうちa系だけで一六五枚、「若菜上」巻から「幻」巻までの第二部が一九万三八五一字で一二五枚、「匂兵部卿」

巻から「夢の浮橋」巻までの第三部が三〇万九八一九字で二〇一枚である。

もちろん、これは清書用の料紙の問題であり、下書き用の紙や、書き損じて反故にした紙は、膨大な量にのぼるはずである。これに改行分を加えれば、さらに大量の料紙が必要となる。表紙や裏表紙用の紙も勘定に入れていない。

また、これは一紙一六〇〇字で計算してみた枚数だが、一紙を袋綴にして表に四〇〇字を書いた場合には、二三五五枚という、気の遠くなるような清書用料紙が必要となってくる。

紫式部が出仕前に全編を執筆していたとは考えられないから、どれくらいまで書き進んでいたかを推定してみると、第一部をすべて執筆していたとすると、一紙に四半本で一六〇〇字として先ほど述べたように二九一枚、光源氏の前半生の骨格となる部分を描いたいわゆる第一部a系だけをすべて執筆していたとすると、一六五枚を要する。第一部a系のうち、光源氏の生い立ちと女性たちとの遍歴を描いた「桐壺」「若紫」「紅葉賀」「花宴」「葵」「賢木」「花散里」巻で六八枚、須磨流寓から都召還を描いた「須磨」「明石」「澪標」「絵合」「松風」「薄雲」「朝顔」「少女」巻で八三枚を要する。袋綴にして執筆した場合は、それぞれ四倍の料紙が必要となる。

光源氏が須磨・明石に流謫した「須磨」「明石」巻に長徳二年（九九六）の「長徳の変」における藤原伊周の配流との関連があるとすると、出仕の段階ではこのあたりまでは執筆していた可能性が考えられる。これらは宮中におらずとも描けたかとも思われる。

一方では、光源氏復帰後の権力闘争や宮廷政治や後宮の有様は、出仕後の見聞に基づくものかと考えたい。そうなると、第一部a系の途中まで、出仕以前に書き終えていた可能性が高いのではないだろうか。

そうすると、その時点では四半本で一〇〇枚弱、袋綴で四〇〇枚ほどの清書用料紙を必要としたということになる。下書き用や反故にした紙、後に述べる三種類の親本の存在を考えると、出仕以前にも膨大な量の料紙を必要としたことが推定されるのである。

高価だった摂関期の紙

当時、紙は非常に貴重であった。律令制では製紙は図書寮の所管であったが、平安時代になると、『延喜式』によれば中男作物（中央官司や封主の必要とする物品を八歳以上二十一歳以下の中男の雑徭によって調達して貢進するもの）として一人が紙四十張を官府に輸する国が四十一国に達した一方、図書寮特設の製紙場である紙屋院でも、年二万枚の上質紙（紙屋紙）を造って内蔵寮に納め、諸官司に分配した。しかし、摂関期に入ると、中央政府機構のゆるみを反映して紙屋院でも宿紙すなわち漉きがえしを専門とするようになった（『国史大辞典』。寿岳文章氏執筆）。

ただし、これらはあくまで、諸官司の用途に用いたものである。個人が購入するとなると、東西の市で買えばいいかというと、そうはいかなかった。『延喜式』では、東市五十一、西市三十三の廛（店）が列挙されているが、筆廛・墨廛はあるものの、紙を扱う廛はなかったのである。都人が個人で紙を購入することは想定していなかったのであろう。

　紙屋紙を私的に使用した例は、『蜻蛉日記』『枕草子』『源氏物語』に見えるが、いずれも藤原兼家、藤原行成、また光源氏（「梅枝」）・紀貫之（「絵合」）・常陸の親王（「玉鬘」）・末摘花（「蓬生」）と、公的に使用するはずの紙屋紙を流用できそうな立場の人（またはその女）によるものである。

　さて、この時代の紙の値段であるが、いずれも東大寺・東西獄・東寺造寺所・衛門府と、公的な用途に使用する紙のものしか史料に残されていないが、正暦三年（九九二）に中男作物紙三千帳の代米が六石（『東南院文書』）、長徳二年に贓物（盗品）である用紙五十帖の値が五十文（『西宮記』）、長保二年（一〇〇〇）に中男作物紙四十帖の代が二貫文（帖別に五十文）、上中用紙の値が合わせて四石九斗七升五合、上紙五帖の値が一石五斗（帖別に三斗）、中紙十五帖の値が二石二斗五升（帖別に一斗五升）、用紙三十帖の値が一石二斗二升五合（帖別に三升五合、『東寺文書』）、寛弘七年（一〇一〇）に衛門府が陣で用いる紙の値が六升、御前松明の料が六升、粮所の通例の用紙の値が一斗（九条家本『延喜式』裏文書）といったところである。

紙の品質や用途によって、その価格はさまざまだったのであるが、それはたとえば、同じ『東南院文書』のなかで絹の代米が疋別二石、油の代米が升別一斗五升、『東寺文書』のなかで桶二柄が五斗、杓二口が三升、箕一舌が六升、『延喜式』裏文書のなかで庁守一人の給料が二斗四升、火炬二人の給料が六斗、検非違使別当の随身火長二人の給料が六斗と比べても、紙は高いなあというのが実感である。

いずれにしても当時の紙は高価で、しかも誰でも手に入るものではなかったことは明らかであろう。紙屋院によほど顔の利く人物か、地方から紙を貢進される有力な人物に限られたはずである。『延喜式』では中男作物として、越前からも紙を貢進することが規定されているが、為時が受領の時代に大量の紙を私物化できたとも思えない。

紙が高価で貴重であった当時、いったい中級官人の寡婦にして無官の貧乏学者である為時の女である紫式部に、これほどの料紙が入手し得たものであろうか。下書き用には為時の使い古しの反故紙の紙背を使用したにしても、まさか清書用にはそうはいくまい。為時にしても、大学の学生であった時には紙も融通してもらえたであろうが、無官となった時代には、どうやって紙を調達していたのであろうか。

こういう状況から、紫式部はいずれかから大量の料紙を提供され、そこに『源氏物語』を書き記すことを依頼されたと考える方が自然であろう。そして依頼主として可能性がもっとも高いのは、道長を措いては他にあるまい。
『紫式部日記』には、寛弘五年（一〇〇八）十一月に彰子の御前で『源氏物語』清書本を作製したことが見えるが、その際、道長から紙・筆・墨・硯が提供されたと記されている。道長がしばしば各所に紙を差し入れていることは、『御堂関白記』にも見える。また、寛弘六年（一〇〇九）十二月二日の皇子敦良七夜の産養では、攤の賭物として一条天皇から下賜された紙は、はなはだ劣った物であったので、道長が陸奥紙（陸奥国で生産された、楮を主原料とする、厚手で表面に細かなしわのある上質の和紙。檀紙とも）を出している。『御堂関白記』自筆本を記録した具注暦は、道長が料紙を提供して特注したものであるが、非常に薄い良質の紙で、千年後の現在でも墨が鮮やかに残っている。道長はきわめて良質の紙を大量に受領から貢進され、それを所蔵していたことがわかる。

この寛弘五年の『源氏物語』清書本作製のときのみならず、『源氏物語』という物語は、はじめから道長に執筆を依頼され、料紙の提供を受けて起筆したものであるという可能性を、ここに提示してみたい。

『源氏物語』が描く王権と宮廷政治

そしていま一つには宮廷政治史との関連である。一見すると雅な恋愛物語であるかのように見える『源氏物語』が、じつは王権と宮廷政治の物語でもあり、数々の政治史的要素や後宮闘争を組み入れた作品であることは、少し読み込めば容易に理解されるところである。

特に登場人物の成長につれて見られる政治的な豹変は、読み進めるとともに目を見張らせるものがある。権力者・外戚と化す光源氏、光源氏の政敵と化す摂関家嫡流の元の頭中将、女院として権力を振るう藤壺の姿は、もはや源高明や伊周を超えて、摂関政治史における道長や詮子の実際の姿を彷彿とさせる（やがて彰子も詮子のようになる）。

また、詳細はかつて「『源氏物語』に見える摂関政治像」という論文に書いたが（『摂関政治と王朝貴族』所収）、『源氏物語』の記述は、つぎに示したように、摂関期の政治常識を、冷酷なほど鮮やかに、しかも無意識のうちに描いている。

・重態の桐壺院から光源氏を後見とするよう遺戒を受けた朱雀帝であったが、実際にはミウチである右大臣家の指揮に従うようになる。これは、天皇・父院（その死後は国母）・天皇の外戚の摂関（もしくはそれに准じる官人）、の三者によって構成されるミウチ的な権力中枢が、公卿による議定を領導して、自己の政治意思を国家的な政策へと昇華させるという摂関期の政治の基本構造を象徴的に記述している。

・帝の外祖父太政大臣（元の右大臣）の死去、国母（弘徽殿大后）の病悩という事態を承け、朱雀帝ははじめて源氏召還を、国母に対して発議する。この時点では国母は天皇の意志を押し切ってしまったが、朱雀帝が退位を決意した瞬間、光源氏召還の決定を強行する。「死に体」の天皇は、「死に体」の国母の諫止を振り切ることができた。

・朱雀帝が東宮（即位後は冷泉帝）に譲位すると、光源氏は新帝と新東宮（後の今上帝）のミウチとしてその後見を託された。致仕の大臣（元の左大臣）は摂政と太政大臣を兼ね、宰相中将（元の頭中将）は権中納言に任じられ、新たに国母となった藤壺中宮は女院となり、ここに冷泉帝を中核としてミウチ的血縁関係によって結ばれた新しい権力中枢が形成された。

宮廷政治の機微を見抜く眼力

さらには、摂関期における官職の性格の変化を、『源氏物語』では明敏に捉えている。たとえば、光源氏が政権獲得の前段階として内大臣に任じられる場面があり（「澪標」）、また光源氏は、大納言（元の頭中将）が「いま一際」上ったならば（つまり内大臣になったならば）「世の中の御後見」を譲ろう、と冷泉帝に語り、実際に大納言は、内大臣に任じられた直後に天下の政を源氏から譲られている（「少女」）。
内大臣という官がこのように政権担当と直結する性格の地位となったのは、天禄三年（九七二）の兼通、永祚元年（九八九）の道隆、正暦二年（九九一）の道兼、正暦五年（九九四）の伊周からである。

『源氏物語』の場面で、光源氏が帝の後見として内大臣に任じられるや、そのまま摂政となるであろうと当時の人々が認識した、という記述が見られるということは、内大臣という官職に対する『源氏物語』作者の正しい認識をそのまま反映させたものと言えよう。なお、作者がどの時代の内大臣像を特に想定していたかを推測すると、任内大臣がそのまま関白任命へとつながった最初の例である天禄三年の兼通から、二十年間も内大臣に据え置かれ、ついに摂関に上ることのなかった公季（彼の場合、内大臣への任官時点でこのことが予測されていたはずである）が内大臣に任じられた長徳三年（九九七）までの間、まさに『源氏物語』が執筆される直前であったと思われる。

また、光源氏が内覧として「世の御後見」となり、政権の座に就いた記述があるが、内覧は天禄三年に兼通、長徳元年（九九五）に伊周、ついで道長が就いた地位である。

さらには、源氏は宿老の大臣として太政大臣に任じられるが（「少女」）、律令の規定では「一人（天皇）に師範」する地位で、「其の人無くば則ち欠けよ」と規定された人臣最高の官である太政大臣が、宿老の大臣を優遇する名誉職となったのは、正暦二年の為光がはじめての例である。

天安元年（八五七）の良房以来、太政大臣に任じられてきた元慶元年（八七七）の基経、承平六年（九三六）の忠平、康保四年（九六七）の実頼、天禄二年（九七一）の伊尹、天延二年（九七四）の兼通、天元元年（九七八）の頼忠までは、その任命は摂政・関白の地位と密接なかかわりを持つものであった。しかし、寛和二年（九八六）、頼忠が関白を辞して太政大臣のみとなり、兼家が摂政に任じられるに及んで、その地位は変質した。そして、正暦二年、為光は上位に摂政道隆がいるにもかかわらず太政大臣に任じられ、その後は寛仁元年（一〇一七）の道長（摂政を辞し、太政大臣に）、治安元年（一〇二一）の公季（上位に関白左大臣の頼通がいた）というように、太政大臣は摂関ならざる宿老の大臣が任じられる官となった。『源氏物語』作者は、十世紀末葉という、まさに『源氏物語』執筆直前に起こった変質を鋭敏に物語に取り入れたのである。

加えて、女院として王権の長となり、権力を振るう藤壺の姿が描かれるが（「澪標」）、『源氏物語』執筆時までは、女院の例としては正暦二年の東三条院詮子ただ一例があるのみであり、つぎの女院は万寿三年（一〇二六）の上東門院彰子まで見られない。この地位が永続化することが決まっていたわけではなかったにもかかわらず、紫式部はこれを作品の中に取り入れたことになる。その眼力は、さすがという他はない。

これら宮廷政治の機微は、とても自邸に籠った寡婦生活のなかから察知できるものではなく、出仕後に内部に身を置いて見聞した現実の宮廷社会の姿の反映ではないかと思われるのである。もちろん、その中心には道長が存在したことであろう。

3 『源氏物語』という物語

『源氏物語』の執筆時期

以上を勘案すると、紫式部は出仕以前に、第一部a系のうち、光源氏の生い立ちと藤壺・紫の上との関係を描いた部分と、光源氏の須磨流寓から都召還を描いた部分の途中くらいまでを執筆しており、出仕後に、光源氏の都召還以後を描いた部分のつづきを執筆し、折々に第一部b系の、女性遍歴を描いた「帚木」「空蟬」「夕顔」「末摘花」巻、女性たちのその後を描いた「蓬生」「関屋」巻、玉鬘十帖を執筆したものと推測される。

そしてその後、第一部a系の残り、六条院の完成と栄華を描いた「梅枝」「藤裏葉」巻を執筆したものと推定される。

第二部の女三の宮降嫁とその後の物語、光源氏の死、第三部の光源氏死後の世の中、そして宇治十帖を執筆したのは、さらに後のことだったのであろう。

ただし、後にも述べるが、『源氏物語』のはじめの方の巻において、光源氏の将来に対する予言がいくつか語られる。「桐壺」巻では「帝王でもなければ臣下でもない地位になる」、「若紫」巻では「天皇の父になるが中途で不遇に沈む」、「澪標」巻では「子供が三人生まれ、天皇・皇后・太政大臣になる」というものである。紫式部はそれぞれの執筆時点で、すでに『源氏物語』の第一部a系、少なくとも光源氏の一生の基本的骨格についてのストーリーの見通しを付けていたことを示すものである。膨大な量の料紙の供給についても、すでに自信があったということになろう。

人間の真の姿

ここでは紫式部が『源氏物語』をどのような構想で執筆したかを考える。ただし、気の遠くなるくらいに膨大な『源氏物語』の研究史に関わっている余裕も能力もないので、私の関心と能力に基づいて、いくつかの問題を指摘するにとどめたい。なお、『源氏物語』の現代語訳は『新編　日本古典文学全集』による（以下同じ）。

まず、はるか昔から注目されてきたのは、「蛍」巻において光源氏が、物語を読む玉鬘に、「なるほどそんなこともあろうかとしみじみ人の心を誘い、もっともらしく言葉が連ねられていると、根も葉もないことと分ってはいながらも、……」とか、「こんな物語も、さぞかし巧みにありもせぬ作りごとを言いなれた口からの出まかせなのだろうと思うのですが、……」などと言いながら、その後に語らせた、

> 物語というものは神代からこのかた世間に起こったことを書き残したものだといいます。『日本紀』などはほんの一面にすぎないのです（「ただ片そばぞかし」）。これら物語にこそ、道理にもかない、委細を尽した事柄が書いてあるのでしょう。

という物語論（裏返せば国史論）である。漢文で記された官撰の歴史書よりも、仮名で書かれた物語の方が、世の中に現実に起こった出来事を写し出すのであるという認識である。自身は漢籍に通じ、「日本紀の御局」と称された紫式部が、このように語ったことの意義は大きい。

　いつごろから紫式部がこのような認識を抱くようになったのかは興味深いところであるが、『源氏物語』執筆時には、つねにこのような思いが通底していたのであろう。つづい

て紫式部は、光源氏につぎのように語らせる。

誰それの身の上として、ありのままに書きしるすことはないにしても、よいことであれ悪いことであれ、この世を生きている人の有様の、見ているだけでは物足りないこと、聞いてそのまま聞き流しにはできないことを、後の世にも言い伝えさせたい、そんな事柄の一つ一つを、心につつみきれずに言いおいたのが物語のはじまりなのです。

このあたりに、『源氏物語』執筆の動機が語られているように思えるのである。それまでの物語が、「童幼婦女子の徒然（つれづれ）の慰め」にしか値しないものであったとされるのに対し（今井源衛『紫式部』）、紫式部は仮名の物語という手段を用いて、世の中の、そして人間（特に男と女）の真の姿を描き出そうとしたのであろう。

道長の目的

さて、『源氏物語』の執筆を開始した時点で、紫式部にはどのあたりまでの物語構想が存在していたのであろうか。先にも触れたが、『源氏物語』のはじめの方の巻において、光源氏の将来に対する予言が語られる場面がある。

「桐壺」巻では、高麗人(渤海国使)の相人(人相見)が、光源氏が「国の親となって帝王という最高の位にのぼるはずの相のおありになる方であるが、さてそういう方として見ると、世が乱れ民の苦しむことがあるかもしれません。ただ朝廷の柱石となって、天下の政治を補佐するという方として判断すると、またその相が合わないようです」と予言する。「帝王でもなければ臣下でもない地位」ということで、光源氏の臣籍降下につながるのであるが、さらに後の准太上天皇(「藤裏葉」)などにもつながる予言ということになろう。

「若紫」巻では、光源氏の「ただごとでない異様な」夢想の夢解をおこなった者が、「まったくあり得ぬような、想像もつかぬ筋のこと」を解いたうえで、「そうしたご運勢の中には、つまずきがあって、ご謹慎あそばすべきこと」の生起を予言する。およそ日本の歴史の上で、「まったくあり得ぬような、想像もつかぬ筋のこと」というのは、皇統にあらぬ者の血筋が皇位を嗣ぐことを指すのであろうが、この頃、藤壺が懐妊していたこととあわせ、胎内の子がやがて皇位継承者になることを、すでに構想していたことになる。光源氏の須磨・明石流謫も同様である。

「澪標」巻までを紫式部が出仕以前に書いていたかどうかは微妙なところであるが、「澪標」巻では、「宿曜の占いで、『御子は三人、帝、后が必ずそろってお生れになるでしょう。そのうちの低いお方は、太政大臣として人臣の位をきわめるはずです』と勘申していたことが、一つ一つかなうようである」という記述がある。

冷泉帝が即位し、明石の姫君が生まれた箇所で語られているこの宿曜の勘申は、はじめて物語に登場した内容を過去形にして語るという手法をとっている。三人の子のうち、冷泉帝即位は実現しているが、明石中宮はまだ生まれたばかりであり、夕霧が太政大臣になるという場面は、結局は描かれることなく、『源氏物語』は終わっている。紫式部がこの占いをどの時点で構想したのか、またこの時点では夕霧の任太政大臣まで描くつもりであったのかと、あれこれ想像してしまう。薫を人数に入れていないとすると、第二部については、いまだ構想していなかったということであろうか。

これらの予言が語られている巻は第一部a系に属するが、紫式部にはそれぞれの執筆時点、出仕以前か遅くとも出仕直後に、すでに『源氏物語』の第一部a系のかなりの部分、少なくとも光源氏の一生の基本的骨格についての見通しがついていたことを示している。

とまれ、『源氏物語』という物語は、はじめから道長に執筆を依頼され、料紙などの提供を受け、基本的骨格についての見通しをつけて起筆したものと推定される。道長はおそらくその文才を、為時を通じて知らされていたのであろう。道長の目的が、この物語を一条天皇に見せること、そしてそれを彰子への寵愛につなげるつもりであったことは、言うまでもなかろう。

ただし、第二部が道長の栄華が反映されていた光源氏(ひかるげんじ)や紫(むらさき)の上(うえ)の運命の暗転を描いたものとなると、あるいはその頃にはすでに道長からの支援は離れていたのであろうか。とすればむしろ、彰子からの支援が考えられる。

第八章　紫式部と宮中

1　紫式部、彰子に出仕

紫式部出仕の年

紫式部がどの年に一条天皇中宮の彰子の許に出仕したのかは、明らかではない。『紫式部日記』の寛弘五年（一〇〇八）十二月二十九日の箇所は、実家から宮中に参上したという記述であるが、そこには、「はじめて私が宮中へ参上したのもたしか今夜のことであった」と見えるので、寛弘五年以前の年の十二月二十九日ということになる。

つづけて、「今ではもうすっかり宮仕えに慣れきってしまっているのも、われながらいとわしい身の上よと思われる」とあるから、前年の寛弘四年（一〇〇七）というより、それ以前と考えた方がよさそうである。また、直前の十一月二十八日の賀茂臨時祭の記述では、「（尾張）兼時が、去年までは舞人としていかにもふさわしい様子であったのに、今年はすっかり衰えてしまった」と同情している。前年までの臨時祭での兼時の舞を、宮中で少なくとも複数回は見ているのである。

そうなると、寛弘三年（一〇〇六）か寛弘二年（一〇〇五）の十二月二十九日ということになるが、寛弘二年には十一月十五日に内裏が焼亡し、二十七日に一条と彰子は東三条第内裏に遷御している。その慌ただしい最中に紫式部がはじめて出仕したようにも思えないから、寛弘三年説の方に分がありそうである。最新の旧暦カレンダー（https://keisan.casio.jp/exec/system/1189993438）では寛弘元年（一〇〇四）と寛弘二年の十二月は小月であって、二十九日は大晦日になる。そのような日に初出仕というのもせわしなかろうというので、この点からも十二月が三十日まである寛弘三年説を採りたい。

一条と彰子は、寛弘三年三月四日に、花の宴の後、道長の一条院に遷御している。紫式部が入ったのは平安宮内裏ではなく、一条院内裏なのであった。宣孝が死去してから五年半余り後のことである。

なお、紫式部が彰子の前に具平親王家や道長嫡妻の源倫子の女房を務めていたという伝えもあるが（『今鏡』『河海抄』）、その真偽は明らかではない。彰子に仕えはじめた際の戸惑いから考えると、彰子に仕えたのがはじめての出仕のように思われるのだが。

女房たちの序列

紫式部の出仕が、『源氏物語』のはじめの数巻による文才を認められてのことであるこ

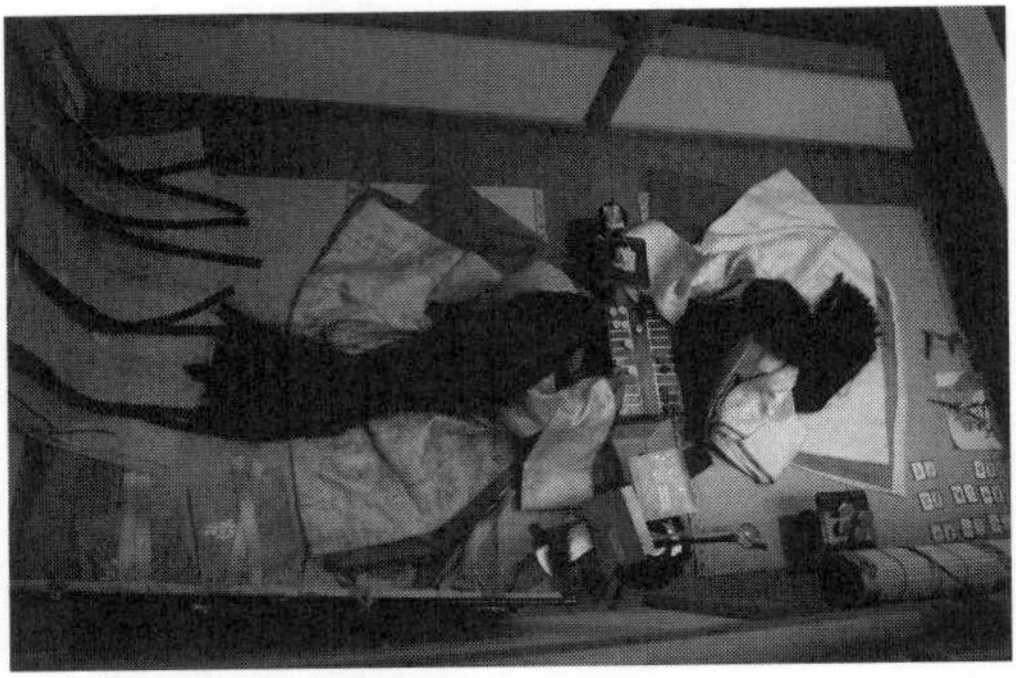

女房の局復元模型（風俗博物館蔵）

とは間違いない。『源氏物語』の執筆が道長の要請によるものであるとすれば、ようやくまとまった物語のかたちができつつあるのを待ってのことだったのであろう。紫式部が天延元年（九七三）生まれと仮定すると、三十四歳の年の暮れのことであった。

　彰子の御在所は一条院内裏東北対の母屋の南半であったが、女房たちは廂の間の細殿に住んだらしい。細かく間仕切りされた局であったはずである（今井源衛『紫式部』）。東長片廂（東孫廂）の「細殿の三の口」（北から第三間）であったという説もある（増田繁夫『評伝　紫式部』）。紫式部の女房名は「藤式部」であったと推定されている（『栄花物語』『兼盛集』『河海抄』）。

　一般的に后妃に仕えた女房とは、本来は局と呼ばれる一人住みの房（部屋）を与えられた宮中の官女または貴人の侍女のことである。彼女たちは后妃の身の回りのさまざまな世話をしたり、話し相手や教育係を務めたりしていた。給与は朝廷ではなく、仕える后妃

（またはその実家）から出ていたはずである。

紫式部は内裏女房のような公的な官（命婦など）は持たない中﨟女房であったようである。寛弘五年十一月に彰子が内裏に還御した際に車に乗った序列では、三十人あまりのうちの八番目であり、その下位に「つぎつぎの女房たち」がいた。なお、増田繁夫氏は、紫式部は宣旨・大納言の君・宰相・小少将・宮の内侍に次ぐ第六位の序列と推定されている（増田繁夫『評伝　紫式部』）。紫式部は中宮付きの教養面での世話係を務めながら、『源氏物語』のつづきを執筆することを望まれていたのであろう。

『紫式部日記』には、つぎのような記述が見える。

> 主上（一条天皇）が、『源氏の物語』を人にお読ませになられてはお聞きになっていたときに、「この作者はあのむずかしい『日本紀』をお読みのようだね。ほんとうに学識があるらしい」と仰せられたのを聞いて、……

一条が『源氏物語』を読ませ、その感想を語っていたのである。『源氏物語』の作者が日本の実際の歴史に詳しいということを看破している点、その本質の一つを鋭く衝いたものとして、一条の物語読解能力も並大抵のものではないが、紫式部が彰子の後宮で期待された役割は、まさにこれだったのであろう。

物語好きな一条が『源氏物語』のつづきを読むために彰子の御在所を頻繁に訪れ、その結果として皇子懐妊の日が近づくというものである。

一家の繁栄

さて、出仕の翌年、寛弘四年正月十三日に蔵人定がおこなわれ、紫式部の弟である惟規が、詔勅・記録を草し、位記を書く下級官人である少内記（寛弘元年に位記の作成を道長に命じられたことが、『御堂関白記』に見える）から、一挙に兵部丞六位蔵人に補された。『御堂関白記』の、

> 六位蔵人には兵部丞（藤原）広政と（藤原）惟規を補した。蔵人所の雑色や非蔵人を差し措いて、この人々を補せられるのは、現在、蔵人所に伺候している蔵人は、年が若く、また、補すべき巡にあたっている非蔵人や雑色たちも年少である。そこで、この二人は頗る年長であって、蔵人に相応しい者である。そこで補せられただけのことである。後世の人に判断を任せよう。この人事の賢愚はわからない。

という、道長には珍しい奥歯に物の挟まったような記述は、この人事が紫式部の出仕と一体のものであったことを示唆している。

　惟規は、寛弘四年七月十二日に行成が書写した金泥仁王経を一条に奉ったり（『権記』）、寛弘五年七月十七日に勅使として彰子の許に参ったり（『御堂関白記』）、寛弘七年（一〇一〇）正月八日に行成息男実経の叙爵の慶賀を一条に奏上したり、六月十九日に行成が書写した『村上天皇御記』天徳四年夏巻を一条に奉ったり（『権記』）、十月三十日に蔵人所の文書を国々の衛士に遣わしたり（九条家本『延喜式』裏文書）と、とりあえず蔵人としての職務をそつなくこなしているかのようである。

　父の為時の方も、寛弘四年四月二十三日の内裏密宴に文人として久々に召されているのも（『御堂関白記』）、紫式部の出仕と関係があるとされている。寛弘六年（一〇〇九）七月七日の内裏庚申待における作文会で序を作ったり、十二月二十三日の中宮御読経の行事を務めたりしている（『御堂関白記』）。

　なお、為時は寛弘六年三月四日に左少弁（『権記』）、寛弘八年（一〇一一）二月一日に越後守（『弁官補任』）に任じられ、久々に散位の地位から脱した。寛弘六年三月十四日にはさっそく、内蔵寮の請奏を裁可した宣旨を下す役を仰せつかった。膝突に着し笏を置いて宣旨を開いて見た後、押し合わせて読み上げ申したが、これは違例であると行成に非難されている。十二月七日には雷鳴による御卜の結果を承け、どの神の祟りであるかを勘申させられ、十二月二十九日には僧綱の解文を行成に伝えている（『権記』）。

このように、一家を挙げて新しい道が開けてきた。なかでも紫式部は、彰子がなかなか一条の子を懐妊しないという状況のなか、彰子の側に仕えることとなったのである。

2　里居の日々と『源氏物語』

馴染めない宮廷生活

紫式部は出仕直後には宮中の様子に馴染めなかったようで、『紫式部日記』では、「まるで夢の中をさまよい歩いているような心持であったなあ」と述懐しているし、『紫式部集』にもつぎのような歌がある。

91　身のうさは　心のうちに　したひきて　いま九重ぞ　思ひ乱るる

（宮仕えに出ても、わが身の嘆きは、心の中についてきて、今、宮中であれこれと心が幾重にも乱

れることだ)

宮廷生活に馴染めなかった紫式部は、実家に退出してしまった。実際には、実家で『源氏物語』の執筆に専念するのが、当初からの勤務条件であったのかもしれない。そしてわずかに話し合っていた朋輩の女房に、つぎの歌を送った。

92 閉ぢたりし 岩間の氷 うち解けば をだえの水も 影見えじやは

(岩間を閉ざしていた氷が春になって解けましたら、途絶えていた水も流れ出し、そこに影がうつらないことがありましょうか。あなたが打解けて親しくして下さるなら、私もまた出仕しないことがありましょうか)

寛弘四年(一〇〇七)正月十日頃には、彰子から正月の賀歌を奉献せよと言ってきたが、

94 みよしのは 春のけしきに 霞めども 結ぼほれたる 雪の下草

(雪のよく降る吉野山も、今は春らしく霞がかかっていますのに、私は雪に埋もれて芽も出せない下草同様でございます)

という歌を返して里居をつづけていた。三月頃、弁のおもと（「弁の内侍」〈藤原義子〉か「弁の宰相」〈大江豊子〉か）という女房から、「いつ参上なさいますか」という手紙が来ても、

つれづれと　ながめふる日は　青柳の　いとゞ憂き世に　乱れてぞふる

（里居してつれづれと長雨に物思いをする日は、青柳の糸が乱れるように、一層この憂き世に思い乱れて過しております）

と返すばかりであった（この歌は定家本系にしか載せられていない）。

このような紫式部の態度は、朋輩の女房の反発を生んだであろう。『紫式部日記』には、もともと彼女が「ひどく風流ぶって気づまりで近づきにくく、よそよそしい様子で物語を好み、気どっていて、何かというとすぐ歌を詠むし、人を人とも思わず、憎らしげに人を軽蔑したりするような人」だと、誰も皆、言ったり思ったりして憎んでいたという記述が見える。勝手にそう思っているだけなのかもしれないが。

ただ、他の女房のような雑用は比較的免除されて、里下りも許され、『源氏物語』の執筆を期待されていた立場は、当然ながら快くは思われなかったはずである。弟や父の人事

にまで影響を及ぼしたとなれば、なおさらである。『紫式部集』には、「これほどにも思いくずおれそうな私なのに、『ひどく上衆（上臈）ぶった振る舞いだわね』と女房達が言った」という詞書とともに、

58　わりなしや　人こそ人と　いはざらめ　みづから身をや　思ひ捨つべき

（しかたのないことだ。あの人達は私を人並みの者とはいわないだろうが、駄目な者だと自分で自分を見捨てられようか）

という歌も詠んでいる。

生来の引っ込み思案で内省的な性格に加えて、もともと持っていた宮仕え嫌悪感から、元来が地味で無愛想な彰子の後宮が、紫式部にとっては居場所のない場と認識されたのであろう。引っ込み思案で心遣いがなく、上品ぶってばかりいる上臈・中臈の女房のいる後宮というのは、馴染んでしまえば紫式部には居心地のよい場だったはずであるが、そう感じるまでにはかなりの時間を必要としたのであろう。

「男でさえ学問をひけらかす人は、どうでしょうか、派手に栄達はしないようですよ」と耳に聞きとめた際も、

一という漢字でさえ書いてみせることもしませんし、たいそう無学であきれるばかりです。かつて読んだ漢籍などというものは、目にもとめなくなっておりましたのに、ますますこんなあだ名（「日本紀の御局」）を聞きましたので、どんなにか人も聞き伝えて私を憎むことだろうかと、恥ずかしさに、お屏風の上に書いてある文句をさえ読まないふりをしておりましたものを、……

という態度を取り、屏風の上に書いてある文句さえ読めないふりをするのであった。

五月になっても、紫式部の里居はつづいた。邪気を払うための薬玉が贈られてきても、

60　今日はかく　引きけるものを　あやめ草　わがみがくれに　ぬれわたりつつ

（今日は菖蒲の根を引いてお言葉をいただきましたのに、菖蒲の根が水底に隠れてぬれているように、私は家に籠って涙にぬれております）

と返すばかりであった。

「口をきくこともおっくう」

紫式部は秋頃には一条院内裏（いちじょういんだいり）に参入したようである。ただし、『紫式部日記』に、

何かにつけて言いたいこともありますけれど、いやもう何も言うまいと思われ、わかってくれそうもない人にはたとえ言っても何の益もないでしょうし、何かと人を非難し我こそはと思っている人の前では、面倒ですから口をきくこともおっくうです。

という記述があるように、あまり打ち解けた勤めではなかったようである。紫式部は、「かくかくとまで非難されないようにしようと、別に気おくれしているわけではないけれど、面倒だと思って、もうろくしたぼんやり者にますますなりきって」いたという態度で務めを果たしていた。

この作戦は功を奏したようで、皆からは、「お会いしてみると不思議なほどおっとりとなさっていて、まるで別人かと思いますわ」と言われるようになった。彰子からも、「そなたとはほんとうにうちとけては会うこともあるまいと思ったのに、ほかの人よりもずっと仲よくなってしまったことね」という仰せを賜わった。ただし紫式部本人は、「人からこんなにまでおっとりした者と見下げられてしまった」と自己嫌悪するのであった。

彰子サロンの雰囲気

このような一条天皇後宮の中で、中宮彰子がつくっていたサロンの雰囲気が、『紫式部日記』に描かれている。

まず、この時期には一条の「寵愛」を彰子と争う「女御・后」（元子と定子か）はすでになく、彰子の気風も「色めかしいことをひどく軽薄なこと」と思うようであるので、女房たちも人前に顔を出したりはしないという状況であったという。殿上人たちも、彰子の女房は「埋もれたり（引っ込み思案だ）」とか、「用意なし（奥ゆかしさがない）」などと噂しあっているということである。上﨟・中﨟の女房もお高くとまってばかりいて、彰子のために「何の飾りにもならず、かえって見苦しい」のであった。

このような環境をもたらした原因として、紫式部はあまりに遠慮がちな彰子自身の性格を挙げている。彰子が若い時に、「とりわけ深い心づかいもない人でこの御所で得意顔になっている者が、なまじ筋の通らないことを何かの折に言いだしたのを（思わず清少納言のことが思い浮かぶが）、ひどく見苦しいこととお聞きになり、心からそうお思いこまれているので、ただ目立った欠点がなくて過ごすのを無難なことと」思っているうちに、女房たちも「こんな地味な気風に慣れてしまった」というのである。

そして、地味で無愛想な後宮の様子は、彰子自身も自覚していたことが語られる。「だんだん大人らしく」なった彰子は、「世の中の本当の姿や、人の心の善し悪しも、行きすぎも及ばないのもみなおわかりになって」殿上人たちからの評判も「万事ご承知」であるというのである。大人びる前には、まるでわかっていなかったということになるが。

これらの「空気」を、『枕草子』が描きあげる「定子サロン」と廷臣たちの華やかな交流と比較すると、何という好対照であろう。一条の後宮は、定子の死と彰子の制覇によって、まったく様変わりしてしまったと言えるであろう。

この頃、『枕草子』が宮廷に流布しはじめたであろうことを考慮すると、公卿たちや一条自身にとって、「夜も昼も」公卿や殿上人の「訪れの絶える時」がなく、参内の途中、「特別のことがなく急ぐことのない方は、必ずこちらの職（職御曹司）に参上なさる」と言われた（『枕草子』第七四段「職の御曹司におはしますころ、木立などの」）定子サロンへの追憶が高まっていた可能性も、じゅうぶんに考えられよう。

逆に言えば、清少納言が『枕草子』を執筆して宮廷社会に広めた理由も、かつて定子サロンで女房たちと交歓していた、そして現在は道長の配下で立派に出世している行成や斉信などをはじめとする公卿たちに対して、定子やとりわけ皇嗣候補者としての敦康親王の存在意義を再確認させるためと考えることもできよう。

3　道長の権力の展望

除目や叙位の奉仕を辞退する理由

道長の方にも視点を向けてみよう。長保五年（一〇〇三）二月二十日、道長嫡男で十二歳の頼通が元服し、二女で十歳の妍子が着裳の儀をおこなった。これで頼通は宮廷社会にデビューし、妍子はいずれ東宮居貞親王の妃となることが視野に入ってきたことになる。頼通はこの年のうちに侍従・右少将に任じられている。

寛弘元年（一〇〇四）の春日祭は頼通が祭使を務め、当日の二月六日には、道長は公任や花山院と和歌の贈答をおこなった（『御堂関白記』）。

道長としても、自分の権力を次世代に伝える展望が開き、そして次代の天皇にも自分の女をキサキとするという目標ができたことになる。ただし、彰子は相変わらず未成熟で、一条天皇との間に懐妊の「可能性」が生じることはなかった。この時期、毎年のように道長が除目や叙位の奉仕を辞退しようとしているのも、一条からの信任を確認するといった目的もさることながら、その焦りの表われでもあろう。

この寛弘元年、道長は一条を神社行幸に連れ出した。まず十月十四日に松尾社、ついで二十一日に平野・北野社に行幸をおこなっている（『御堂関白記』『権記』）。松尾社と北野社は、天皇として初度の行幸である。道長が兼家の時代の春日行幸、道隆の時代の大原野行幸にならい、初度行幸によって執政者としての権威を確立しようとしたものであろう。

寛弘二年（一〇〇五）、一条と道長は、伊周や隆家たち中関白家の復権に意を注いでいた。一条としては中関白家を敦康親王の外戚に相応しい立場に戻す必要を考えたのであろうし、道長としては政権復帰の望みを絶ったかつての政敵に恨みを残されたくなかったのであろう。隆家はすでに長保四年に権中納言に復帰していたが（『公卿補任』）、この年の二月二十五日には伊周の座次を、「大臣の下、大納言の上」と定めた。三月二十六日、伊周は昇殿を聴されて参内しているが（『御堂関白記』『小右記』『権記』）、公卿社会の反応は、当然ながら冷ややかであった（『小右記』）。

翌三月二十七日、敦康の一条との対面と、脩子内親王の着裳の儀がおこなわれ、一条は彰子の御在所に設けられた敦康の直廬に渡御した（『御堂関白記』『小右記』『権記』）。この日の儀式では、道長が終始敦康を扶持して（『小右記』）、敦康の後見を務めていた。

この間、道長は三月八日に彰子の大原野社行啓を挙行した（『御堂関白記』『小右記』『権記』)。かつて五年前に彰子立后が取り沙汰されていた時に問題となった大原野社に、万事を「あたかも行幸の儀のようであった」という式次第でおこなわれたこの行啓は、道長が自己の権威の確立を、もはや一条を連れ出す神社行幸ではなく、別の方式に求めていたことを示すものである。行啓に付き従った実資を、道長は帰途に招き、同車して帰洛した。車中では数度、従ってくれた喜びを語り、翌九日にも、実資に感謝を伝える使者を遣わしている。「悦気は甚だ深い」とのことであった(『小右記』)。

五月十三日には土御門第で法華三十講が終わった後、僧たちの要望によって騎射がおこなわれ、そのまま庚申待の作文会と一種物という宴飲が開かれた(『御堂関白記』『権記』)。翌日になってそれを聞いた実資は、それを非難した後、「右衛門督(斉信)以下の恪勤の上達部が伺候した」という報を記した上で、「七、八人の上達部を以て、世に『恪勤の上達部』と称している。朝夕、左府(道長)の務めをおこなっているものか」と解説している(『小右記』)。朝廷ではなく、道長に仕えている公卿という意味の皮肉なのであろう。

十月一日の孟冬の旬政では、式次第に違例が多かったのであるが(『御堂関白記』『小右記』『権記』)、身分の低い者が坐る末座にまで四種の膳と下器を渡すかどうかで、諸卿と道長の意見が対立した。諸卿は「これはそうであってはならない事である」と、道長は「これは一説である」と主張したのであるが、実資の、「これは善い例である」という裁定で決着した。道長はよほど嬉しかったのか、「式次第を書いた懐紙は有るか」と実資に尋ね、実資は密々にそれを奉っている（『小右記』）。

実資という人は、別に道長と対立していたわけではなく、儀式の運用をめぐって、道長から強い信任を得ていたのである。

憤りと安堵感

この頃、道長が意を注いでいたのは、一族の埋骨地である宇治の北端の木幡に、菩提所としての浄妙寺を造営することであったが、十月十九日に三昧堂供養がおこなわれ、その後におこなわれた三昧会では、道長は燧石を取って、仏に啓白（法会や修法の趣意や願意を仏に申し上げること）した。この願は現世の栄耀や寿命福禄のためではなく、父母（兼家・藤原時姫）や基経をはじめとする先祖の霊の菩提のため、そして一門の人々を極楽に引導するためであるというものである（『御堂関白記』）。

そしてその証明として燧石を打つに際して、打つこと二度に及ばずに火が付くことを願い、石を打った。一度にして火が付くと、道長は感涙を数行、流した。「見聞していた道俗が涙を流したことは、雨のようであった」とある。また、堂僧が時剋を告げる法螺を吹いたところ、新しい法螺の声はいまだ調律しておらずに不快であった。道長が法螺を取って試みに吹いてみたところ、法螺の声は長大であったので、「万人はこのことに感悦した」という（『御堂関白記』）。

十一月十三日、敦康の読書始が、彰子御在所においておこなわれた。一条は密々に渡御し、詩を講じていた間、密かに屏風を取り払って見守った（『小右記』）。道長はこの時、「我が王（敦康）は、……君命を蒙ってから、孫に異ならない」という詩を敦康に献じている（『本朝麗藻』）。彰子による敦康の養育は、一条の命でもあったのである。

ところが翌々日の十一月十五日、たいへんな事態が宮廷を襲った。皆既月蝕が終わったばかりの深夜、内裏の温明殿と綾綺殿の間から出た火は、瞬く間に内裏を包み込んだ。馳せ参じた道長は、一条の御在所を問い、ついで神鏡を奉置してある賢所（温明殿の南の神殿）を守護すべしとの意向を示したが（『御堂関白記』『小右記』）、火元に近いこともあって、もはや手遅れであり、神鏡は焼損して鏡の形を失なった銅の塊となっていた。

明けて寛弘三年（一〇〇六）、一条は元子への執着を持ちつづけていた。二月二十五日にも、東三条第内裏（元子のいる堀河殿の東隣である）に元子を参入させている。道長の、「承香殿女御（元子）が、内裏に参った。これは一時的なもので、夜の内に退出された」ということだ。「天皇は輦車宣旨（宮門まで輦車に乗ることを聴す宣旨）を賜わった」ということだ。「燭を掲げる者は、六位と五位が、合わせて四人だけであった」ということだ。「輦車の後ろに、女房五、六人が立っていた」ということだ。

という記述（『御堂関白記』）からは、元子を求める一条への憤り、そして付き従う公卿がおらず、公卿社会が元子を支持していないことへの安堵感が見えてくるようである。この後は元子の内裏参入は確認できず（道長が妨害したとの伝えもある）、堀河殿に里下がりをつづける日々がつづいた。

彰子に懐妊の「可能性」

この頃、十九歳に達した彰子と二十七歳の一条との間に、ようやく皇子懐妊の「可能性」が生起したものと思われる。そしてそれは、ただちに道長に知らされたであろう。

八月十五日には敦康が病悩した。道長は土御門第で予定していた作文会を停止して参内したものの、「一宮（敦康）は、大した事は無くいらっしゃった」ということで、すぐに退出してしまった。十七日には彰子の御所において敦康のために童相撲が催され、一条が渡御しているなど（『御堂関白記』）、彰子の敦康に対しての後見はつづいているものの、道長の敦康に対する態度は、徐々に冷めはじめていることがうかがえる。

なお、完成した新造内裏に十二月二十六日に還御することが、いったんは十一月二十五日に決まり（『御堂関白記』）、当日の十二月二十六日には内裏に額を懸けたものの（『権記』）、結局は沙汰止みとなり、一条が平安宮内裏に戻ることは二度となかった。

第九章　御産記『紫式部日記』

1　敦成親王の誕生

道長の金峯山詣

道長は寛弘四年（一〇〇七）八月、金峯山詣を決行した。金峯山は現奈良県吉野郡の山上ケ岳（標高一七一九メートル）を中心とする山々であるが、この頃にようやく弥勒下生の地として信仰の対象となったとされる。道長は長徳四年（九九八）、そして寛弘八年（一〇一一）にも参詣を計画しているが、実際に参詣したのは、この年だけであった。

閏五月十七日から御嶽精進をはじめ、八月二日に出立し、十一日に金峯山寺に到着した。金峯山寺では、小（子）守三所・護法社・三十八所に参詣し、金剛蔵王権現が湧出したという御在所（現大峰山寺山上本堂前）に参っている。そして理趣分・般若心経・金泥法華経・弥勒経・阿弥陀経、それに倫子の書写した経などを経筒に入れ、金銅の燈楼を立て、その下に埋納した（『御堂関白記』）。

道長がこの時、子守三所に詣でている点、また埋納した理趣分が、男女交合が本来は清

金峯山湧出岩・埋経地

浄な菩薩の境地であると説く経である点から、この金峯山詣には、自身の極楽往生に加え、彰子の懐妊祈願という意味も含まれていたのであろう。

『小右記』はこの年は残っていないが、『小記目録』には八月九日のこととして、「伊周と隆家が、（平）致頼と相語って、左大臣（道長）を殺害しようと欲した間の事」とある。とんでもない情報が、都では流れていたのである。

彰子の懐妊

この寛弘四年の十二月頃、ついに彰子は懐妊した。道長や彰子、そして一条天皇の安堵は、いかばかりのものであったであろうか。

「中宮は去年（寛弘四年）から懐妊されている」と云うことだ。「但し、事はなまじっかで定まらないのである。そこで秘せられる」と云うことだ。「他聞に及んではならない」と云うことだ。

という寛弘五年（一〇〇八）三月十三日の記事（『御産部類記』所引『不知記』）からは、うかつに外に漏れて呪詛でもされてはたいへんだという、道長や一条周辺の配慮がうかがえよう。

行成は三月十九日に夢を見た。徳を積んだ高僧が多く参入して、彰子懐妊の慶賀を申していた。みずから男女を問うと、答えたことには、「男である」ということであった（『権記』）。敦康親王家別当（家政機関の政所の長官）を務め（『権記』）、一条の信任も厚い行成ではあったが、彰子が皇子を産み、一条と道長の関係が強化されることも宮廷の安定には必要であるとの思いによるものであろう。

「御懐妊五箇月」となり、懐妊も公になった彰子は、多くの公卿を従え、四月十三日に内裏から道長の土御門第に退出した（『御堂関白記』『権記』）。二十三日からは安産祈願の法華三十講がはじまった。この法華三十講は五月五日に五巻日を迎えたが、もともとの『紫式部日記』はこの五月からはじまっていたとする考えもある（今井源衛『紫式部』）。「紫式部日記歌」（『紫式部日記』の中で『紫式部集』にないものを抜き出したもの）の巻頭は次の五月五日の歌からはじまっているのである。

115
妙なりや 今日は五月の 五日とて いつつの巻に あへる御法も
（すばらしく尊いことだ。今日は五月の五日ということで、丁度第五巻が講じられることになった
法華経の教えも、今日の行事も）

法華経第五巻の提婆品は女人往生（龍女の成仏）を説く巻で、特に女性に人気があったのだが、その感激から『紫式部日記』の記述をはじめたとしても不思議ではない。現存『紫式部日記』の七月二十日の記事からはじめたとしても、けっして不自然ではないのだが。

出産の記録熱

現状の『紫式部日記』は、戦後に紹介された宮内庁書陵部蔵黒川真道旧蔵本が最善本とされるものの、それも江戸時代に書写されたもので誤写誤脱が著しく、原日記の本文を推想するには限界があるとされる（『平安時代史事典』。秋山虔氏執筆）。『紫式部日記』は当初から独立した作品として記されたものではない可能性もある。御産記だけは清書して道長に提出されたであろうが、その他は御産記の草稿も含めて紫式部のもとに残され、数々の変遷を経て現在のかたちで残されているのかもしれない。現状は記録的部分、随想的部分、消息文的部分からなるが、このうちの記録的部分が、彰子の皇子出産とその後の儀式を詳

細に記録しようとしたものであることは明らかである。

それはあたかも、男性王朝貴族の日記（古記録）が和風漢文で記録されたものであることに対比されるような、女房の行動範囲に即し、女性ならではの視点によって、しかも仮名で記された記録である。

特に敦成の出産に際しては、『小右記』『権記』『御堂関白記』に加えて、『外記』（外記日記）や『御産部類記』所収の三種の『不知記』（記主のわからない古記録）など多くの貴族の日記が現在まで残されているように、宮廷を挙げて記録熱が高まっていた。

その際に、女性の手による仮名の日記も必要であるという発想は、きわめて自然に納得できる。男性貴族が日記を記録したとしても、所詮は男性の視点からしか記録できないし、何より男性貴族が立ち入ることのできない場における見聞は記録することができない。それに対して女性、特に彰子付きの女房だと、出産の現場まで立ち入ることができるし、女性ならではの視点で、しかも仮名によって細かなニュアンスまで記録することができるのである。事実、御産や前後の儀式についての詳細な記事を、紫式部は記録している。

紫式部がその記主として選ばれたのは、それまでの文歴から見て当然であるが、紫式部に料紙を与え、記録を命じた主体として道長を想定するのも、これまた自然なことであろう。道長としては、自己の家の盛儀を仮名で詳細に記録させ、これを近い将来の妍子や威子、はては後の世代の摂関家后妃にとっての先例として残しておきたかったのであろう。

なお、現存する『紫式部日記』は三万四四五八字、一枚の料紙に一六〇〇字を書いたとすると、清書用には二二枚の料紙が必要となる（袋綴だと八八枚）。

ちなみに、彰子の御産が近づくにつれて、『御堂関白記』の記事は目立って少なくなってきている。御産の準備に忙しすぎて、日記を記す暇もなかったのであろうが、それは『紫式部日記』が七月からはじまっていることと、見事に波長を合わせたかのようである。

出産の日が近づく

この頃、定子所生皇子女に対する道長の対応には、明らかに変化が見られる。四月二十四日、一条が、病悩している媄子内親王の加持を奉仕した文慶を権律師に任じることを道長に提案したが、道長はこれに難色を示している（『御堂関白記』）。また五月二十九日、一条は行成に敦康の御修法（国家または個人のために僧を呼んでおこなう密教の修法）について命じた。行成は道長の許を訪れてこれを伝えたが、結局、道長がこれに関与することはなかった。七月十三日にも、敦康は道長邸ではなく内裏で御読経をおこなっている（『権記』）。

なお、寛弘五年七月十七日には、一条の書状が土御門第の彰子に届けられたが、勅使は惟規であった。公卿四、五人に酒を勧められて、「酔ったことは泥のようであった」という状態になり、禄を下賜されても、手に懸けて座に坐ったまま小拝するというていたらくであった（『御産部類記』所収『不知記』）。紫式部もこの有様を見ていたのであろうか。

また、八月十七日に土御門第の井戸の屋が「理由も無く、忽然と顚倒した」という怪異があり、また彰子御在所の塗籠の内に犬産の怪異があるなど（『小右記』）、人々が固唾を呑んで見守るなか、彰子の出産の日は、刻々と近づいてきていた。

土御門第の日々

土御門第では、女房の局は寝殿から東対に通じる北渡殿に設けられ、紫式部の局はその中程に与えられた。

『紫式部日記』によると、この年の夏頃から、紫式部は彰子に『楽府』二巻の進講をはじめた。もともと、彰子は紫式部に『白氏文集』を読ませていたのであるが、その第三・四巻の『楽府』（『新楽府』）を秘かに読みはじめたのである。時勢を批判し人民の声を朝廷に伝えようとしたという『新楽府』は、胎内の皇子への帝王学かとされている。朋輩の女房の非難を避けて、はじめは人目を避けておこなっていたのであったが、やがて道長や一条天皇の知るところとなり、道長は漢籍を能書に書かせて奉献させた。

七月二十日には彰子のための修善法会がはじまるが、この頃から、現存『紫式部日記』

がはじまる。

秋の色合いが、あたり一帯に立ちそめるにつれて、ここ土御門のお邸のたたずまいは、言いようもなく風情がある。池の岸辺の木々の梢や、遣水の汀の草むらなど、とりどり一面に色づいて、空一帯の様子も夕映え美しく深まりゆくのに、いっそう引き立てられて、折から聞こえてくる僧たちの不断経の声々も、ひとしおしみじみと心にしみ入るのであった。

という現存冒頭の記事は、この日記のはじまりに相応しいとも思えるのであるが。

なお、法会が結願した後の早朝、紫式部と道長は女郎花の歌の贈答をしている。紫式部が渡殿の戸口の局から庭を見渡していると、道長が渡殿の橋の南に咲いていた盛りの女郎花を一枝折らせて几帳越しに、『紫式部日記』では「この花の歌、遅くなってはよくないだろうな」、『紫式部集』では「これに対して平凡な返しではなく、すばやい返しをせよ」と言って紫式部に下賜した。これに対し紫式部は、つぎのような歌を詠んだ。

69　女郎花　さかりの色を　見るからに　露のわきける　身こそしらるれ

（露に美しく染められた女郎花の盛りの色を見ますと、分けへだてをして露の置いてくれない私のみにくさが身にしみて感じられます）

道長は、「おお、早いこと」と微笑んで、すぐに返歌を贈るのであった(70)。二人の良好な関係がうかがえる例である。

九月九日の重陽の節句の日、倫子から「よくよく老いを拭きとってお捨てなさい」という「恩言」とともに菊の着せ綿（菊の花に真綿をかぶせ、夜露と香りを含ませたもの）が贈られた。これで顔や身体を拭い、老いを除く風習があったのである。紫式部は、

菊の露　わかゆばかりに　袖ふれて　花のあるじに　千代はゆづらむ

（この菊の露には、私はほんのちょっと若返る程度に袖をふれるにとどめて、この露で延びるといわれる千代の齢は、菊の花の持主であられるあなたさまにおゆずりいたしましょう）

という歌を返そうとしたが、倫子が向こうに行ってしまったので、そのままにしておいた。

彰子、産気づく

そしてこの九月九日の夜半、彰子に産気が起こった。十日が明けると、道長の招集に応じた諸卿が続々と駆けつけた。彰子は土御門第寝殿の東母屋に白木の御帳を立てた産所に移ったが、この日は、産気は微々たるものであり、邪気（物怪）が出現するばかりで、一向に御産はなかった（『御堂関白記』『小右記』『権記』）。

この日、道長は土御門第を訪れた顕光と公季には面談したが、その後に伊周が参入しても会おうとはしなかった。実資は、「何か理由が有るのであろうか」と記している（『小右記』）。これまでの一条後宮の推移を考えると、道長が定子の兄である伊周を怖れるのも当然であった。道長の女である彰子が一条の皇子を産むとなると、その際に定子やその父道隆の物怪が出現するだろうと道長周辺が考えるのも、これまた当然のことであろう。

『紫式部日記』では、「修験僧は中宮さまにおつきしている物怪どもを憑坐（物怪を寄りつかせるための小童。この場合は女房）に駆り移し、調伏しようとこのうえなく大声で祈りたてている」とか、「西の間には、御物怪が移った憑坐の人々を、めいめい一双のお屏風でぐるりと引き囲み、その口もとにはそれぞれ几帳を立てて、修験者が一人一人を受け持ち、声高に祈禱をあげている」と、修験祈禱の有様が描かれている。

「御物怪がくやしがってわめきたてる声」のなか出産

翌九月十一日の暁に、彰子は寝殿の北廂に移り、紫式部は北廂の隣の間に控えた。道長も、「さらに殿がご一緒になって一心に仏の加護をお祈り申しあげている」と祈禱に加わり、「万事に声高くお指図」していた。女房たちは皆、泣きくらしていたが、紫式部も、「まだよく中宮さまにおなじみ申しあげるまでの間もないけれど、まったくくらべものにならないほど大変なことと、われとわが心の中にはっきり思われた」と記している。

そして午剋（午前十一時から午後一時）、「御物怪がくやしがってわめきたてる声などの何と恐ろしいことよ」（『紫式部日記』）という状況のなか、形式的に剃髪をおこなった白装束の彰子は、「平安に」皇子敦成を出産した（『御堂関白記』『小右記』『権記』）。後の後一条天皇である。「御物怪」とあることは、身分の高い者の物怪なのであろう。

道長は諸卿に、「たまたま仏神の冥助によって平安に遂げた」と語るなど、喜悦の心はたとえようもなく、その様子は言い表わせないほどであった（『小右記』）。

ただ、行成の『権記』には、「午剋、中宮は男皇子を誕んだ。仏法の霊験である」としか記されていないし、何よりかつての敦康の誕生時とは異なり、諸史料に一条自身の喜びの言葉は残っていない。ともあれ、これで敦康は、道長にとってまったく無用の存在、むしろ邪魔な存在となったのである。同様、伊周をはじめとする中関白家の没落も決定的となった。そればかりか、外孫を早く立太子させたいという道長の願望によって、やがて一条との関係も微妙なものとなる。

紫式部はその感激を、「ご安産でいらっしゃるうれしさが比類もないのに、そのうえ皇子さまでさえいらっしゃった喜びといったら、どうして並ひとどおりのものであろうか」と記録している（『紫式部日記』）。

しかし、出産の記事の直後に、泣きはらした女房たちの化粧がくずれて、顔があきれるほど変わってしまい、「私の顔などはどんなであったろう。しかし、その際に顔を合わせた人の様子が、お互いに思い出せなかったのはまことに幸いであった」と記しているのは（『紫式部日記』）、さすがは女性であると、いつも感心させられる。

その後、内裏からの御佩刀奉献、御臍の緒、御乳付、御湯殿、読書の儀とつづく。「すべてのものが一点のよごれもなく真っ白な中宮さまの御前に、人々の容姿や色合などまでがきわだってはっきりとあらわれている」という様子の中で、紫式部は「こうした場所はますますきまりが悪く、恥ずかしいような気持ちがするので、昼間はほとんど御前に顔も出さず、ゆったりとした気分で、東の対屋のそばの部屋から御前に参上する女房たちを眺めている」と言いながらも、その装束や儀式を詳細に記録するのであった。

2　「寛弘の佳例」

「国の親」彰子

紫式部は、三夜、五夜、七夜、九夜の産養も、詳細な記録を残している。五夜の「殿（道長）の御産養」では、公卿たちの随身の立ち話を聞きとどめている。「このような世の中の光ともいうべき皇子がご誕生になられたことを、かげながら今か今かと思い願っていたことも、自分たちの力でついに成就できたのだといった手柄顔で、何ということもなく相好をくずして、いかにもうれしそうであることよ」というものである（『紫式部日記』）。世の中、特に道長周辺の雰囲気も、まさにこのようなものだったのであろう。敦康親王の存在を思い出さないうちは、であるが。

七夜の「おほやけの御産養」の記事では、彰子の様子が、「御帳台の中をおのぞき申しあげたところ、このように国の親としてあがめ尊ばれなさるような端麗なご様子にもお見えにならず、少しお苦しげで面やせておやすみになっておられるご様子は、いつもよりも弱々と美しくて、お若く愛らしげでいらっしゃる」と描かれている（『紫式部日記』）のが気になる。彰子周辺、ひいては道長周辺では、早くも彰子を「国の親」（国母）ともてはやす雰囲気が存在したのであろう。

その道長は、敦成を抱き上げてかわいがり、尿をかけられては、「ああ、この若宮の御尿に濡れるのは、うれしいことだなあ。この濡れたのを火にあぶるのこそ、ほんとうに、思いどおりにいったような気がするわい」と喜んでいるとの描写もある（『紫式部日記』）。

この頃、紫式部は道長からあることを相談されていた。中務宮、つまり村上天皇第七皇子で、「後中書王」と称された一代の教養人である具平親王と為平親王（村上天皇第四皇子）の女との間に生まれた隆姫女王と頼通との結婚を望んで、「その宮家に縁故ある者」と思っている紫式部に相談していたのである（『紫式部日記』）。

どういう縁故があるかというと、父の為時がかつて具平親王の家司だったことがあり（詩で「藩邸の旧僕」と自称している）、そのサロンの一員に列していたことが挙げられる。

土御門第行幸

九月二十五日、参内した道長に対し、一条は皇子の内裏参入の日を問うた。「十一月十七日です」と答えた道長に対し、一条は、「参入することになっている日は遠い。私が行

土御門第行幸模型（風俗博物館蔵）一条の御前で敦成を抱く道長

幸することにしよう」と語り、土御門第行幸がおこなわれることとなった（『御堂関白記』）。

　土御門第行幸は、十月十六日におこなわれた。道長とともに彰子の前に進んだ一条について、道長の『御堂関白記』では、「天皇は若宮を見奉りなされた。余（道長）も抱き奉った。上（一条天皇）もまた、抱き奉りなされた」と、敦成を抱いた。ここで道長が一条の動作に謙譲語を付しているのは興味深いところであるが、『紫式部日記』でも、「殿（道長）が若宮をお抱き奉りなされて主上（一条天皇）の御前にお連れ奉りなされる。主上が若宮をお抱きとり奉りなされるとき、少々お泣きになるお声が、とてもかわいい」と、なぜかほぼ同文に表現されている。まさか二人で文章を付き合わせたのであろうか。

　その後、敦成に親王宣旨が下り、行幸叙位がおこなわれ、管弦の遊びに移った。それは後世、「寛弘の佳例」と賞讃された、摂関期を代表する盛儀であったが、このような盛儀のなか、紫式部は行幸の準備の際にも、「ただもう一途に、常々心がけてきた出家遁世の気持ちに、ひきつけられるほうばかりが強くて、憂鬱で、思うにまかせずに、嘆かわしいことばかりが多くなるのが、実に苦しい」と記し、池の水鳥の苦しさをわが身になぞらえて思っては、

水鳥を　水の上とや　よそに見む　われも浮きたる　世をすぐしつつ

（あの水鳥どもを、ただ無心に水の上に遊んでいるはかないものと、よそごとに見ることができようか。わたしだって、あの水鳥と同じように、浮いた落ち着かない日々を過しているのだから）

という歌を詠むのであった（『紫式部日記』）。
一条を迎えるにあたっても、その御輿を寝殿に担ぎ上げる駕輿丁を見て、

駕輿丁が、あんな低い身分ながらも、階段をかつぎ上って、ひどく苦しそうにして這いつくばっているのは、何が私の苦しさと違っていようか。高貴な人々にまじわっての宮仕えも、身分に限度があるにつけて、ほんとうに安らかな気持ちがしないことよ

と思いながら駕輿丁を見つめる。

と、ひとり慨嘆するのであった（『紫式部日記』）。それは、「ああ、これまでの行幸を、どうして名誉あることと思ったのでしょう。今日のような光栄なこともありましたのにね」と酔い泣きする道長とは、あまりに対照的な心持ちである。

それにしても、かつて塩津山で自分の乗る輿を担ぐ人夫に、「世の中は辛いものだとわかったでしょう」と歌いかけた紫式部とは、隔世の感がある。それだけの年月と人生経験を、彼女も積んだのであろう。それはまさに『源氏物語』の作者に相応しい心情である。

それはさておき、かつて定子をひたすら求めた一条の姿とは異なり、この行幸における一条と彰子との交流は、諸史料に見えない。やはり二人のキサキに対する思いの違いが出てきているのであろう。「主上が中宮さまの御帳台にお入りになって間もないうちに、『夜がたいそう更けました。御輿を寄せます』と人々が声高にいうので、主上は御帳台からお出ましになられた」という一条還御の記述で、この行幸の記事を終えている（『紫式部日記』）。

紫式部の局を訪れる公卿

翌十七日、敦成親王家の別当以下の家司が定められたが、紫式部は誰か縁者を推挙する機会を逸してしまい、「そのことを前もって聞いていなかったので、残念に思うことが多い」と悔しがっている。為時や惟規でも押し込もうと思っていたのであろうか。

その日の夜、中宮亮の藤原実成と中宮大夫の藤原斉信が紫式部の局を訪れた。「格子の下をとりはずしなさいよ」と責める二人に対しても、紫式部は、

年若い人ならばものの道理をわきまえないようにたわむれていても、大目に見てもらえるだろうが、しかし私が何でそんなことができようか、不謹慎なことだと思うので、下格子はとりはずさないでいる。

という対応を取るばかりであった（『紫式部日記』）。なお、この場面を描いた『紫式部日記絵巻』が二千円紙幣に採られたが、描かれた女性は紫式部ではなく紫式部の侍女であるという（増田繁夫『評伝　紫式部』）。

「五十日の儀」の祝いの歌

十一月一日、敦成五十日の儀がおこなわれた。『紫式部日記』には、顕光が几帳の垂絹の開いた所を引きちぎって酔い乱れ、女房の扇をとりあげてみっともない冗談を喋り、公

『紫式部日記絵巻断簡』「五十日の祝い」　左から倫子・敦成・道長・彰子・紫式部（東京国立博物館蔵。Image：TNM Image Archives）

季が嫡男実成の態度に感激して酔い泣きし、実資が女房の衣装の褄や袖口の襲の色を観察し、藤原公任が「このあたりに若紫はおいででしょうか」と言って紫式部を探しまわり、隆家が女房を柱もとに引っ張り込み、道長が聞き苦しいふざけ声などをもあげたりするという、信じられないような公卿連中の乱痴気騒ぎ（「何だかこわいことになりそうな今夜のご酩酊のご様子」）が描かれている。

しかし、彼らは単純に新皇子誕生を祝う気持ちにはなれなかったはずである。ただ一人の勝者が確定したということは、他のすべての者は敗者になるわけであり、特に女や姉を一条の後宮に入れていた顕光や公季、隆家の心中は、察するに余りある。

彼らの心中を斟酌することもなく、彰子に向かって、「宮（彰子）の御父としてわたしは不相応でないし、わたしの娘として宮もお恥ずかしくなくいらっしゃる」とか、「この親があるからこそ子供も立派になったのじゃ」、はては「母上（倫子）もまた幸福だと思って笑っておいでのようだ。きっとよい夫を持ったことだと思っているのだろうな」などという戯れ言を吐く（『紫式部日記』）道長というのも、いつもながら大したものである。

また、ここで紫式部が実資に対して、

右大将にちょっとした言葉なども話しかけてみたところ、ひどく当世風に気どっている人よりも、右大将は一段とご立派でいらっしゃるようであった。祝杯の順がまわってきて即興の賀歌を詠進するのを、右大将は恐れておられたけれど、例のいい古された千年万代のお祝い歌ですませた。

という評価をしているのは（『紫式部日記』）、後年の両者の関係を考えると、興味深い。

なお、この場面で公任が「若紫」という語を発していることから、この年には確実に『源氏物語』の一部が執筆されていたことがわかるが、『源氏物語』で兵部卿宮の女が

「紫(むらさき)の上(うえ)」と呼ばれるのは、「澪標(みおつくし)」巻以降のことである。ちなみに、紫式部の対応は、

> 源氏の君に似ていそうなほどのお方もお見えにならないのに、ましてあの紫の上などがどうしてここにいらっしゃるものですか、と思って、私は聞き流していた。

というものであった。たしかに道長も伊周(これちか)も、この場にはいなかったのではあるが。

その後、御帳台の後ろに隠れていた紫式部は、道長に几帳を取り払われて坐らされ、祝いの歌を詠む羽目になった。紫式部は、うるさくもあり、恐ろしくもあるというので、つぎのような歌を詠んだ。

> いかにいかが　かぞへやるべき　八千歳(やちとせ)の　あまり久しき　君が御代をば
>
> (幾千年にも余るあまりにも久しい若宮さまの御代をば、どうして、どのようにして、数えあげることができましょうか、いいえ、けっしてできません)

道長はこれに対し、二度ばかり声に出して歌い、つぎの歌を返した(『紫式部日記』)。

あしたづの　よはひしあらば　君が代の　千歳の数も　かぞへとりてむ
（わたしに千年の寿命を保つという鶴の齢さえあったら、若宮の御代の千年の数も数えとることができるだろうよ）

道長の戯れ言を聞いて座を起ってしまった倫子に対し、道長は「お送りしないといって、母上がお恨みなさるといけないな」などと言って、急いで追いかけるのであった。

『源氏物語』の清書本書写

彰子と敦成の内裏参入の日が近づくなか、彰子の主導で、『源氏物語』の書写と冊子づくりが大規模におこなわれた。内裏還幸に際しての一条への土産ということなのであろう。道長は、「上等の薄様の紙とか、筆、墨など、……はては硯まで」を、何度かにわたって持ってきた。道長の『源氏物語』に対する援助の様子がよくわかる。

この時、『源氏物語』のどの部分までが執筆されていたかは明らかではないが、慶事の土産として清書されたことを考えると、書写されたのは光源氏の人生が大団円を迎えた第一部の末尾、「藤裏葉」巻までと考えるのが妥当であろうか。

ところが、紫式部が実家から取り寄せて局に置いてあった『源氏物語』の原本は、彰子の御前に伺候している間に道長によって持ち去られ、妍子に与えられた。

> まずまずという程度に書き直しておいた本は、みな紛失してしまっていて、手直しをしていないのがみなの目に触れることになってしまい、きっと気がかりな評判をとったことでしょうよ。

という感想は、『源氏物語』の執筆や流布の状況を示していて興味深い。『源氏物語』には、紫式部が執筆していた当初から草稿本・中書本・清書本という三種類の親本が存在していたことになるのである。

伊周のパフォーマンス

十二月二十日、彰子御在所において敦成の百日の儀がおこなわれた（『御堂関白記』『小右記』『権記』）。盃酌が頻りに巡り、すでに酩酊に及んだ頃、能書の行成が、公卿たちの詠んだ歌の序題を書こうとしていた時、伊周が行成から筆を取り上げ、自作の序題を書いた。その行為だけでも、公卿層の非難を浴びたのであるが（『御堂関白記』『小右記』）、さらに問題なのは、その内容である。

『本朝文粋』に収められているこの序の中では、敦成を「第二皇子」と呼称し、「隆周の昭王・穆王は、暦数が長かった。我が君（一条）も又、暦数が長い。本朝の延暦（桓武天皇）と延喜（醍醐天皇）は、胤子が多い。我が君も又、胤子が多い。康なるかな帝道は。誰が歓娯しない者があろうか」という「私語」がつづいている。一条には敦成の他にも皇子女が多く存在することをアピールしたうえ、「隆周」というのは、道隆・伊周父子を意識したものであろうし、「康なるかな帝道」のうちの「康」は、敦康の名に通じるものである。これは敦成の誕生を祝う宴において、定子所生の皇子女、特に第一皇子である敦康の存在を皆に再確認させようとした、伊周の必死のパフォーマンスだったのであろう。

　場の雰囲気がすっかり気まずくなっていた時、気配りの人である一条は道長を召して御盃を賜い、道長と和歌の贈答をおこなった。『御堂関白記』は、「天皇は私を召されて、御盃を賜わった。おっしゃって云われたことには、」で記事が終わっている。いったい一条は、何と言ったのであろうか、また道長は、何故これを記さなかったのであろうか。『権記』には、「左大臣（道長）は、天皇の召しによって近くに伺候し、御盃を賜わった。私は、天皇の御製及び大臣（道長）の和歌と和し奉った。唱和が終わって、天皇は還御された」としか記されていない。『小右記』では、「左府（道長）は天皇のご意向を承った。そして御製が有った。相府（道長）は御前に進んで、仰せを承った。伝え書かせた〈左大弁(行成)。〉。相府は御返歌を献上した。頗る思うところが有った」と記されている。いったい実資は何を思ったのであろうか。

3 道長と紫式部の間

彰子、一条院内裏還御

少し遡るが、寛弘五年(一〇〇八)十一月十七日、彰子は敦成親王とともに一条院内裏に還御した。紫式部は行列の五台目の車に馬の中将(藤原相尹の女)と同車したが、「中将が好ましくない人(紫式部)と乗り合わせたと思っている様子なのは、まあもったいぶってと、いっそうこのような宮仕えが煩わしく思われたことでした」という感想(『紫式部日記』)は、誰しもあることとはいえ、自意識過剰であろう。

その後も、藤原実成・源経房・藤原公信などの殿上人が挨拶に訪れるのも煩わしいと思われ、寒い寒いと言いながら彼らが我が家をめざして退出するのを見ては、「いったいどれほどの女性が待っているのだろうかなどと、しぜんそんな思いで見送られる」というのは（『紫式部日記』）、皮肉に過ぎよう。まあ、まったくその通りなのだけれども。

十一月二十日からの新嘗会（しんじょうえ）では、二十二日の童女御覧（わらわごらん）の儀で、「私とてこれから以後のあつかましさは、ただもう宮仕えにすっかり慣れすぎて、男と直接に顔を合わせるようなことも、きっとたやすくなることだろうと、わが身のなりゆきが夢のように思いつづけられて、果てはあってはならないことにまで想像が及んで、そら恐ろしく思われる」と記している（『紫式部日記』）。「あってはならないこと」とは、何を想像しているのであろうか。

里居の憂鬱

十一月二十八日の賀茂臨時祭（かものりんじさい）も過ぎ、紫式部はふたたび里下りをおこなった。雪の日に「何の見どころもない古里の庭木立」を見ては、憂鬱（ゆううつ）な気分になるのであった。ためしに『源氏物語（げんじものがたり）』を取り出して読んでみても、

以前見たときのようにおもしろいとも思われず、あきれるほど味気なくて、かつて愛着を感じた人で親しく語りあった友も、宮仕えに出た私をどんなにかあつかましくあさはかなものと軽蔑しているだろうと推量すると、そんな邪推をすることさえもひどく恥ずかしくて手紙も出せない。

という気分になっている（『紫式部日記』）。なお、里下りしていたため、伊周が大問題を起こした十二月二十日の敦成百日の儀の記述はない。

しかしながら、大納言の君（源扶義の女）から、彰子が紫式部の里下りを残念がっていたとの消息をもらったり、道長嫡妻の倫子から、「私がひきとめたお里帰りなものだから、ことさらに急いで退出して、すぐに帰参しましょうと言ったのもうそで、実家にいつまでもいるようね」と言ってきた手紙に促されて、また年末に一条院内裏に参入している（『紫式部日記』）。

彰子の御在所に引剝が押し入る

こうして暮れようとした寛弘五年の大晦日の夜、何と彰子の御在所である一条院内裏の東北対に引剝が押し入るという事件が起こった（『紫式部日記』）。

内裏の深奥にまで入り込み、女房二人の装束を剝いで行った盗人もさることながら（当然ながら、内裏に出入りできる身分の者の仕業である）、紫式部が人を呼んでも、中宮付きの侍や滝口の侍も退出してしまっていて、「返事をする人もいない」という有様であった。

「殿上間に兵部丞という蔵人がいます。早くその人を呼んで、呼んで」と、手柄を立てさせようと弟の惟規を呼びにやっても、やはり退出してしまっていた。「ほんとうに、情けないことといったらこのうえもない」という嘆きはさておき、角田文衛氏が喝破されたように、この不用心さこそが、まさしく日本古代天皇制の実体なのであった（角田文衛『紫式部の世界』）。ちなみに、古記録類にはこの盗人に関する記事は見られない。

なお、「あの裸姿は目に焼きついて忘れられず、それを思い出すと恐ろしいとは思うものの、今となっては何かおかしくも感じられるが、それを口に出しておかしいとも言わないでいる」という記載に、紫式部の性的嗜好を感じ取る向きもあるようである。たんにびっくりしただけの話だと思うのだが。

寛弘六年（一〇〇九）は、正月三日の敦成親王戴餅の儀で明けた。『紫式部日記』は儀式自体に費やす筆は少なく（本来が御産記なのであるから、当然ではあるが）、突然に朋輩の女房たちの容姿や性格に筆が及び、斎院選子内親王の女房と彰子の女房との比較、そして四月に出仕したばかりの和泉式部や、赤染衛門、さらには清少納言への批評、自身についての反省へとつづく。

このように、唐突に記録的部分から消息文的部分へと筆が移り、求道の願いとためらいを記して消息文的部分を閉じたうえで、ふたたび寛弘六年九月十一日（寛弘五年五月二十二日の断簡かとも考えられている）の記録的部分に筆が戻る。現存『紫式部日記』の成立と書写・伝来には複雑な事情が背景にあるようである。

伊周周辺による呪詛

そのような折、正月三十日、何者かが彰子と敦成を呪詛していたことが発覚した（『権記』）。一条が含まれていないことが、摂関政治の本質を物語っている。「玉」である天皇まで失なっては、元も子もないからである。『政事要略』によると、道長も呪詛の対象になっていたようである。

捕えられた伊周の外戚や縁者の勘問日記によると、呪詛は前年の十二月中旬、例の敦成百日の儀の頃から計画され、その理由は、「中宮（彰子）、若宮（敦成）、及び左大臣（道長）がいらっしゃると、帥殿（伊周）が無徳（台無し）でおられる。世間にこの三箇所がおられないように、厭魅し奉るように」というものであった（『政事要略』）。

ここに伊周の政治生命は、完全に絶たれてしまったことになる。しかし、当の伊周も含め、事件の関与者が皆、翌年までには赦免されていることは、この事件の本質を語っていると言えよう。呪詛の事実自体も、怪しいものである。

なお、この事件によって、特に呪詛に際して小心な道長は、出仕を憚るということを言い出している。「我が身の大事の為のものである」ということであったが、二月六日になって、やっと気を取り直したようである（『権記』）。ちなみに、この年の二月には、道長は『御堂関白記』の記事は何も記すことができていない。

このような状況にあっても、一条は二月に、彰子をふたたび懐妊させた（『小右記』）。天皇としての恐るべき責任感である。

六月十九日、彰子は土御門第に退出し、敦成がこれに同行した。同じ日に伊周の朝参を聴すという宣旨が下っている（『権記』）。平産を期して、というよりも、ふたたびの呪詛を恐れたのであろう。

道長との贈答歌

記録的部分に筆が戻った九月十一日の彰子安産祈願の御修善の満願日の記事のつぎに、道長との贈答歌、そして渡殿の戸を叩く者との贈答歌が収められている（『紫式部日記』）。まず、道長が彰子の許にあった「源氏の物語」を見て、いつものように冗談を言ったついでに、

すきものと　名にし立てれば　見る人の　折らで過ぐるは　あらじとぞ思ふ

（そなたは浮気者ということで評判になっているから、見る人が自分のものにせずそのまま見すごし

てゆくことは、きっとあるまいと思うのだが）

という歌を贈ってきた。別に深い意味はなく、儀礼的な挨拶程度の戯れ歌といったところであろう。この年、道長は四十四歳、紫式部は三十七歳である。『源氏物語』を執筆したということで、「すきもの」という評判が立っていた可能性もあるが、そうすると後世の伝説のはしりと言えようか。紫式部の返歌は、

人にまだ　折られぬものを　たれかこの　すきものぞとは　口ならしけむ

（私はまだどなたにもなびいたことはございませんのに、いったい誰が、この私を浮気者などとは言いふらしたのでございましょうか）

というものであった。「めざましう（心外なことですわ）」という語がつづく。これも本気で怒っているわけではなかろう。

この贈答につづいて、渡殿の局の戸を叩いた者との贈答歌が見える（『紫式部日記』）。局の戸を叩いている人がいると聞いたけれど、恐ろしさにそのまま答えもしないで夜を明かした、その翌朝に、

夜もすがら　水鶏よりけに　なくなくぞ　まきの戸ぐちに　たたきわびつる

（夜通し水鶏がほとほとたたくにもまして、わたしは泣く泣く槙の戸口で、戸をたたきながら思い嘆いたことだ）

という歌が届いた。これもそれほど深い意味があったとは思えない。紫式部の返歌は、

ただならじ　とばかりたたく　水鶏ゆゑ　あけてはいかに　くやしからまし

（ただではおくまいとばかり熱心に戸をたたくあなたさまのことゆえ、もし戸をあけてみましたら、どんなにか後悔したことでございましょうね）

というものであった。

古来から、この男が道長かどうか、この後に道長と紫式部の間に情を通じる機会があったかどうか、『源氏物語』の空蟬の造形はこの出来事を基にしているなど、歴史学者から見ると笑止千万な議論があり、はては紫式部が好色の罪によって地獄に堕ちたとされたり、『尊卑分脈』に紫式部を「御堂関白道長の妾と云うことだ」と注記されたりといっ

た、紫式部本人にとってははなはだ迷惑な伝説ができあがっている。

彰子、敦良親王を出産

十一月二十五日、彰子は第三皇子敦良を出産した（『御堂関白記』『権記』）。「喜悦が殊に甚し」かった道長は、参入した実資に、「今般に至っては男女を顧みず、ただ平安を祈っていた。ところが平かに遂げられた上に、また男子の喜びが有った」と語っている（『小右記』）。四年後に三条天皇中宮である二女の姸子が禎子内親王を産んだ時の道長の不興（『小右記』）を考えると、「男女を顧みず」というのは、とても本心とは思えない。

なお、現存する『紫式部日記』では、敦良誕生の記事は存在しない。どうも他の古記録も含め、この皇子の誕生の記録には、前年ほどの熱意が感じられないのである。

十一月二十七日には、諸卿が参入して三夜の産養の儀がおこなわれたが、顕光・公季・伊周は不参であった。その後も二十九日の五夜の儀、十二月二日の七夜の儀、四日の九夜の儀とつづいた（『御堂関白記』『小右記』『権記』）。珍しくすべてに出席した実資に対し、道長は、「毎夜、参入されるのは、極めて悦びに思う」という言葉を、たびたび発している（『小右記』）。

十二月二十六日、彰子は敦成と敦良を伴って枇杷殿内裏に入御した（『御堂関白記』）。同じ二十六日には敦康の御読経もおこなわれたのであるが（『権記』）、道長は障りを申して、それには不参であった（『御堂関白記』）。

円融―一条皇統の確立と『紫式部日記』の擱筆

寛弘七年（一〇一〇）の正月一日の敦成・敦良の戴餅、二日の中宮臨時客と殿上の管弦、十五日の敦良の五十日の儀で、『紫式部日記』は終わる。この年の記事の冒頭が、「ことし正月三日まで」ではじまっていることは、この日記がひとまずまとめられたのが寛弘七年であったことを示している。

殿上の管弦では、道長から召された為時が急いで退出してしまったことを、道長が、「どうしてそなたの父御は、わしが御前の御遊びに呼んだのに伺候もしないで急いで退出してしまったのか。ひねくれているな」と機嫌を損じて紫式部を責め、為時の代わりに歌を詠むことを強要した（『紫式部日記』）。

燈火に照らし出された道長の姿が輝き映えて理想的で、「この数年来、宮（彰子）がお子もなく寂しそうにお一人でおられたのを、心寂しく拝していたのに、今ではこのように、煩わしいまでも左右に若宮がたを見奉るとは、ほんとうにうれしいことよ」と言って、寝ている若宮たちをのぞき、古歌を吟誦する様子を描いている（『紫式部日記』）。

正月十一日、道長は故花山院の御匣殿から横笛の葉二を、源経房から円融系に由来を持つ和琴の鈴鹿を、それぞれ得た（『御堂関白記』）。これらが新たな累代御物に加えられたという指摘もある（岡村幸子「平安時代における皇統意識」）。

正月十五日、皇子敦良の五十日の儀がおこなわれた。十一日に道長が得た歯二（葉二）と鈴鹿は、この時に一条に献上された（『御堂関白記』）。

皇統のシンボルとされるこの両者が、後世にまで皇統を伝えることになる敦良親王（後の後朱雀天皇）の五十日の儀において、道長から一条に献上されたというのは、象徴的な出来事であった。これで円融―一条皇統が優位に立つことが確定し、それを担うのが道長であることが示されたのである。『紫式部日記』が歯二の献上で叙述を終えているのも、同様の意味があったものかと思われる。

五十日の儀の朝、部屋に小少将の君と二人でいる紫式部に対して、道長が「お互いに知らない人でも誘い入れたらどうする」などと言いかけてきたのは（『紫式部日記』）、相変わらずであるが。

また、敦良五十日の儀については、これを「二の宮の御五十日」と記している（『紫式部日記』）のが気にかかる。彰子や道長の周辺では、定子所生の敦康親王を勘定に入れずに、敦良のことを敦成につづく「二の宮」と呼んでいたのであろう。

このような雰囲気に包まれていた正月二十八日、伊周が死去した(『日本紀略』『権記』『小記目録』)。『御堂関白記』には、これに関する記事は見られない。二月二十日に迫った二女の妍子と東宮居貞親王との婚儀を目前に、過去の政敵のことなど構っていられなかったのであろう。『権記』にも、「前大宰帥正二位藤原朝臣伊周が薨去した〈三十七歳。〉」という記事しか記されていない(『小右記』の写本はこの年は残っていない)。

そして二月二十日、道長は妍子を居貞親王(後の三条天皇)の妃とした(『御堂関白記』『権記』)。兼家や道隆にならい、円融・冷泉の両皇統に自己の外孫を擁することを期したものである。また、この年には、道長が居貞の許を頻繁に訪れるようになっている。一条退位後の後院(譲位後の御所)となる一条院の造作に積極的であったこととあわせ、道長の政治日程には、すでに一条の譲位と居貞の即位、そして何より敦成の立太子が組み込まれていたのであろう。

十一月二十八日、一条と彰子は新造一条院内裏に還御した(『御堂関白記』『小右記』『権記』)。ここが半年後に一条の終焉の場となろうとは、誰も予想した者はいなかったであろう。紫式部も当然、彰子に供奉したはずである。

4　紫式部と清少納言

「浮薄なたち」――清少納言への批判

よく知られた話であるが、『紫式部日記』には、紫式部が清少納言を批判した有名な箇所がある。これを含めて他の女房たちを批判した箇所が、どのような事情で『紫式部日記』に入り込んだのかは定かではない。清少納言については、以下のとおりである。

> 清少納言は実に得意顔をして偉そうにしていた人です。あれほど利口ぶって漢字を書きちらしております程度も、よく見ればまだひどくたりない点がたくさんあります。このように人より特別に勝れようと思い、またそうふるまいたがる人は、きっと後には見劣りがし、ゆくゆくは悪くばかりなってゆくものですから、いつも風流ぶっていてそれが身についてしまった人は、まったく寂しくつまらないときでも、しみじみと感動しているようにふるまい、興あることも見逃さないようにしているうちに、しぜ

んとよくない浮薄な態度にもなるのでしょう。そういう浮薄なたちになってしまった人の行く末が、どうしてよいことがありましょう。

まずはこの評価が清少納言という人物そのもののみに対するものではなく、『枕草子』という作品を踏まえておこなわれたことに留意しなければならない。「利口ぶって漢字を書きちらしております」とか、「興あることも見逃さないようにしている」という記述は、『枕草子』の諸段を指している。紫式部が彰子に出仕した時点では、すでに清少納言が仕えていた定子は死去しており、紫式部と清少納言が宮中で直接顔を合わせる機会はなかったのである。

定子サロンを否定する政治感覚

つぎにこの記述が、『紫式部日記』のどのあたりに挿みこまれているのかを考えなければならない。この記述は年次でいうと、寛弘六年（一〇〇九）正月の戴餅の儀と、寛弘六年九月十一日（あるいは寛弘五年〈一〇〇八〉五月二十二日の断簡）の記録的部分の間に挿みこまれている、いわゆる消息文的部分の中に見られるものである。

戴餅の儀における宰相の君（藤原道綱の女 豊子）・大納言の君（源扶義の女）・宣旨の君（源

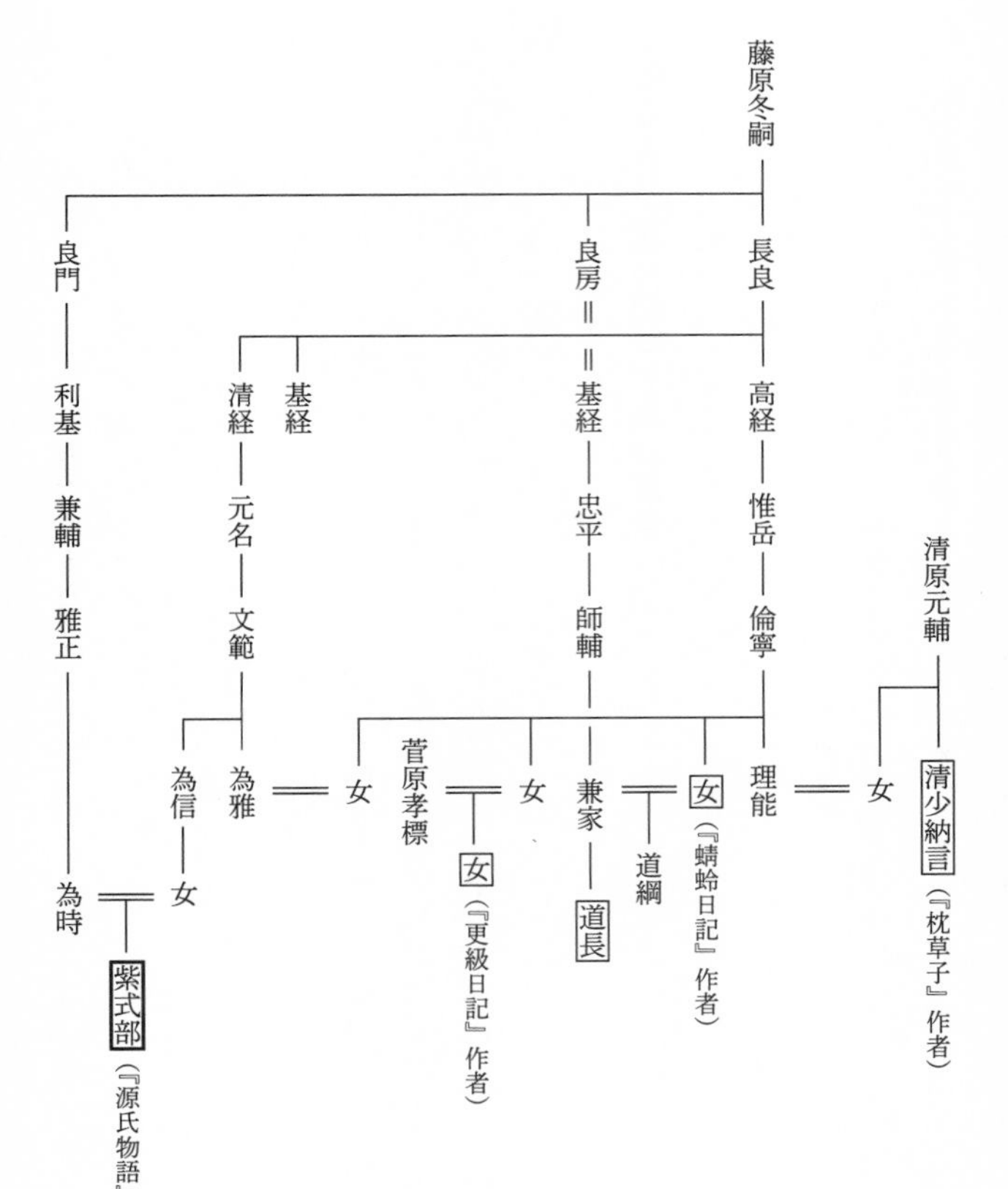
藤原冬嗣
良門
良房
長良
利基
兼輔
雅正
為時
清経
基経
元名
文範
為信
為雅
女
基経
忠平
師輔
兼家
道長
高経
惟岳
倫寧
女
菅原孝標
女
（『更級日記』作者）
女
（『蜻蛉日記』作者）
道綱
理能
清原元輔
女
清少納言
（『枕草子』作者）
女
紫式部
（『源氏物語』作者）

伊陟の女陟子）の容姿を述べ、「このついでに」ということで、女房たちの容姿について語りはじめ、消息文的部分に入る。なお、消息とはいっても、誰か（たとえば女の賢子とか）に宛てた書状ではなく、自己の心情の吐露であろう。

宰相の君（藤原遠度の女）・小少将の君（源時通の女）・宮の内侍（橘良芸子）・式部のおもと（橘良芸子の妹）、若人として小大輔・源式部（源重文の女）・小兵衛（源明理の女）・少弐、以前宮仕えしていた女房として宮木の侍従・五節の弁（平惟仲養女）・小馬（高階道順の女）とつづく。「少しでも欠点のある人のことは言いますまい」と宣言しておきながら、各人の欠点も記し、「すぐれて気品があって思慮深く、才覚や風情も趣も信頼もすべて持ちあわせているということはなかなかありません」とまとめている。

その後、斎院選子内親王の女房として中将の君（源為理の女。弟惟規の愛人）に筆が飛ぶ。その連想で中将の君が惟規に宛てた書状に筆が及び、その中に、自分だけがものの情趣を解し、和歌を理解するのが斎院方しかいないと書いてあったことに反駁し、斎院女房への批判がつづく。

そしてその対比として、先に述べた中宮彰子方の雰囲気と、彰子の性格に筆が及ぶ。その後にいま一度、中将の君の書状を非難したうえで、彰子方の女房として、和泉式部と丹波守の北の方（赤染衛門）に言及し、ついで清少納言に対する批判へと進むのである。

その後、わが身を顧みての嘆き、自己の性格と行動、女のあり方、自身への中傷と漢学の学識、求道の願いとためらい、消息文の結びへとつづき、ふたたび記録的部分に戻る。こう見ていくと、次々と脳裡に他の女房に対する批判が浮かんできて、ついには清少納言にまで筆が進んだと考えるべきであろうか。それとも、何らかの意図があって、清少納言を非難したのであろうか。

この問題を解決するためには、清少納言に対する評価が、紫式部における人物評価一般の中に占める座標を定める必要があろう。特に、和泉式部と赤染衛門という文名の高い同輩女房二人への評価との差異を考えなければならない。

まず和泉式部は、感心しない面（為尊・敦道親王との恋愛）があるが、口にまかせて詠んだ歌は目にとまる。しかし、古歌の知識や歌の理論に精通しているわけではなく、こちらがきまりが悪くなるほどのすばらしい歌人と言うほどではないと批判している。

赤染衛門（匡衡衛門）は、歌は格別にすぐれているほどではないが、実に由緒ありげで、世に知られている歌はりっぱな詠みぶりであると評価している。

それに対比して、大したことのない歌人は「どうかすると上の句と下の句が離れてしまいそうな腰折れがかった歌を詠み出して、何ともいえぬ由緒ありげなことをしてまでも、自分こそ上手な歌詠みだと得意になっている人は、憎らしくもまた気の毒にも思われるというものです」とつづく。

これに清少納言への非難がつづくのであるが、中将の君への非難、和泉式部への批評、赤染衛門の評価と、一貫して歌詠みに関しての批評であることに注目しなければならない。「自分こそ上手な歌詠みだと得意になっている人」というのも、これにつづく清少納言のことではなく、やはり中将の君に対する非難と考えるべきであろう。清少納言への非難を記した箇所には、和歌についてては何も言及していないのである。

そうすると、中将の君に対する批判が高じ、「憎らしくもまた気の毒にも思われる」ということの連想で、実際に憎らしいと思っていて、『紫式部日記』執筆時には気の毒な状況に至っていた清少納言のことが自然に脳裡に浮かんできたのであろう（清少納言が諸説話の語るほど気の毒だったとは思わないが）。

清少納言が『枕草子』の中で、斎院のことを無条件に賞揚（しょうよう）していることが影響している（萩谷朴『紫式部日記全注釈』、増田繁夫『評伝 紫式部』）とすると、この一連の流れの中で、何故に唐突に清少納言が登場するかも納得がいく。『枕草子』執筆の時点では、いまだ彰子サロンはできていなかったので、清少納言が斎院を賞揚したのも当然ではあるが。『枕草子』で紫式部の夫であった宣孝（のぶたか）の金峯山詣（きんぷせんもうで）が批判的に記述されたことへの意趣返しとまで考える（萩谷朴『紫式部日記全注釈』）のは、いかがなものかとも思うが。

もう一つ、『紫式部日記』のこれらの箇所がいつ書かれたかも、大きな問題をはらんでいる。『枕草子』が流布しはじめたのが寛弘初年であるとすると、それは定子亡き後、定子の遺した一条天皇第一皇子敦康親王（その頃は道長と彰子の後見を受けていた）の皇嗣候補者としての存在意義を再確認させるという政治的意義も有していた。

そうなると、『紫式部日記』の消息文的部分が記されたのが、彰子から敦成・敦良親王が生まれて道長が敦康の後見を放棄し、一条の譲位と敦成の立太子がそろそろ政治日程に上りはじめていた寛弘七年（一〇一〇）であることの意味は、大きなものがあると言えるであろう。

清少納言を非難し、定子が遺した敦康への皇位継承を拒絶し、『枕草子』で謳歌されている定子サロンを否定することは、紫式部から知らず知らずににじみ出た政治的感覚であり、また彰子後宮の雰囲気でもあったのであろう。

第十章　三条天皇の時代へ

1　一条天皇の崩御

為時の越後守任官

寛弘八年（一〇一一）は一条天皇にとっては最後の年となった。彰子から皇子を儲けるまでは退位もできず、敦成親王が生まれてからも、敦康親王か敦成親王か、自己の後継者選定をおこなえないまま、二十五年にも及ぶ治世をつづけてきた一条であったが、ついにこの年で終焉を迎えることになったのである。

正月二十九日からはじまった除目は、道長は金峯山詣のための長斎によって不参し、一条から受領の任官について書状が送られ、「悉く道理のとおりであって、難点は無い」と返答している（『御堂関白記』）。

この時の除目で為時は越後守に任じられ、任地に下向した。六十歳を越えた老齢での北国への赴任は、随分と堪えたであろう。今回は紫式部が同行するわけにもいかず、やむなくちょうど従五位下に叙爵されて六位蔵人式部丞を解かれた惟規が妻とともに同行した

(『藤原惟規集』)。

なお、惟規は途中で病を発し、任地に着くや死去したという説話もある(『今昔物語集』『十訓抄』)。『紫式部集』に収められている「遠い所へ行った人が亡くなってしまった」のを悼んだつぎの歌を、『大日本史料』では、惟規のこととしている。

39　いづかたの　雲路と聞かば　尋ねまし　つらはなれたる　雁がゆくへを

(どちらの雲路だったと聞きましたら、探しに行きましょうに。親子の列から離れて行ったあの雁の行方を)

譲位の策動

一条は五月二十二日、彰子御在所に渡御したが(『権記』)、ちょうどその日、病に倒れた(『日本紀略』『御堂関白記』『権記』)。道長は早くも二十五日には大江匡衡に譲位に関わる易筮(筮竹を用いる易占い)をおこなわせた(『御堂関白記』)。

ところが、道長はたいへんな失態を犯してしまった。譲位どころか天皇死去の卦が出たという占文を見た道長は一条の死去を覚悟し、清涼殿二間(一条院内裏北対の南廂)において一条の護持僧である慶円とともに涕泣してしまったのである。隣の清涼殿夜御殿(北対

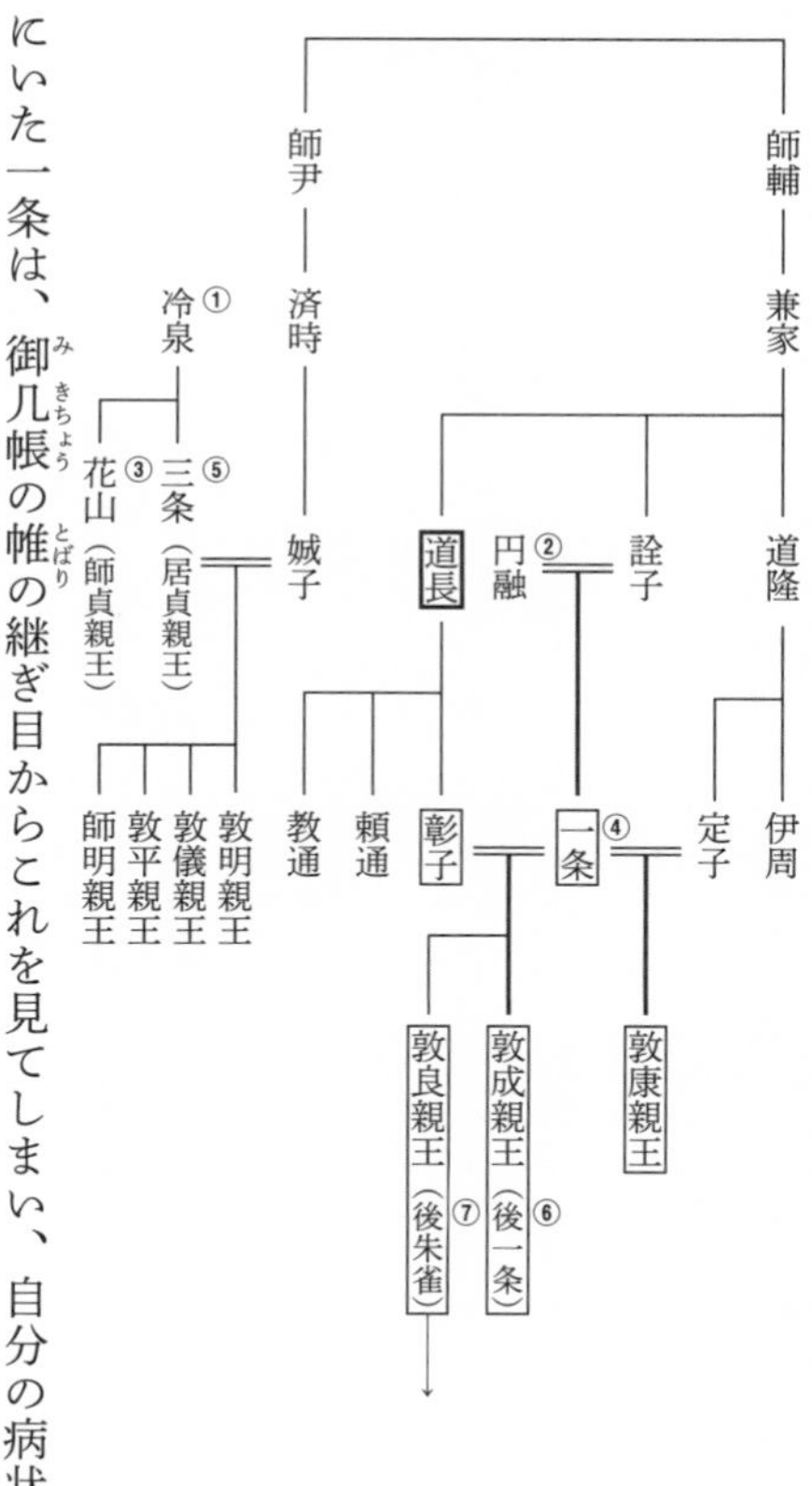

の母屋（もや）にいた一条は、御几帳（みきちょう）の帷（とばり）の継ぎ目からこれを見てしまい、自分の病状や道長による譲位の策動を知って、いよいよ病を重くしてしまった（『権記』）。

一条としては、おそらくは第一皇子の敦康をまず立太子させ、冷泉（れいぜい）系の三条（さんじょう）皇子敦明（あつあきら）親王を挟んで敦成親王や敦良（あつなが）親王の立太子を望んでいたはずである。いまだ若年で、敦康を後見（こうけん）していた彰子（当時二十四歳）や頼通（よりみち）（二十歳）は、間に敦康を挟んだとしても、敦成の即位を待つ余裕があった。しかし、すでに四十六歳に達して病がちであった道長としては、この時点で敦成を立太子させられないとなると、居貞―敦康―敦明のつぎまでは、とても待てなかったであろう。

ただし、敦成の立太子には、かなりの困難が予想された。言うまでもなく、定子所生の敦康の存在があったからである。平安時代に皇后もしくは中宮が産んだ第一皇子で立太子できなかったのは、一条皇子の敦康と白河皇子の敦文の二人だけであるが、敦文は四歳で早世したものであって、これを除くと、例外は敦康のみとなり、敦康以前には、ただの一例も存在しなかったことになる。

道長は五月二十六日に、一条には知らせないまま、譲位を発議した。翌二十七日、一条は側近の行成を召し、敦康の立太子について最後の諮問をおこなったのである（『権記』）。一条は、行成が敦康の立太子を支持してくれることを期待していたであろうが、行成は一条に同情しながらも、敦成立太子を進言した（行成は道長の側近でもあったのである）。

行成の並べた理屈というのは、第一に、皇統を嗣ぐのは、皇子が正嫡であるか否かや天皇の寵愛に基づくのではなく、外戚が朝廷の重臣かどうかによるのであり、今、道長が「重臣外戚」であるので、「外孫第二皇子」（敦成）を皇太子とすべきである（老年に及んで即位した光孝天皇と承和の変で廃太子された恒貞親王の例を挙げる）。第二に、皇位というものは神の思し召しによるものであって、人間の力の及ぶところではない。第三に、定子の外戚である高階氏は、「斎宮の事」の後胤であるから、その血を引く敦康が天皇となれば神の怖れがあり、大神宮に祈り謝らなければならない。第四に、帝に敦康を憐れむ気持ちがあるのならば、年官・年爵や年給の受領を賜い、家令でも置けばよろしかろうというものであった。この一、二年、相談していたことであるという（『権記』）。

これらのうち、「斎宮の事」というのは、在原業平が伊勢斎宮の恬子内親王に密通し、生まれた師尚が高階氏の養子となったという伝説を指すのであるが、もちろん事実かどうかは不明である。なお、伏見宮本『行成卿記（権記）』を調査したところ、「斎宮の事」に関する部分だけが、すべて行間補書であり、この部分が後世に追記された可能性もある。

彰子、道長を怨む

行成が一条の御前に参る前には、台盤所（一条院内裏北対の北廂）のあたりで女官たちの悲泣の声がした。驚いて問うと、「御病悩は特に重いわけではありませんのに、急に時代の変が有ることになってしまいました」ということであった（『権記』）。一条の病状や道長の譲位工作についての一条周辺の認識を示している。

また、敦康立太子について行成に諮問していた際にも、一条が「仰せの際には、忍びがたい（我慢できない）事が有った」という記述もある（『権記』）。道長による譲位工作に対する思いが含まれていたであろうことは、想像にかたくない。

さらには、「『后宮は、丞相を怨み奉られた』と云うことだ」とあるように、直接的な怒りを表わしたのが、他ならぬ彰子であった（『権記』）。敦康に同情し、一条の意を汲んでいた彰子は、その意思が道長に無視されたことを怨んだのである。はたして紫式部はこの時、道長にどのような感情を抱いたのであろうか。

しかも、道長は一条との交渉を彰子には秘し、彰子の上直廬（一条院内裏北対の東廂）を素通りしたと記されている。行成は、「この間の事は甚だ多かったけれども、子細を記すことができないだけである」と、この日の記事を締めくくっている（『権記』）。

「此れは生くるか」

一条は六月二日に東宮居貞親王と対面し、即位について要請した。敦康の処遇についても提案しようとしたが、居貞が早く退出してしまったので、それができなかった。一条の意を承けた道長が居貞の許に赴くと、居貞は、一条の仰せがなくとも敦康に奉仕するつもりであったと答えている（『御堂関白記』）。気の毒な敦康の処遇については、居貞もすでに考えていたのである。

そして六月十三日、「旧主（一条上皇）の御悩は、危急であった」という状況のなか、譲国の儀がおこなわれ、居貞は践祚（剣璽渡御の儀をおこない、皇位を継承すること）して三条天皇となった（『権記』『御堂関白記』）。そして東宮には彰子所生の敦成が立った。この後、道長はこの外孫の即位を心待ちにしながら、妍子からの三条皇子の誕生も期することになる。

妍子が三条の皇子を産めば、敦明以下の娍子所生の皇子を排して、敦成の後にその皇子を立太子させ、両統迭立を継続させることになるし、妍子から皇子誕生がなければ、冷泉皇統を終わらせたうえで一条皇統を確立し、敦成の後に敦良を立てるという、両睨みの皇位継承構想を持っていたものと思われる。この時点で、敦康の存在は、すでに考慮に入れていなかったであろう。

六月十四日、一条は道長に出家の意志を示した。極楽に往生するための臨終出家である。十五日も病悩は重く、『御堂関白記』には、「御病悩は重かった。時に太波事をおっしゃられた」とある。「太波事（うわ言）」とは、あるいは道長が日記に記すことのできない内容、たとえば敦康や定子、はたまた伊周に関することだったのであろうか。

六月十九日に、一条は出家を遂げた。急な出家だったので法服が間に合わず、道長たちはあり合わせのものを着せた（『御堂関白記』）。また、一条の髪を剃った高僧たちが事情に疎く、まず髪を剃り、ついで鬚を剃ってしまったため、髪だけ剃って鬚が遺っていた時の人相が、外道（人に災厄をもたらす悪魔）に似ていたという（『権記』）。

そして六月二十一日、ついに「御病悩は頼りが無かった」という状況に陥った。召しによって近く伺候した行成が漿水（飲み水）を供すると、一条は「最も嬉しい」と語った。一条は行成をさらに側近く召し寄せ、「此れは生くるか（私は生きているのか）」と語っている（『権記』）。これが一条の最後の言葉となった。

その後、一条は身を起こし、彰子も側に伺候するなか、辞世の御製を詠み、ふたたび臥すと不覚（人事不省）となった。聞く人は皆、「流泣すること、雨のようであった」「涙を流さない者はなかった」という状態となった。この時の御製は、『権記』では、

露の身の 風の宿りに 君を置きて 塵を出でぬる 事ぞ悲しき
（露のようにはかないこの身が、風の宿であるこの世に、あなたを残し置いて、塵の世を出てしまうのは悲しいことよ）

と記録されている。行成はこの歌を、「その御志は、皇后に寄せたものである。ただし、はっきりとその意味を知ることは難しい」と、定子に対して詠んだものと解している。歌意からは、「この世に君を置いて俗世を出ていくことが悲しい」というのであるから、

「君」はまだ生きていて、しかもこの歌を聞いている彰子のこととしか考えられない。しかし、行成は日記の中で「中宮」彰子と「皇后」定子を使い分けており、一条が辞世を詠んだ対手を定子と認識しているのである。かつて彰子を中宮とした、つまり定子を皇后とした際に決定的な役割を果たした行成であればこそ、その思いは複雑だったのであろう。

翌六月二十二日、一条は中殿（清涼殿。一条院内裏北対）において、「時々また、念仏を唱えられた」という状態で、死の時を迎えた。辰刻（午前七時から九時）に臨終の気配があり、しばらくすると蘇生したものの、数時間後の午刻（午前十一時から午後一時）、ついに死去した（『権記』）。三十二歳であった。

行成は、「心中、秘かに阿弥陀仏が極楽に廻向し奉ることを念じ奉った」という気持ちで床下近く伺候していたが（『権記』）、『御堂関白記』は、「巳剋に、一条院は崩じられた」と、素っ気ない記述しかしていない（「崩」を「萌」と書き誤っている）。しかも、道長は、側近くに伺候したいと希望する者が多かったにもかかわらず、「朝廷の行事が有る」ということで、多くを殿から降ろし、臨終に伺候させなかったのである（『御堂関白記』）。死亡時剋を巳剋（午前九時から十一時）と記しているのも、道長自身も最初の臨終の際以降は一条から離れていたためであろう。官人たちが死穢に触れるのを避けるためであろうが、新時代に立ち向かおうとする道長の面目躍如といったところであろうか。

彰子・紫式部の哀傷歌

七月九日に北山の巌陰（現京都市北区衣笠鏡石町）で一条の葬送（火葬）が終わると、一条の遺骨は、東山の円成寺（現京都市左京区鹿ヶ谷宮ノ前町、現大豊神社の地）に仮安置された（『権記』）。

その頃、道長は葬送についての一条の生前の意向を思い出した。それは、「（定子と同じく）土葬して、円融院法皇御陵の側に置いて欲しい」というものであった。「故院（一条院）が御存生の時におっしゃられたところである。何日か、まったく覚えていなかった。ただ今、思い出したのである。ところが、きっと益の無い事で、すでに決まってしまったのである」というのが、道長が行成に語った言葉である（『権記』）。火葬にしてしまったものはもう仕方がないということなのであろうが、道長の一条に対する関わり方、そしてその死生観を最後に象徴したものである。

『栄花物語』には、法事の際に彰子が詠った歌として、つぎの二首が載せられている（巻第九「いはかげ」。はじめの歌は『後拾遺和歌集』、後の歌は『玉葉和歌集』に採られている）。

見るままに　露ぞこぼるる　おくれにし　心も知らぬ　撫子の花

（亡き院に先立たれたこの自分の悲しい心も知らない無心の若宮を見るにつけても、涙がこぼれる）

影だにも　とまらざりける　雲の上を　玉の台と　誰かいひけん

（亡き院の面影さえもそこにはとどまらなくなった宮中を、玉の台などといったい誰が言ったのだろうか）

『栄花物語』には、彰子の歌につづけて、一条の忌みが明けた際の歌として、「藤式部（紫式部）」の歌も載せられている（『続古今和歌集』にも採られている）。

ありし世は　夢に見なして　涙さへ　とまらぬ宿ぞ　悲しかりける

（院のご在世の時代は、今となっては夢であったと思うにつけても、涙もとまらぬばかりか、御殿もお移りになり名残さえとどめることのできないのが悲しいことです）

こうして二十五年にも及んだ一条の時代は終わりを告げた。十月十六日には、彰子も枇杷殿に遷御している（『日本紀略』『御堂関白記』『権記』）。そして紫式部にも新たな役割が生まれてきたのである。

紫式部も道長と実資や彰子の板挟みになったかというと、主人の彰子に従って、実資寄りになっていったものと思われる。すでに『紫式部日記』は完成し、『源氏物語』も完結のめどが立っていたであろうから、あえて道長一辺倒の立場をつづける必要もなかったのであろう。

2 取り次ぎ女房としての紫式部

三条天皇と道長の確執

三条天皇と道長との間では、道長の関白就任について交渉が繰り返されていたが、道長は、これを拒否しつづけた（『御堂関白記』）。道長を関白として優遇したい（もしくは、取り込みたい）三条と、あくまで左大臣・内覧として太政官をも把握したいという道長との間の、政治抗争である。天皇大権を代行できる摂政とは違って、関白はたんなる文書の内覧役に過ぎず、通常は公卿議定である陣定から離れなければならないのである。結局、このやりとりは三条が妥協し、八月二十三日に道長に内覧宣旨を下すことで決着した（『御堂

関白記』『小右記』『権記』『日本紀略』『公卿補任』）。

八月十一日、寛弘三年（一〇〇六）に新造されていた内裏への遷御がおこなわれた（『小右記』『御堂関白記』『権記』）。一条天皇の四十九日正日に当たるこの日におこなわれた遷幸には、道長をはじめ公卿層は反対で、道長が付き従うこともなかった（『小右記』）。

また、行幸叙位をめぐって、道長と三条との間の意見の齟齬が表面化した。叙位をおこなうとの三条の意向に対し、道長は叙位の実施に難色を示した。ところが三条は、「これまでの事（一条の施政）は、私の与り知るところではない」ということで、叙位を強行した（『御堂関白記』『小右記』）。基本的に道長の意志を尊重してきた一条に比べて、新時代の三条の政治意思の積極的な発現は、道長や公卿層にも戸惑いを覚えさせたことであろう。

九月五日には東宮敦成親王の坊官除目（春宮坊の官人を任じる除目）がおこなわれることになっていたが、二日、実資は、五日は重日の忌み（暦道で巳の日と亥の日には諸事を避けるとされた忌み）があるということを、密々に女房を介して三条に奏上させた。その結果、四日に除目の延期が決定し、三条から実資に悦びの仰せが伝えられた。何故に実資がこのような密奏をおこなったかというと、「しかるべきことを密々に奏上せよ」という仰せが、あらかじめ三条から実資に伝えられていたからであった（『小右記』）。

実資をブレインとして取り込みたいという三条の思惑であろうが、このような秘密の行動は、宮廷社会にはすぐに知れわたるものである。その報を耳にしたときの道長や公卿たちの気持ちを考えると、あまりほめられた政治姿勢とは考えられない。

十二月十七日からはじまった除目では、三条が蔵人頭に抜擢したばかりの娍子の異母弟である通任を一挙に参議に上らせ、その後任として道長の三男である顕信を蔵人頭に補すことを、しきりに道長に指示したが、道長はそれを固辞した。「不覚（愚か）の者（通任）の替わりに、不足の職の者（顕信）を補される。きっと非難されることが有るであろう」というのが、道長が行成に語った背景である（『権記』）。道長の子息を側近として取り込みたい三条と、それを拒絶する道長との間の意見の齟齬が表面化したことになる。

妍子と娍子の立后

長和元年（一〇一二）正月三日、道長二女の妍子を立后せよとの三条の宣旨が、道長にもたらされた（『御堂関白記』）。三条としても、妍子から皇子を儲けて、それを道長に後見してもらうという皇位継承プランも考えていたのであろう。

その喜びも束の間の正月十六日、源明子所生の道長三男である十九歳の顕信が、突然行願寺に到り、皮聖（行円）によって剃髪し、比叡山の無動寺に入って出家した。道長は、心神不覚となった明子に接すると、みずからも不覚となっている（『御堂関白記』）。

顕信の出家の背景としては、前年暮れの蔵人頭就任をめぐる道長の対応が引き金となったのであろう。政治的に不遇な明子腹の顕信にとってみれば、やっとのことで出世の展望が開きかけた矢先に、父の道長によって、その道が閉ざされてしまったとでも思ったに違いない。

二月十四日、妍子立后の日を迎えた（『御堂関白記』）。我が女二人を中宮に立てた道長の感慨は、想像に余りある。

ところが三月に入ると、三条は娍子について、道長にとんでもない提案をおこなった。娍子を皇后に立てて、一帝二后をふたたび現出させようというのである。いくら三条個人の寵愛が六人の皇子女を産んでいる娍子にあったにせよ、すでに十七年前に死去している大納言済時の女に過ぎず、後見も参議に任じたばかりの異母弟の通任しかいない娍子を立后させるというのは、あまりに無理がある。

だいたい、天皇の方から一帝二后を言い出すとは、かつての一条の苦悩を思いあわせると、信じられない話である。

道長も、すぐに手を打った。娍子立后の日と決まった四月二十七日に、妍子を東三条第から娍子と入れ替わりに内裏に参入させることにした。妍子の内裏参入の前後に延々と饗宴がつづき、娍子立后の儀式に参列する公卿が少なくなることを狙ったのであろう。

それを知った三条が伝えさせた言葉というのは、「左大臣（道長）は、私（三条）に礼が無いことは、もっとも甚しい。この一、二日、寝食は通例ではない。とても愁い思うことが有った。必ず天の責めを受けるのではないか。はなはだ安らかではない事である」「右大将（実資）は、私の方人（味方）であると言うべきである。しかるべき人を御前に召して雑事を相談することに、また何の不都合が有るだろうか」というものである（『小右記』）。もっとも、実資としても、道長との関係を悪化させている三条から頼りにされても、迷惑なところだったであろう。

出席者を確認する「政治手法」

四月二十七日、娍子が皇后に立つ儀式と、中宮妍子が内裏に参入する儀式が同日におこなわれる日がやってきた。

道長が、相手の意向が自分の意に沿わない場合に、自分の主宰する行事をかち合わせて、それぞれの出席者を確認するという「政治手法」は、中宮定子に対しても用いてきたものである。

その日、右大臣顕光は「所労」（病悩）を、内大臣公季は「物忌」を、それぞれ申して立后の儀に参入してこない。そこで実資の許に、参入せよとの三条の使者が送られた。実資は、「天に二つの日は無く、土に二つの主は無い。であるから巨害（道長）を恐れることはない」と意気込んで参入したが、公卿たちや必要な官人は参入していなかった（『小右記』）。

一方、妍子の御在所である東三条第では、すでに道長主宰の饗宴がはじまっていたが、実資が使者を遣わして、娍子立后の儀に参入するよう命じても、公卿たちは使者を前に召し出し、手を打って笑ったり、口々に嘲哢・罵辱したりした。どこにあったのか石を使者に投げつける者まで出てきた（『小右記』）。

内裏に参った公卿は、実資のほか、隆家・懐平・通任の四人だけであった。立后宣命の草案を作り、道長に内覧してもらうために、内記を遣わして東三条第に持って行かせたが、長い時間がたっても帰ってこない。「向こうには道長に取り次ぐ人がいないのだろうか」と蔵人頭たちは推測している。実資は、道長が立后を妨害しており、万人はそれに怖畏しているからだと記している（『小右記』）。これは内裏にいた人々の見解であって、実際には東三条第では、皆で宣命の内容について協議していたのかもしれない。

ようやく内記が帰って来て言うには、道長は宣命の文の中に「後への政」（政務における皇后の内助）とあるのは、先に妍子が中宮に立っているのであるから、除くべきであると命じたとのこと。実資は納得していないが、その文を削らせて、また道長に内覧させたところ、「天の下の政」という文、およびそのつぎの文（「独り知るべき物には有らず」という文言か）も停めよと言ってきた。また、「食す国として古へより行き来たる」と書くようにと命じ、今度は書き直した後に持ってこなくても、三条に奏聞するようにとのことであった（『小右記』）。これは嫌がらせというよりも、道長は饗宴の最中に三度も確認するのが面倒になったのであろう。

実資は「無理矢理な非難である。奇妙なこととすべきである」と言っているが（『小右記』）、この宣命の件に関しては、道長の嫌がらせではなく、宣命の不備を訂正して、三条の正式な后妃が妍子であることを確認するための指示であったと考えるべきである。

こうして宣命の宣制が終わり、宮司除目がおこなわれた（『小右記』）。皇后宮大夫に隆家、皇后宮亮に娍子の異母兄の為任という布陣は、きわめて弱体であったが、誰もなり手がないのであるから、仕方がない。

六衛府の次将を召して警固の陣を引こうとしても、誰も参入しておらず、これを取りやめて、実資たちは内裏を退出した。娍子の御在所である為任宅に向かったのである。公卿はこの四人のみ、侍従や殿上人は一人も参らないという寂しい本宮の儀であった。立后の儀に際して内裏から奉られる大床子や獅子形といった調度も、（実資によれば）道長の「妨害」でやって来なかったため（これも、正式な中宮にしか必要ないと考えたのであろう）、娍子側で造るという始末で、形ばかりの饗宴をおこない、皆は退出した（『小右記』）。

その頃、妍子は多くの公卿や殿上人を従えて、東三条第から内裏の飛香舎に参入した。道長の記したところによると、指名しておいて付き従った公卿（道長が頼りにしている人たち）は、藤原斉信・源俊賢・藤原行成・藤原正光・藤原実成・源頼定の六人、指名していないのに付き従った公卿（道長にとってありがたい人たち。頼通と頼宗は子息だから来て当然として指名しなかったのであろう）は、藤原頼通・藤原時光・源経房・藤原頼宗の四人であった（『御堂関白記』）。

興味深いのは、道長が指名しておいたのに参らなかった人として、実資・隆家・懐平の名を挙げ、それぞれに注をつけていることである。実資には、「『内裏に参っていた。天皇の召しによる』ということだ」、隆家には、「今日、新皇后（娍子）の皇后宮大夫に任じられた」、懐平には、「長年、私と相親しんでいる人であるのに、今日は来なかった。不審に思ったことは少なくなかった。思うところが有るのであろうか」というものである（『御堂関白記』）。

もともと自己の主宰する儀式への出欠を非常に気にする道長ではあったが、欠席した人に対する説明を記すというのは、きわめて異例のことである。娍子立后の儀の方に参入した四人も、「『実資・隆家・懐平・通任の四人』と云うことだ」とわざわざ実名で特記していることとあわせ(『御堂関白記』)、よほどこの儀式の出欠を気にしていたのであろう。

しかし、翌四月二十八日には多数の公卿が中宮妍子の御在所に伺候し、道長は饗饌を設けた。集まったのは、実資・斉信・俊賢・頼通・隆家・行成・忠輔・懐平・経房・正光・実成・頼定・教通・頼宗の十四人(『御堂関白記』)。前日、娍子立后の儀に参入した四人の公卿のうち、通任を除く三人が参っている点に注目すべきである。彼らを完全な反対派の立場に置くことを避けるための道長の配慮であろう。

もっとも、実資は饗宴の最中にも、「昨日の事を思うと、いよいよ王道は弱く、臣威が強いことを知った。嗟乎、々々」と嘆いている。この日、三条は、実資に対する感謝の意を述べたうえで、つぎのような言葉を実資の養子である資平に伝えさせた(『小右記』)。

「自分は久しく東宮にあって、天下を統治してこなかった。今、たまたま皇位に登ったからには、自分の意に任せて政事をおこなうべきである。そうでなければ、愚頑なことである。しかるべき時が至ったならば、大将(実資)に雑事を相談するようになるであろうことを、まずはこの事を大将に伝えておきなさい」

これは前回の恩詔で依頼されたたんなる政務の相談という範囲を越えて、来たるべき政権に関するものと考えた方がよいであろう。娍子立后の翌日ということもあり、三条も実資に対する感謝の意があふれ出て、このような言葉となったのであろう。

道長の重い病

道長は五月二十三日、比叡山に登って顕信の受戒の儀に参列したが（『御堂関白記』）、その際、法師たちによって放言され、投石を受けた。「殿下（道長）が参られているのだぞ。何者が非常の事を致すのか」という制止に対し、僧が叫んだ放言の言葉は、「ここは檀那院だぞ、下馬所だぞ。大臣や公卿は物の道理は知らない者か」「前々は、馬に騎って山に登ることは、まったくなかった。たとえ大臣や公卿であっても、髪を執って引きずり落とせ」というものであった（『小右記』）。

このことも影響したのか、道長は月末から重く病悩し、邪気（物怪）が現われたほか、「頭が痛いことは、破れ割れるようである」という状態となった。公卿が多く集まり、頼通などは簾中で声をあげて涕泣する有様であった。六月四日に、道長は内覧と左大臣の辞表を奏上した（『小右記』）。

しかし、三条は四日の第一度の上表に際しては、すぐにこれを返却しているものの、八日の第二度の上表については、これをすぐに返却することはなかった。九日には、道長は実資に対し、「命を惜しむものではないが、一条を喪った彰子のことだけが気がかりである」と、涙ながらに語るなどの弱気を見せている（『小右記』）。このまま辞表が返却されないと、本当に辞任しなければならないということになる。

六月八日には、四月十日につづいてまたもや人魂が土御門第から出、九日には鵄が鼠の死骸を道長の眼前に落とし、十日には蛇が堂上に落ち、十七日には本心が無いような状態となり、天命を保つのは、やはり難しいとされた。そして、「為任が陰陽師五人に道長を呪詛させている」との落書（権力者や社会に対する批判や風刺を含んだ匿名の文書）が、道長の許に寄せられた。実資は、「相府（道長）は一生の間に、このような事が、断絶することなく起こる。事に坐す者は、いつもの事である。悲嘆するだけである」と記している（『小右記』）。

六月二十日、資平が聞いた噂として、実資に伝えたところでは、道長の病悩を喜悦している公卿が五人いて、それは道綱・実資・隆家・懐平・通任とのことであった。道長からは、「そのような噂は、（隆家を除いて）信用していない」との報が実資の許に二十八日に届いているし、七月二十一日にも道長は、「道綱と実資については（噂を）信用していない」と語っている（『小右記』）。兄の伊周とは違って、隆家は公卿たちからも好かれていたはずであるが（道長も娍子立后の儀への隆家の参加に好意的であった）、いったいどのような思いでこのように語ったのであろうか。隆家にも同じように言ったのかもしれないが。

また、六月二十八日には、不吉なこととされる虹が、彰子の御在所や道長の土御門第をはじめ、頼通・教通・道長の家司(けいし)たち・源倫子(りんし)の母である藤原穆子(ぼくし)など、「左府(さふ)(道長)に相親しむ人々の宅」に立った。実資は虹が立った十七人を書き留めている(『小右記』)。これらの怪異(かいい)が娍子立后の後に一挙に噴出していることに注目すべきであろう。

なお、収められたままでいた道長の辞表は、七月八日に至って、ようやく勅答(ちょくとう)とともに返却された(『御堂関白記』『小右記』)。

妍子、禎子内親王を出産

十月八日、妍子がついに懐妊(かいにん)したことが発覚した(『御堂関白記』)。道長にしても三条にしても、これが心を通じ合うことのできた最後の機会となったのである。

長和二年(一〇一三)が明けると、正月十日、妍子が出産に備えて東三条第に退出したが、直後の十六日、その東三条第が焼亡した(『御堂関白記』)。妍子をめぐる複雑な情勢を、三条も道長も実感したことであろう。なお、妍子は四月十三日に土御門第に移っている。

二月二十五日には、彰子は一種物(いっすもの)という饗宴を取りやめさせた(『御堂関白記』『小右記』)。

妍子がしきりに饗宴を催して諸卿を煩わせていたことに配慮したものである。事情を「女房」に取ったところ、「相府（道長）がおられるので諸卿は響応しているが、退出してから誹謗しているのではないか。ましてや万歳（道長死去）の後の非難は言うまでもない」ということであった。実資はこれを聞いて、「賢后と申すべきである」と感動している（『小右記』）。なお、この「女房」は、おそらく紫式部であろうと考えている。

この頃、三条と道長との感情に、波風の立つ事態がつづいた。四月二十一日、賀茂斎院御禊（賀茂祭に際しての斎院の禊）がおこなわれたが、禁制の装束を着た者たちは、斎院御禊の行事（公事、儀式などにおいて主としてその事を掌った役）を務めていた実資の見物している車の前を通る際には車に乗り込んで隠れて通り過ぎ、実資の前を抜けると車から降りたり、実資の前だけは別の道を通ったりして、その目をごまかそうとした。実資は、三条と道長の二人で過差（身分による規定を越えた贅沢）の制止を定めておきながら、「憲法を立てて破るのは、人の為に嘲笑されるだけである」と批判している（『小右記』）。

妍子の出産の日が近づいてくると、当然のことであるかのように怪異が起こり、六月二十九日、内裏の御樋殿（便所）が風もないのに顚倒した。三条は三十日に、これに関する御卜をおこなわせたのであるが、その間の事情は、道長には伝わってこず（じつは蔵人の怠慢だっただけなのだが）、道長の不信感は増幅するばかりであった（『御堂関白記』）。

なお、この御卜の占文は、当初は「帝位に御厄が有るものではない」というものであったが、道長の命によって、「御厄の事が有るものではない。もしかしたら（天皇の）御病悩の事が有るであろうか」と書き改められている（『小右記』）。この道長の思惑は、いったい何だったのであろうか。

そして七月六日、妍子は、「平安に」皇女を出産した（『御堂関白記』『小右記』）。後に禎子と名付けられ、後朱雀天皇（敦良親王）の中宮として尊仁親王（後の後三条天皇）を儲けた皇女である。尊仁の即位によって、摂関政治は決定的な打撃を蒙ることになるのであるが、それは後の話である。

『御堂関白記』には、道長の感慨は何も記されていないが、『小右記』によると、道長は公卿や殿上人に会うことはなかった。「悦ばない様子が、甚だ露わであった」という報を受けた実資は、「女を産まれたことによるのであろうか。これは天の為すところであって、人事（人間に関する事）は、どうしようもない」と記している。

取り次ぎ女房

彰子は長和元年二月十四日に皇太后となったが、三条とは皇統を異にしており、政治の前面に出ることはなくなるはずであった。正月の除目の折に彰子が一条朝の盛時を偲んでいた様子を見て、「藤式部（紫式部）」が詠んだ歌が『栄花物語』巻第十「ひかげのかづら」に載せられている。

雲の上を　雲のよそにて　思ひやる　月はかはらず　天の下にて

（宮中の有様を、宮中のよそからお偲びすることですが、日の光は消えても月だけは昔に変わらず同じ天の中を照らしていらっしゃいます）

「悲しみはしみじみといつまでも尽きることなき御事ばかりではある」という語がつづく。すでに『紫式部日記』において、紫式部は誦経や出家への願いを記していた。後に引くが、その記述からは、源信が集大成し、当時盛行しはじめていた浄土信仰への傾倒がうかがえ、それはあたかも横川僧都（源信がモデルとされる）の許で浮舟が出家するという宇治十帖の延長かとも思えてくる。

しかし、紫式部の職務はつづいた。ミウチ関係の構築に破綻を来たした道長と三条の関係が悪化し、皇太后となった彰子の政治的役割が増加した。三条は実資を頼りとしたのであるが、実資は紫式部を彰子との間の取り次ぎ役として使ったのである。

長和元年五月二十八日、実資は枇杷殿に彰子を訪れ、「女房」に促されて近く伺候し、一条院を懐旧して落涙した（『小右記』）。私はこの「女房」も紫式部と考えている。

皇太后宮（彰子）の許に参った。しばらく渡殿に伺候した。女房が御簾の中から菅円座を差し出した〈もともと、畳を敷いていた。その上に円座を差し出した。〉。女房の意向は、近く伺候するようにとのようであった。しばらく見入れないかのように伺候した。ところが頻りにその意向が有った。そこで進んで伺候し、女房に逢った。先日の仰せ事の恐縮を啓上させた〈御八講に参った事である。〉。すぐに御書状を伝えた。また、多くは故院（一条院）の御周忌法会が終わったという事であった。「室礼を替えたので、はしたない（きまりが悪い）状態である」と云うことだ。御簾は皆、尋常のようであった。懐旧の心を急に催し、落涙を禁じ得なかった。女房が見ている所を憚らず、時々、涙を拭った。やはり留めがた

枇杷殿故地（京都御苑）

かった。

紫式部と実資の信頼関係

直接的に紫式部の名が見えるのは、『小右記』の長和二年五月二十五日条である。

資平を昨夜、密々に皇太后宮の許に参らせて、東宮の御悩の間、假によって参らなかったことを啓上させた。今朝、帰って来て云ったことには、「昨夕、女房〈越後守（藤原）為時の女。この女を介して、前々も雑事を啓上させていた。〉に逢いました。あの女が云ったことには、『東宮の御悩は重いわけではないのですが、やはりまだ尋常というわけではありませんうえに、熱気がまだ散じられません。また、左府（道長）もいささか患う様子が有ります』ということでした」と。

五月十八日から東宮敦成親王が重く病悩していたが、実資は養子の資平を彰子の許に遣わして病状を密々に探らせているのである。資平に病状を語った女房こそ、「越後守為時の女」、つまり紫式部であった。実資は、「この女を介して、前々も雑事を（皇太后宮に）啓上させていた」と注記しているが、紫式部は聞かれてもいない道長の病悩についても資平に語っている。よほどの信頼関係と見るべきであろう。
『紫式部日記』には、

（宮の大夫〈藤原斉信〉）ほかの公卿がたで、中宮さま（彰子）の御所に参りなれていて、何か啓上なさるときは、めいめいひいきにしている女房（「心よせの人」）がいて、しぜんそれぞれに昵懇で、そのお目あての女房がいないときはつまらなそうに立ち去ってゆくのですが、……

という記述がある。紫式部はすでに寛弘五年（一〇〇八）に、実資のことを、「ほかの人とは格段に違っている」「一段とご立派でいらっしゃる」と評価していたのであるが（『紫式部日記』）、実資と紫式部というのは、考えてみるとお似合いの組み合わせと言えそうである。
なお、前々から取り次ぎに使っていたとなると、この記事の前後に実資と彰子の間を取り次いでいた「女房」も、紫式部であった可能性が高い。三条朝、実資は資平の人事に関して、彰子を介して道長に渡りをつけていたのである（『小右記』）。『小右記』に、「女房に逢った」と見える以下の女房は、紫式部を指していると考えられよう。

・長和元年五月二十八日条（先述）　彰子の許で一条院を懐旧して落涙する。
・六月六日条　道長病悩の間、彰子の心労見舞いを、資平を介して女房に伝えさせる。
・六月八日条　彰子行啓に供奉できないことを、資平を介して女房に告げさせる。
・長和二年正月十九日条　女房を介して彰子に資平の任官について、道長への仲介を依頼する。
・二月二十五日条（先述）　彰子が饗宴を取りやめさせた事情を女房に問う。
・三月十二日条　彰子が女房を介して実資の病悩を問う仰せ書を賜う。
・四月十五日条　彰子行啓に実資が供奉しなかったことについて、道長と彰子の意見の相違について、女房が資平を介して実資に伝えた。彰子は実資を支持した。実資は彰子の許を訪れて返答し、「心底から感嘆した」と記している。
・五月二十五日条（先述）　資平を遣わし、東宮の病状を女房に探らせる。
・七月五日条　彰子の許を訪れ、女房を介して久しく参入しなかった事情を伝える。その後、しばらく伺候する。

・八月二十日条　彰子の許を訪ねて、女房に遇う。

実資と彰子、そして紫式部が、たんなる儀礼を越えて、互いに結びついている様子がうかがえよう。長和三年（一〇一四）以降の紫式部については、後に述べることにする。

なお、『紫式部集』が編集されたのは、この頃のこととされている。現存『紫式部集』は詞書と歌を合わせて四七五行で六三二八字。一行二〇字、一頁一〇行の四半本とすると、約四八頁、清書だけで六枚の料紙を必要とすることになる（袋綴だと二四枚）。

3　退位をめぐる攻防

道長、三条天皇に退位を要求

『御堂関白記』は長和三年（一〇一四）の記事を、早くからまったく欠いている（『摂関家旧記目録』『御堂御暦記目録』）。眼病を患った三条天皇に対し、道長が退位を要求したこの年の記事は、その内容の重大性もあって、道長自身が「破却」した可能性が考えられる。

二月九日の深夜、内裏が焼亡した（『小右記』『日本紀略』『百練抄』『扶桑略記』）。妍子がようやく正月十九日に内裏に入った直後の焼亡というのは、まったくの偶然とは思えない。さっそくに造営の準備をはじめたのはいいが、三条の心労は重かった。すでに「迷惑（途方にくれること）」の様子を語っていたのであるが（『小右記』）、よほど堪えたようである。

この心労が、やがて重い眼病につながることになる。三月一日に資平に語ったところによると、この数日、「片目は見えず、片耳は聞こえない。極めて病悩しているうちに、夜はいよいよ病悩している」という状態となってしまった（『小右記』）。目と耳が不自由というのでは、天皇としての聴政がままならないということになり、政務や儀式の執行にも大きな影響が出るのは避けられなかった。

悪いことは重なるもので、三月十二日、大宿直・内蔵寮不動倉・掃部寮などが焼亡し、累代の宝物数万がことごとく焼失してしまった。この火災の直後に、道長と道綱が並んで、「天道が主上（三条天皇）を責め奉ったのである」ということを三条に奏上した。三条は、二人の言いたいところはよく理解したという（『小右記』）。二人は言外に退位を匂わせたのであろう。

この件に関しては、三月十四日に実資の許に達せられ、三条は実資に意見を求めている。実資は参内して意見を奏上しようとしたが、道長がいたので奏聞することができなかった。実資は、道長はともかく、道綱がこれに同心したことに怒りを表わしている（『小右記』）。

そして三月二十五日、道長は三条に、譲位するよう責めたてた。それに対し三条は、まったく耐えられないという仰せ事を返した（『小右記』）。

臣下に過ぎない道長が天皇に譲位を迫るというのも、確かに奇怪なことではある。しかし、天皇であっても支配者層の総意に基づいて皇位にあるのであり、その利害を発現する義務を有する。道長が譲位を求めたのは、何も外孫の敦成を即位させて外祖父摂政として権力を一手に収めたいという願望のみによるものではなかろう。病気によって政務や儀式をきちんとこなせず、人事に際していつも情実による我意を張るような天皇では、宮廷社会の信任を得ることはできないといった側面もあったに違いないのである。

この頃、道長は、「実資が、自分が雑事を申す（関白になる）ということを三条に奏上させた」という噂を聞き伝え、それを三条に問い詰めた。三条から実資への数々の「恩詔」に尾鰭がついて、道長の耳に届いたのであろう。それは事実かと迫る道長に対し、三条は、そんなことはないと答えた。六月二十六日に、またもや道長がやってきて、同じことを聞く。三条もまた、同じように答える、という問答がつづいた（『小右記』）。

翌六月二十七日、三条は実資に、この経緯を伝えた。そして、「万事を（実資に）相談するということについて、心中に思っていることには変わりがない。（実資には）最も親しみを感じており、近日、その心は、いよいよ切なるものがあるが、すでにその人（道長）がいる。あの者がいなくなった後のために、このように言うのである。もしかしたら近いうちのことかもしれない。これは懇切に思ってはいるが、内心に秘めて言わない」などと伝えさせている（『小右記』）。実資としても、やれやれといったところであろう。

東宮敦成親王は、十一月十七日、はじめて三条への朝覲（天皇や上皇・皇太后の御所に参って謁見すること）をおこなった（『小右記』『日本紀略』）。七歳の敦成は、まったく作法を失することなく、見る者は感嘆し、道長は涕泣した（『小右記』）。かつて七歳で即位した一条天皇の幼少時を重ねて見ていたのであろう。もちろん、自分の姿は父である摂政兼家と重ねていたはずである。

譲位と内裏造営

翌長和四年（一〇一五）には、道長と三条との攻防が大詰めを迎えた。道長をはじめとする公卿層からの退位工作が激しくなり、それに対抗する三条の闘いが繰り広げられたのである。

四月十三日、道長は、「今日は天皇が病悩されている御目が、特に暗い」ということで、官奏を奉仕することはなかった（『御堂関白記』）。じつはこの日、三条は扇の絵を覧ていたのであるが、参内してきた隆家に対し、「今日は心神の具合が宜しい。目は、まだ不快である。左大臣（道長）が、今日、参入してきたが、機嫌は宜しくなかった。これは、私の心地が頗る宜しいのを見て、むつかった（不愉快になった）のである」と語った。それを聞いた実資は、道長を「大不忠の人」と（日記で）罵っている（『小右記』）。

四月二十一日に、三条は、伊勢神宮に勅使を立て、また石清水八幡宮と賀茂社に行幸をおこなうことによって、眼病平癒を祈願しようとの大願を立てた（『小右記』）。ただしこの勅使は、発遣されようとするたびに勅使の「故障」や「穢」が生じ、その都度、延期となった。

また、四月二十八日には「或る人」が三条に、あることを催促し、三条はこれを拒絶している（『小右記』）。これが道長ならば、その内容が譲位であることは間違いなかろう。

この間、さまざまな「霊」も出現した。五月四日には、「主上（三条）の御目は、冷泉院の御邪気（物怪）がおこなっているところである」との託宣が憑坐の女房に下った。さらに六日、賀静の霊が出現した（『小右記』）。この賀静というのは、良源に超越されて天台座主に就く望みが叶わず、律師の地位で死んだ僧である。

前年に焼亡した内裏の造営は進められていた。三条は新造内裏への遷幸を急ぐことを、五月十七日に参内してきた道長に命じたが、道長は何も答えることなく退出してしまった。三条は、「自分の病状を見て、答えなかったのである。今となっては一切、譲位の事を考えない」と怒っている（『小右記』）。

その頃、例の賀静の霊が、執念深く懇切に、天台座主を贈られるよう要請したようである。五月二十二日には、賀静の霊は、「天台座主に任じられることはできません。ただ、僧正の職を賜わりたいのです」などと語って（『小右記』）、要求を引き下げている。

内裏造営は、なかなか進捗しなかった。一つには、新内裏は新帝敦成に入ってもらいたいという道長の思いを忖度する向きもあったのであろう。結局、六月十四日に道長が十九日までの完成は難しいということを奏上し（『小右記』）、三条は、ついに遷御の延期を決定した（『御堂関白記』『小右記』）。三条としてみれば、天皇権威の再構築と内裏居住とが過度に結びつき、しかも一条に比べると道長の邸第に居住することをいさぎよしとしない性格だったのであろう。

閏六月十九日、道長の方も厠から還る途中に、土御門第内の南側にある小南第の北対の打橋から落ち、左足を損傷して前後不覚となった（『御堂関白記』『小右記』）。「生きていることができないことは、亡者のようなものであった」というのであるから、骨折とか、よほどの重傷だったのであろう。平復には八月までの時間を要し、その間、足や尻の肉は痩せ落ち、車に乗るにも人に支えてもらわないといけないような有様で、道長は深く嘆息する日々であったという（『小右記』）。

八月一日に三条は、政権運営に関して、眼病の間、道長が官奏を覧て下すようにとの命を、直接、命じた。しかし道長は、これを拒否した。「眼病の間」というのでは、その後の政務運営や政権構造に対して、曖昧であるとみなしたのであろう。事実、三条は二日に、体調が戻れば通例のように官奏を覧ると実資に語っている（『小右記』）。道長とすれば、中途半端な政権委譲よりも、一挙に新帝敦成の即位＝自分の摂政就任へと持っていきたかったのであろう。ほとんどの公卿にとっても、それは望ましい情況であった。

道長は、八月十日に実資に密事を示した。三条の目のこと、また政務や儀式が滞っていること、内裏還御（かんぎょ）の有無についてである。実資が、「事は多く畏れが多い。詳しく記すことはできない」と記しているのは（『小右記』）、三条の退位についても語っていたからであろう。道長は十三日にも実資を呼んで、「天下の事、および内裏還御の事など」を談じている（『小右記』）。

三条は、八月十九日、資平に密かに語った。「近日、道長は頻り（しき）に譲位を促してくる。しかし、内裏に還御しなければ、譲位をおこなうつもりはない。やはり来月、内裏に還御するということを、道長に仰せておいた」と。しかしまた、二十二日に、「内裏に還御した後、目がなお見えなければ、道長の志に従うしかない」とも語っている（『小右記』）。

一方の道長は、同じ二十二日に資平にこう語った。「主上（三条）の御目は、頼むところは甚だ少ない。遠近の物はすでにわからなくなっている。叙位や除目をおこなうこともできない。また、官奏に候じることもできない。今、皇政は廃忘しているようなものである。徒然として日を過ごすばかりである」と（『小右記』）。

三条は九月七日、眼病について、実資に密勅を賜わった。それについては、実資は翌八日に奏聞している。「事の趣旨は、人事（人間に関する事）に関することではない」と記しているのは（『小右記』）、皇位に関わることだったのであろう。すでに三条も実資も、譲位自体は仕方のないこととして、譲位に際しての条件闘争に方針を切り替えていたものと思われる。

この頃ようやく、三条の「宿願」が続々と叶えられた。九月十四日、伊勢神宮、および賀茂社・松尾社・平野社・石清水八幡宮・大原野社に、ようやく奉幣使を発遣することができたのである。そして九月二十日、いよいよ待望の新造内裏への遷御がおこなわれた（『御堂関白記』『小右記』）。三条がおそらくは、譲位の意志を固めた直後であることは、これまでの何次にもわたる妨害と考えあわせると、象徴的な時期である。

三条天皇譲位の条件

この頃から、道長はさらに踏み込んだ交渉をおこなった。十月二日に三条が資平に語ったところによると、道長はこの数日、しきりに譲位を責め催すのみならず、三条の皇子たちは東宮の器ではないから、東宮に立てるわけにはいかず、故院（一条）の三宮（敦良親王）こそ東宮に立つに相応しいと言ったとのことである（『小右記』）。

敦明親王は日頃から乱暴な行状で名を馳せていた。長和三年十二月一日には敦明の雑人が、藤原公任の息男である定頼の従者と闘乱におよび、敦明の宮人が死去した。このことが三条の耳に達するや、「天気不快」という状況になった。八日には敦明が定頼を打ち調じようとしたので、道長はこれを聞いて大いに怒り、「無量の悪言」を吐き、悪口の矛先は三条自身にも及んだ（『小右記』）。

また、道長家とのミウチ関係を考えれば、敦良こそ道長（や公卿層）にとって最善の次期東宮だったであろうが、三条に直接それを迫るとなると、もはや遠慮もない道長の姿が浮かび上がってくる。三条としても、こうなると譲位の実現と引き換えに、次期東宮をめぐる条件闘争をつづけるしかなくなるわけで、「今となっては譲位の事は、まったく思いとどまった」と語っている（『小右記』）。

さらに重要なことには、十月二日、藤原公任と源俊賢が、道長を促して、三条に譲位を迫らせた。三条は、「神明に訴えて、こいつらの身や子孫に宜しくないようにしてやる。自分は十善の故に宝位に登ったのである。ところが臣下が、どうして自分の位を危くすることが有るだろうか」などと怒っているが（『小右記』）、後世、「寛弘の四納言」と称されることになる良識派の彼らが譲位を促すとなると、三条の譲位に対する要求が、ひとり道長の権勢欲のみに起因しているわけではないことを示している。

十月十五日、三条は最後の手段を行使した。いまだ十三歳に過ぎない女二宮（禔子内親王）を頼通に降嫁させることを提案したのである。三条からのミウチ関係構築の誘いであるが、道長は提案を受諾する気があったようである。実資は、「御病悩の間、深く宝位を貪られるので、思い付かれたことであろう」と非難している（『小右記』）。

十月二十六日、三条は重大な宣旨を翌日に下すことを決心した。道長に、摂政に准じて、除目・官奏・一上（太政官首班）の事をおこなわせるというものである。ただ、実資に語った事情というのは、道長のおこなうところに非が有れば必ず天譴に当たり、我の息災となるであろうというものであった（『小右記』）。

あくまで道長との抗争に勝利しようという意欲は立派であるが、この日、「寛弘の四納言」の一人である藤原斉信は、「主上（三条）の為に、現代は後代の極まり無い恥辱となるであろう」と、同じく藤原行成は、「東宮（敦成）の御代となってから、左府（道長）は摂政となるべきであろう。ところが急にこのような事となった。主上は今年を過ぎることはできないのではないだろうか。はなはだ愚かである」と言って、それぞれ三条を非難している（『小右記』）。

これらは、何も道長に媚び諂ったものではない。三条の皇位への執着に対する、これが公卿社会の集約された声なのである。政務は放棄しても皇位には執着するという天皇は、彼らから見れば異常な君主に見えたことであろう。

翌十月二十七日、道長に准摂政の宣旨が下った（『御堂関白記』『小右記』）。実資が問い合わせたところ、宣旨には「労き御す間（三条の病悩の間）」という文言はなかった（『小右記』）。完全にして永久的な政務委譲ということになる（三条が皇位にある間ではあるが）。

内裏焼亡

十一月に入っても、三条の目の状態は、一向に快方に向かわなかった。三日には、「伊勢神宮への祈禱の後、いよいよ倍している。やはり感応が無かった」と漏らしている。そして五日、ついに三条は道長に、明春の譲位を語った（『小右記』）。

三条としてみれば、残る望みは、敦明の立太子、そして新造内裏における正式な譲位の儀くらいのものだったであろう。待望の新造内裏への遷御は九月二十日におこなわれていた（『御堂関白記』『小右記』『日本紀略』）。十一月九日、なかなか内裏に参入してこない妍子に代わって、娍子が内裏に参入してきた（『小右記』）。三条の天皇としての最後の日々を共に過ごし、譲位の儀を揃って迎えたいという意図もあったのであろう。しかし、この参入がつぎの内裏焼亡につながることになってしまった。

妍子の方は、十一月二十八日に内裏に参入することになっていたようであるが、十五日、道長は譲位が近いからと言って、参入を停めさせた（『小右記』）。そして十七日の深夜、あれほど三条が造営と還御を望んだ内裏が焼亡してしまった（『御堂関白記』『小右記』）。『百練抄』では、世人が「天下滅亡の秋（とき）」と言ったという。これも偶然の焼亡かどうかはわからない。

道長はさっそく翌十一月十八日、この内裏焼亡を理由として、三条に譲位を責めたてた。三条は、「ただいまは閑（しず）かではない。よく思い定めて、あれこれ考えることとする」と答えている（『小右記』）。

三条の目は一向に快復せず、十一月下旬には「暗夜（あんや）」のような状態となった。二十八日の官奏では、道長は直廬（じきろ）において文書（もんじょ）を覧ている。それは「摂政の儀と同じ」ものであった（『御堂関白記』）。十二月十日の陣中文（じんのもうしぶみ）においても、道長は摂政に准じたうえに、依然として一上の儀をもおこなっている（『小右記』）。

しかし、三条の闘いは、まだ終わってはいなかった。自分の譲位と引き替えに、敦明の立太子を道長に認めさせなければならなかったのである。

なお、頼通は十二月八日から頭痛と発熱に苦しみ、十二日には「万死一生(ばんしいっしょう)」の状態となってしまった（『御堂関白記』『小右記』）。十三日には、霊気(れいき)（物怪）が人に移って調伏(ちょうぶく)されたが、何と顕露(けんろ)したのは故帥(そち)（藤原伊周(これちか)）の霊であった（『小右記』）。これによって降嫁は沙汰止みということになった。なお、禔子内親王は万寿(まんじゅ)三年（一〇二六）に教通(のりみち)（頼通の同母弟）の継室(けいしつ)となっている。

これで最後の望みも潰(つい)えたと考えたのであろうか、十二月十五日、三条は道長に、明年正月に譲位をおこなうということを申し出た。この頃、時期は判然とはしないが、敦明を新東宮に立てることが決まったらしい。三条・道長の両者にとっても、全面勝利とは言えないまでも、とりあえずは自己の政治的要求は貫徹したといったところか。特に、目が見えずに政務を総攬(そうらん)できず、公卿層の支持も失なっていた三条にとっては、後見(こうけん)のない第一皇子を東宮に立てるというのは、じゅうぶんに勝利を勝ち取ったと評価できるであろう。

道長が十二月二十七日に陰陽師(おんみょうじ)を召して譲位の日時を勘申(かんじん)させたところ、「正月二十九日」ということになった（『御堂関白記』『小右記』）。

彰子と紫式部

この間、彰子(しょうし)および紫式部(むらさきしきぶ)が、どのような気持ちで両者の政治闘争を眺めていたかは、定かではない。長和三年に入ると、彰子は正月十三日から病悩しており、実資が見舞いに訪れているが、やがて持ち直したらしく、三月二十二日には彰子は頼通の高倉第に移御している（『小右記』）。おそらく紫式部も、これに同行したことであろう。

十月九日には、実資は久々に彰子の許を訪れた。彰子は「簾下に女房を召し、命旨を伝えた」とある（『小右記』）。十一日の一種物の饗宴に関することだったのであろう。この「女房」も紫式部であろうか。十二月十九日には、実資は皇太后宮御読経、二十六日には皇太后宮仏名会に参列している（『小右記』）。紫式部も同席したことであろう。

長和四年になると、実資が彰子の許を訪れる機会が少なくなり、当然、「女房」の登場も少なくなる。この頃、彰子は御在所（土御門第寝殿）の北廊に女房が昼に出入するための乗車の戸口を設営している（『御堂関白記』『小右記』）。紫式部たち比較的高齢の女房に対する配慮であろうか。十月十六日には彰子の許を訪れると、「東戸の下に召し、女房を介して参入についておっしゃられた。黄昏に臨んで、退出した」とある。三条天皇眼疾の報告かと思われる。十二月四日には彰子御在所の土御門第において敦良親王の読書始がおこなわれているが、はたして紫式部はこれに関与したのであろうか。

第十一章　道長の世

1　望月への道

『源氏物語』の後宮世界

さて、『源氏物語』の後宮世界、特に冷泉帝の後宮をめぐる『源氏物語』の記述（「澪標」「絵合」「少女」）は、摂関期の政治史を貫く後宮原理をあまりにも鮮やかに描いている。弘徽殿女御とそれを後見する権中納言（元の頭中将）、斎宮女御とそれを後見する光源氏、そしてその抗争に決着をつける国母の藤壺中宮（後に女院）といった構図は、摂関期における後宮原理を鏡に映したかのようである。たとえば、次のようなものである。

第一に、後宮におけるキサキの地位は、キサキを後見している官人（主に外戚）の公卿社会における権力バランスに大きく影響された。これは、たんにそのキサキが後宮で時めくことができるかといった問題に留まらず、キサキの入内に際しても貫かれた論理である。

第二に、後宮社会の動向に対しては、（東三条院詮子や、後には上東門院彰子のような）国母がきわめて強い発言力を有した。

第三に、国母はもっぱら自己の属する皇統の保持を図り、それが保障されれば、後宮社会の安泰を望んで、後宮社会に波風を立てるような動きは事前に抑制しようとした。

紫式部は、現実の後宮情勢のただ中に身を置くことによって、漢籍からは学ぶことのできないこれらの論理を、身をもって感得していったのであろう。そしてその後宮情勢こ

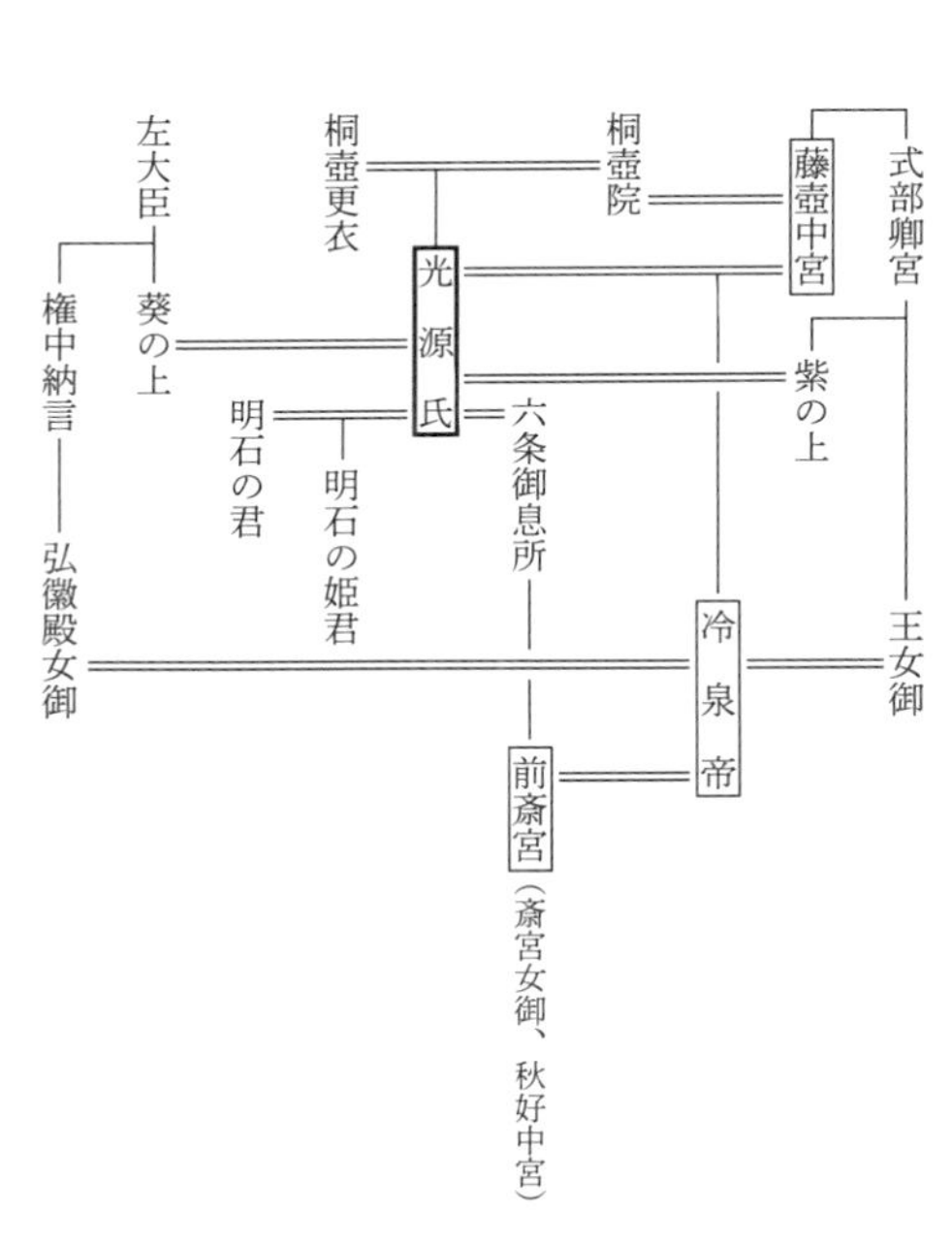

そ、道長とその女たち（彰子・妍子・威子・嬉子）が、それぞれ一条・三条・後一条・（即位前の）後朱雀天皇の後宮において繰りひろげてきた宮廷闘争であった。
以下、後一条の即位以来、道長の栄華が最高潮を迎える過程を見ていくことにしよう。

権力の頂点

長和五年（一〇一六）正月、ついに道長が権力の頂点に立った。これまで長く政権の座にあったとはいっても、それはあくまで内覧兼一上（太政官首班の左大臣）として、時の天皇や公卿層との間で協調と妥協、そして抗争を繰り広げながら、政権運営をつづけてきたに過ぎなかった。

ところが摂政となると、天皇がおこなうもっとも基本的な三つの「セイジ」、すなわち聖事（祭祀）、政事（政務や儀式）、性事（皇嗣づくり）のうち、政事（マツリゴト）を幼少の天皇に代わって行使することを意味する。摂政は天皇と同じく最終決定（勅定）を下し、まさに天皇大権を代行することになるのである。特に人事決定権を一手に握れるということは、その権力を万全のものとした。

特に道長の場合、天皇が自己の外孫であるという外祖父摂政であった。じつは平安時代を通じて、外祖父摂政は清和朝の藤原良房、一条朝の藤原兼家、そして後一条朝の道長と、三例しか見られないのである（そのつぎは鎌倉時代、承久三年〈一二二一〉の九条道家と仲恭天皇）。しかも天皇と摂政とを結ぶ国母（藤原彰子）はまだ存命しており、政治に口を出すことも多い天皇の父院（一条院）は死去しているという、およそ考えられる限り最高度のミウチ的結合を実現したのである（良房の時は天皇の父の文徳天皇は死去していて国母の藤原明子は存命していた。兼家の時は国母の藤原詮子は存命していたが父院の円融院も存命であった）。

正月十三日、諸卿は道長の小南第に集まり、三条天皇の譲位、および敦成親王の即位についての雑事を定めた。寛平（醍醐天皇）・延長（朱雀天皇）・天慶（村上天皇）・安和（円融天皇）の即位時の日記を参照して定められた結果は、斉信・公任・行成が定文として執筆した（『御堂関白記』『小右記』『左経記』）。

道長は、「これらの公卿たちは、現在の身分の高い人々である。このようにみずから執筆なさるというのは、お互いに年来の芳志が甚だ深いからである。この時に臨んで、悦びとした思いは、極まり無かった」と感激している（『御堂関白記』）。

正月二十九日、土御門第において敦成が皇位に即き（後一条天皇）、道長は摂政に拝された（『御堂関白記』『小右記』『左経記』）。これから道長の望月への道がつづくことになる。

二月一日には後一条の即位を奉告する伊勢奉幣使の発遣をおこなうため、道長は多くの公卿を引き連れて八省院（朝堂院）に出向いた。本人は、「天皇の行幸がおこなわれない時に、未だこのように公卿が八省院に付き従ってくれるという儀はなかった。これは私が八省院に参ったことによるものである」と感激しているが（『御堂関白記』）、摂政であるから当たり前の話である。なお、道長はこの後、大極殿の北にある小安殿の北の石階で倒れ伏し、表袴を汚損している（『小右記』）。

二月七日には、後一条の即位式が大極殿でおこなわれ、太后（彰子）が高御座に登った（『御堂関白記』）。後一条を挟んで、西の幔（垂れ幕）の内に彰子の座、東の幔の内に道長の座が設けられたが（『小右記』）、長女・外孫と三者で並んで南面し、北面する百官を見降ろした道長の感激は、想像に余りある。

彰子はこの後も母后として、後一条と同輿することになる。六月十日には、道長と倫子を准三宮（太皇太后・皇太后・皇后の三宮に准じて、封戸や年官・年爵などの優遇を賜わること）とする令旨を、彰子が下している（『小右記』『御堂関白記』）。

「頻りに水を飲む」――道長病悩

ところが、道長の病悩は終わることはなかった。五月十日に道長の主宰した法華三十講に招請された頼秀は、講説の間の道長の様子を実資に密語した。「中間で必ず簾中に入っていたのは、もしかしたら水を飲んでいたのか。紅顔が減じ、気力は無い。慎しまなければならないようである。死期は遠くないのではないか」と。これを聞いた実資は、「朝廷の柱石として、最も惜しむべきである」と嘆いている（『小右記』）。

道長が翌五月十一日に実資に語ったところでは、「三月から頻りに水を飲む。特に最近は昼夜、多く飲む。口が乾いて力が無い。但し食事は通例から減らない」ということであった（『小右記』）。当時、多くの貴族を死に至らしめた飲水病（糖尿病）と見立てていたのであろう。

五月十八日になると、実資の許を訪れた公任が、「心神は通例に快復した。水を飲むことはすでに留めている。けれども枯槁（痩せ衰えること）した身体は、未だ尋常のようではない」という道長の言葉を伝えた。その後、心誉律師は、「故大僧正観修（道長が帰依していた僧）などの僧たちが夢で云ったことには、『摂政は、今年は大した事は無いだろう。明年は必ず死ぬ』と言っていた」と伝えてきた。その理由は、「種々の善事に依って、無理に今年まで生き長らえたが、明年に至ったら必ず死ぬ」というものだったとのことである（『小右記』）。

七月二十日、土御門第が全焼した。道長は、慌てて氏長者のシンボルである朱器と、文殿の書籍・文書を取り出させている。翌日からは実資をはじめとする諸卿が続々と見舞いに駆けつけ、二十四日からは諸国の受領たちが上京して、見舞いに訪れている。この年の相撲節会（毎年七月、宮庭において諸国より徴した相撲人がおこなう相撲を天皇が観覧する儀式）が道長邸の焼亡によって取りやめとなったというのは（『御堂関白記』）、道長の権力を考えるうえで重要である。もちろん、すぐさま土御門第の造営をはじめている。

九月二十四日、今度は三条院が御在所としていた枇杷殿が焼亡した（『御堂関白記』『日本紀略』）。さすがに道長も考えたところがあったのか、「私のことを宜しくないと思う人が有るのであろうか。連々、このような放火が有る」と記している（『御堂関白記』）。この放火が、七月二十日の道長の土御門第の焼亡と関連があるのかどうかは、不明である。なお、九月二十八日には、後一条のいる一条院内裏の方が放火に遭っている（『御堂関白記』）。

十二月七日に至り、道長は上表して、摂政は元のとおりとしたうえで左大臣を停任された。この一年ほどは摂政と左大臣を兼ねていたことになり、太政官掌握に対する道長の意欲がうかがえる。

為時の出家

ところで、為時は長和三年六月に任期を残して越後守を辞任し、長和五年四月二十九日に三井寺（園城寺）で出家している（『小右記』）。三井寺には子の定暹がいた縁によるものであろう。もう七十歳に近い年齢だったのであり、出家しても不思議ではなかった。もちろん、紫式部との関わりは、定かではない。

なお、為時はその後、寛仁二年（一〇一八）正月二十一日に「為時法師」として摂政大饗用の四尺倭絵屏風に漢詩を作っているが（『御堂関白記』『小右記』）、その後の動静は不明である。死没年は明らかでない。

2 道長、摂政を頼通に譲る

権力の源泉

寛仁元年（一〇一七）二月二十七日、道長は十年ぶりに木幡の浄妙寺に参詣し、亡父母（兼家・時姫）と女院（詮子）の墓に参っている（『御堂関白記』）。頼通への摂政委譲の布石とされる。

翌二月二十八日、頼通を内大臣に任じることを定め、三月十六日には、道長が一年余りで摂政を辞し、二十六歳の頼通にこれを譲った（『御堂関白記』）。それは摂関家という家格の形成の端緒であった。これも道長が末子であったことによって、弟に権力を伝えずに済んだという幸運によるものである。

ただし、むしろ官職秩序から自由となった道長は、この後も「大殿」「太閤」などと呼ばれ、摂政頼通を上まわる権力を行使しつづけることになる。道長の権力の源泉が、律令などに規定された官職秩序とは別の原理にあったことを示している。

三条院の死

この頃、疫病が蔓延していたが、三条院もそれに罹った。四月二十一日に病悩しているとの知らせを受けて、道長は何度も見舞いに出かけているが、たいていは、「重いとはいっても、大した事はないようであった」と判断して退出している（『御堂関白記』）。

五月九日の深夜、三条はすでに不覚（人事不省）となった。参入した道長は、三条の臨終に際して、御前に伺候することなく、「ただ今、無力でいらっしゃいます」という言葉を聞くや、地面に降りた。そして三条が死去した後に退出している（『御堂関白記』）。

五月十二日におこなわれた葬送では、道長は、手際よく準備をおこなったものの、葬送には供奉しなかった。「志が無かったわけではない。身に任せなかったのである」とのことである。なお、道長は翌年の三条の周忌法要の際にも、「私は病悩していたので、みずからは参らなかった。嘆き思うことは、少なくなかった」と記している（『御堂関白記』）。これらは三条に対する関わりを象徴したものであろう。

この年の六月から七月にかけて、三日二夜、降りつづいた大雨によって、ついに七月二日に鴨川の一条以北の堤が決壊し、大洪水となった。実資は、「今年は種々の災害が有る。(後一条天皇の)王化が及ばないからか。それともこれは摂政(頼通)の不徳であろうか」と嘆いている(『小右記』)。道長と頼通への眼差しがうかがえよう。

敦明親王の東宮遜位

三条の死去によって、もっとも大きな影響を受けたのは、東宮の敦明親王であった。もともと敦明の立太子は、三条と道長との間の妥協の産物であったが、その三条がいないとなると、敦明の権力基盤は、きわめて脆弱なものとなったのである。

しかも、本人に皇位への執着がなく、その外戚(通任や為任)も姻戚(顕光)も頼りにならず、道長が後一条の弟である敦良親王の立太子を望んでいることが自明である以上、敦明が東宮の地位から降りることは、時間の問題であった。

敦明が東宮の地位を辞めたがっているという情報は、八月四日に、道長の四男(源明子所生)である能信からもたらされた(『御堂関白記』)。本当に敦明が東宮からの遜位を計画していたのかどうかは、この際、問題ではない。

八月六日、敦明と道長との会談がおこなわれ、敦明の遜位が決定した。後に敦明生母の娍子は、敦明が自分に相談することなく、気軽に外に漏らしたことを咎め、「これは本意ではないから、さっそくに大殿に申されよ」と怒っている（『権記』）。

また、後に道長が実資に語ったところによると、敦明が語った遜位の背景は、「自分には輔佐する人が無い。春宮坊については、有って無きがごときものである。院（三条）が崩御した後は、ますますどうしようもなくなった。東宮傅（顕光）と春宮大夫（斉信）は仲がよくない。まったく自分のために無益にしかならない。辞遁するに越したことはない。そうすれば心閑かに休息できよう」というものであった（『小右記』）。

道長は敦明と会談した六日のうちに、彰子に報告をおこなった。「皇太后宮（彰子）のご様子は、云うべきではない」と記しているのは（『御堂関白記』）、いまだに敦康親王の立太子を望んでいた彰子の対応、おそらくは怒りを指しているのであろう。

敦良の立太子は、ほとんどの人々にとって、宮廷社会の安定をもたらすものとして、歓迎されたはずである。敦明が即位した際に起こるであろう、道長（あるいは頼通）と敦明との軋轢、また顕光と道長家との政治抗争、あるいは道長も顕光も死去した後の、外戚のいない天皇（顕光の息男は、一人は早世、一人は出家している）と、その天皇とミウチ関係のない関白（頼通あるいは教通）とのぎくしゃくした関係など、誰も望んではいなかったはずである。それくらいなら、道長家の栄華の方が、まだマシであると考えたであろう。

八月七日、公卿が多く道長の許に集まり、九日に敦良が立太子することが決定した(『御堂関白記』『権記』『左経記』)。新東宮敦良は後に後朱雀天皇となり、結果的に皇統を嗣いでいくことになる。これで道長家の永久政権への道が開けたことになる。

彰子の方は、二代の天皇の国母となることが決まったわけであるが、紫式部の存在をうかがわせる史料は存在しない。七月九日に実資が彰子の御在所(一条院東北対)に参ったが、「座を暖めずに退出した」ということで(『小右記』)、あたかも『紫式部日記』に記されていたように、紫式部が不在であったことによるものかとも思ってしまう(とすれば、いまだ生存していたことになる)。八月七日も実資は彰子御在所に参ったものの、すぐに退出している(『小右記』)。

3　道長、「この世をば」を詠む

「まことにこの栄花よ」

寛仁元年(一〇一七)八月二十一日、新東宮敦良親王が慶賀のために参内し、彰子に謁見した（『御堂関白記』『小右記』『権記』）。公卿たちは紫宸殿に到って、格子からこの儀をうかがい見た。一歳違いの天皇と東宮の対面を観望した者は皆、つぎのように語り合ったという（『権記』）。

> 一家の栄花は、古今に比べようが無い。未だ前生（前世）で何の善根を植えたのかを知らない。まことにこの栄花よ。

八月二十三日になって、東宮敦良に壺切御釼が移された。代々の御物であるこの釼を、道長は敦明親王には渡さずに、内裏に保管していたのである（『御堂関白記』『小右記』『左経記』）。

八月二十八日からはじまった除目では、道長はわざわざ宇治別業に赴いて朝議に関わらないことを表明していたのだが、頼通は使者を宇治に遣わして、道長に除目について問い合わせた（『御堂関白記』『小右記』）。実資は、「人々は感心しなかった。かえって摂政の為に嗚滸（愚か）のこととなる」としたうえで、「（頼通の）直廬での作法は夢のようなものであった。衆人は目や耳を側だてた」と批判し、翌日からは不参した（『小右記』）。

十月三日には、春日祭使に定められていた藤原公成が祭使を辞そうとした。頼通はこれを許さなかったが、五日になって道長の指示によって改替が決まった。実資は、「摂政

（頼通）の政は、一人（摂政）の最（職務）ではないようである。疑いが有る事は、やはりまず太閤（道長）に申されなければならないのであろうか。甚だ都合が悪い」と嘆いている（『小右記』）。

十一月に入ると、道長は十日に、任大臣大饗をおこなうために新造した二条第に移った（『御堂関白記』『小右記』）。実資をはじめ公卿たちは、憚りが有るにもかかわらず、渋々新宅の儀に参入した。実資は、「現在の大殿（道長）の尊貴は帝王に異ならない。誰が非難できようか」と記している（『小右記』）。

十一月十五日の除目においても、頼通は家司の藤原惟憲を何度も道長の許に遣わし、指示を仰いでいた。その惟憲は、往還の間に人々に除目について漏れ談っていたという。この情報を実資に伝えた資平は、「去夕の除目は、散楽のようであった」と語り、実資は、蔵人でもない者が除目に関わったのは未曾有のこととして、「世の陵夷（いい加減な様）は、現在のごときはない」と、怒りを露わにしている（『小右記』）。また、八月二十一日に行成から中納言に任じるべき人について問われた頼通も、「大殿には別に御意向が有るようである。自分はまったく理非を申してはならないのである」と答えている（『権記』）。

十一月二十七日、明春に後一条天皇の元服をおこなうというので、その加冠を務める道長を太政大臣に任じることが決まった。十二月四日には、二条第で道長の任大臣大饗が開かれた（『御堂関白記』『小右記』）。

威子の入内

寛仁二年（一〇一八）に、道長の栄華が頂点を極めた。外孫である後一条を元服させたうえで、これに四女（倫子所生では三女）の威子を入内させ、中宮に立てたのである。

正月三日、後一条の元服の儀がおこなわれた（『御堂関白記』『小右記』『権記』）。太政大臣として道長は加冠を務めたが、それは兼家が一条天皇元服の加冠を太政大臣として務めた先例にならったものである。なお、彰子はこれ以降、敦良と同輿する例が増えている。

後一条元服の儀を終えた道長は、「一人（天皇）に師範」する地位で、「其の人無くば則ち欠けよ」と規定された人臣最高の官である太政大臣にも固執する気はなかった。二月三日、五日、九日と辞表を奏聞し、九日に辞任が認められている（『御堂関白記』）。もはや道長の権力は、律令官制などに規定される範囲を超えていたのである。

三月七日には、二十歳の威子が予定どおりに入内し、四月二十八日に女御宣旨を蒙った（『御堂関白記』『小右記』）。九歳年上の叔母と甥の「結婚」であった。

この間、道長は四月九日から胸病を患っているが、「一日中、病悩していた。特定の箇所というわけでは無く、心神の具合が不覚であって、どうしようもなかった」というのは

(『御堂関白記』)、かなりの重病を思わせる。

種々の邪霊(じゃれい)も現われた。閏四月十六日には叫ぶ声が甚だ高く、邪気(じゃき)(物怪(もののけ))のようであったとされているが、二十日には邪気が人に移ったものの、名を称さなかった。ただし、

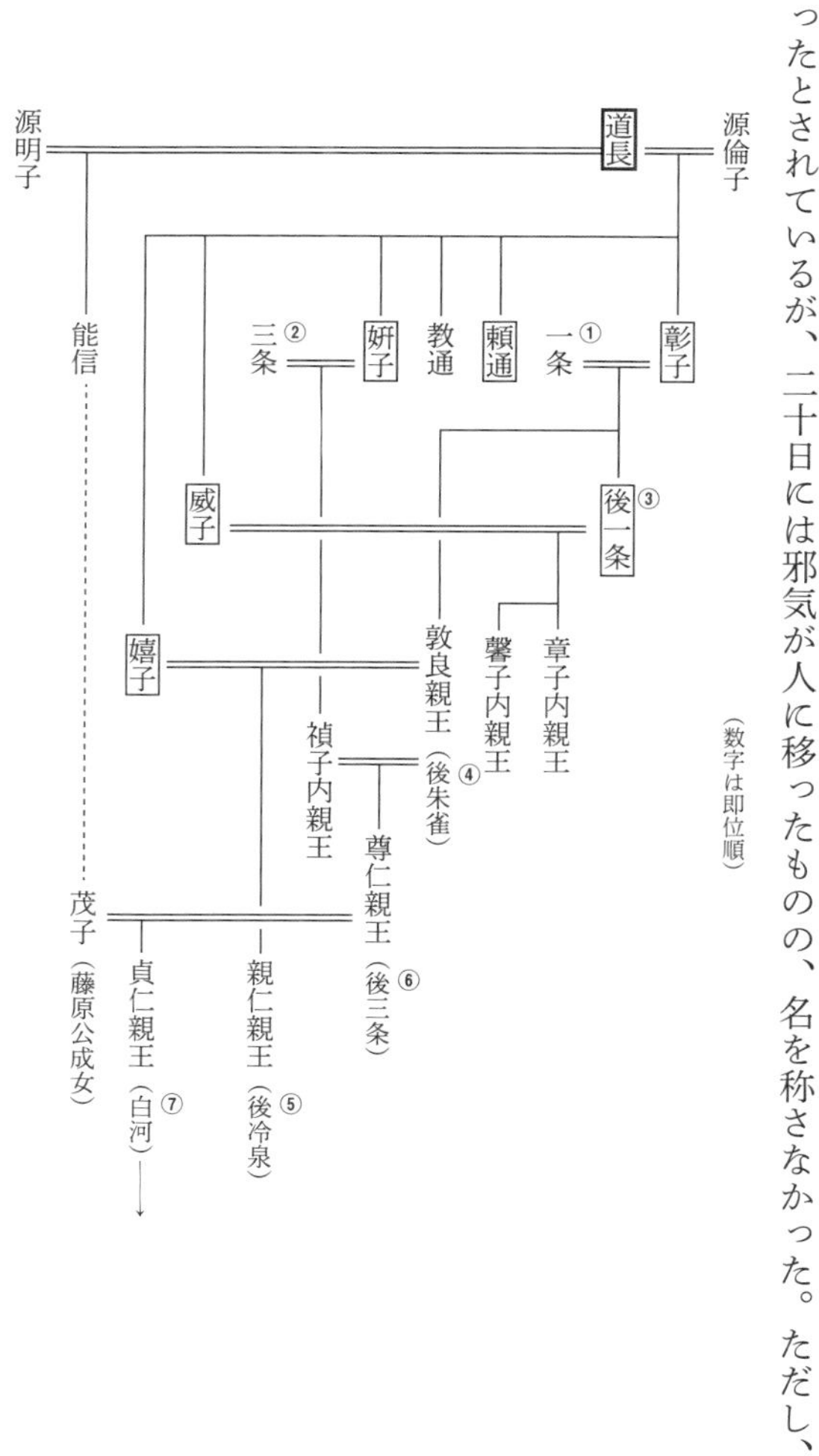

その様子は故二条相府（道兼）の霊のようであったという。五月一日には前年に死去した「三条院の御霊」が出現したとの噂が駆けめぐった。六月二十二日には寛弘八年（一〇一一）に長斎をおこなったものの参詣しなかった金峯山の託宣が下り、二十四日には道長の病は顕光の二女である延子（敦明の妃）の呪詛による貴布禰明神の祟りであるとの噂も出た（『小右記』）。

長女の元子、二女の延子と、いずれも道長によって天皇家とのミウチ関係構築を阻害されたと、勝手に考えた顕光は、特に道長に対して怨むところがあったのであろう。道長がいなければ、左大臣の自分が政権の座に就けるとも思っていたはずである。

興味深いことに、公季や実資・斉信・公任・行成が見舞いに訪れた際には、道長は対面しているのに、閏四月二十七日に顕光が訪れるとみずからは会わずに、頼通に面会させている（『御堂関白記』）。顕光の呪詛の噂は、すでに耳に届いていたのであろう。実資も、諸卿がしきりに見舞っているというので二十六日に見舞ったのであるが、その時に道長が語った病状は、「昨日から飲食は通例のようである。しかし枯槁は、いよいよ倍した。無力は特に甚しい」というものであった（『小右記』）。

また、実資は四月二十一日の道長賀茂詣の記事で、「大殿」という語に注を付けている。「謂うところの大殿は、これは前摂政である。世に大殿と号している」というものである。

ある（『小右記』）。

そのようななか、四月二十八日には新造内裏への遷御がおこなわれ（『御堂関白記』『小右記』）、まさに道長の世に相応しい舞台が整えられた。

この年は旱魃に襲われたが、六月四日に実資が道長の許を訪ねると、道長は旱魃を深く嘆いていた。ただし、この日、諸国の受領が、「公私の事を弁済することはできませんが、大殿・摂政殿の一家の事だけは奉仕します。その他の公卿の事は一切、承りおこなうことができません」などと言ってきている（『小右記』）。

献上品見物に人垣

長和五年（一〇一六）に焼亡した土御門第の造営には、諸国の新旧受領に寝殿の柱間一間ずつの造営を割り充てるという、内裏造営と同じ方式を採っている。実資は、「未だ聞いたことのない事である。造作の過差は、以前に万倍している」と批判した（『小右記』）。道長としてみれば、天皇の内裏と自分の土御門第という公私の別は、それほど厳密に認識していなかったのである。

庭の造作にあたっても、連日、数百人の人夫が市中で巨石を引いたり、民家に乱入して戸や支え木を外して敷板やコロに使ったり、田の用水を庭の池水として引き入れたりして、「嗟平、稲苗が死ぬのを思わないのか」と実資を憤慨させている（『小右記』）。

新造土御門第への移徙（住居を移動すること）は、六月二十七日におこなわれた。源頼光が家具調度のいっさいを献上し、その品々を見るために人垣ができたというのは、この時のことである。実資も見物に出かけ、調度の色目を詳しく記したうえで、「現在の太閤の徳は帝王のようである。世の興亡は、ただ自分の心にある。その志は呉王（呉の最後の王である夫差）と同じである」と慨嘆している（『小右記』）。なお、六月十二日に頭に熱物を患った道長は、二十日条以降、この月の『御堂関白記』を記しておらず、彼自身の感慨をうかがい知ることはできない。

「この世をば」

舞台が整った後、七月二十八日に威子の立后が決定した。この日、彰子が早期の立后を言い出している。道長は、「宮（彰子）がいらっしゃるのに、私から言い出すのは、恐れ多いことでございます」という理由で、これまで言い出さなかったのであるが、彰子は、「まったくそのような事はございません。同じ様な前例も有るのですから、慶びに思うべきでしょう」と応え、積極的な頼通の意見もあって、立后が決まった（『御堂関白記』）。

そして十月十六日がやって来た。立后の儀式が終わり、土御門第においておこなわれた本宮の儀の穏座（二次会の宴席）のことであった。「祖（道長）が子（頼通）の禄を得ることは、有ったであろうか」などと言って上機嫌の道長は、和歌を詠んだ。『御堂関白記』には、賜禄の儀の後、「私は和歌を詠んだ。人々は、この和歌を詠唱した」としか記されていない。

しかし、実資が珍しくこの宴に参列し、この歌を記録した『小右記』の記事が散逸せずに広本（抄略せずに原本を多く伝えた写本）で残っているおかげで、道長が歌を詠んだ経緯や、摂関期という時代を象徴するこの歌が今日まで伝わっているのである。しかも底本である前田本『小右記』はこのあたりが焼損していて、この歌は「望月乃虧」しか残っていない。しかし、江戸時代に書写された新写本（秘閣本や陽明文庫本など）が残っているおかげで、この歌が後世に伝わったのである（□は新写本で補った部分）。

太閤（道長）が下官（実資）を招き呼んで云ったことには、「和歌を詠もうと思う。必ず和すように」ということだ。答えて云ったことには、「どうして和し奉らないことがありましょうか」と。また、云ったことには、「誇っている歌である。但し準備していたものではない。この世をば我が世とぞ思ふ望月の欠けたる事も無しと思へば（この世を我が世と思う。望月が欠ける事も無いと思うので）」と。私が申して云ったことには、

「御歌は優美です。酬答することもできません。満座がただ、この御歌を誦してはどうでしょうか。元稹の菊の詩に、白居易は和することなく、深く賞嘆して、一日中、吟詠しました」と。諸卿は私の言葉に響応して、数度、吟詠した。太閤は許してくれて、特に和することを責めることはなかった。

一般には、実資が道長の拙い歌に和す気になれなかったとか、傲りたかぶった道長の態度に嫌気がさして和さなかったとか考えられているようであるが、『小右記』を虚心に読むかぎりでは、たんなる座興の歌であって、別にそういったわけではなさそうである。

なお、この和歌の意味を、道長がみずからの栄華の翳りを予測したものという考えも出されたが、それはとんでもない誤解である。旧暦の満月は十五日ではなく十六日であることも多いのだし、「次の夜からは欠ける満月」などという発想が、道長の脳裡に浮かぶはずもないであろうことは、『御堂関白記』を少し読めば容易に理解できるところである。栄華の翳りを予測した和歌を皆で吟詠するというのも、変な話である。

いずれにせよ、この和歌が悪しき政治体制としての摂関政治というイメージを増幅させていたのであるし、天皇を蔑ろにする尊大な悪人道長のイメージを定着させてしまったことも事実である。史料というものの面白さと怖さが象徴的に表われた事例である。

このような慶事の後であるが、翌十月十七日におこなわれた中宮饗饌においては、道長は実資に、目がよく見えないことを嘆いている。「近くはつまり、汝（実資）の顔も特に見えない」「黄昏・白昼によらず、ただ特に見えないのである」と答えている（『小右記』）。

十月二十二日には後一条の土御門第行幸と三后（彰子・妍子・威子）・東宮敦良の対面がおこなわれた。倫子や六女（倫子所生では四女）の嬉子、禎子内親王も並んで坐した。それを眺めた道長は、「私は心地が不覚（人事不省）になるほど、生きてきた甲斐が有る者である。言語には尽くしがたい。未曾有の事である」と、その感慨を記している（『御堂関白記』）。これは実際に道長が発した言葉であったようで、『小右記』に、「前太府（道長）が云ったことには、『三后〈彰子・妍子・威子。〉が御座を並べ、泉を覧ている。主上（後一条天皇）と儲君（敦良）も同じくいらっしゃる。往古から、これに比べるものはなかったのではないか』と」と記されている。

実際には、月齢一五・〇の満月というのは一瞬に過ぎず、確実に望月は欠けはじめていたのである。思えばこの日が、道長の栄華の絶頂であったが、道長がそれを自覚するのは、かなり後のことだったであろう。

十一月十五日、嬉子を尚侍に任じ、教通の女の生子を御匣殿別当とした（『御堂関白記』『小右記』）。いずれも将来の入内を期した措置である。

そのようななか、十二月十七日、道長によってついに立太子することができなかった敦康(あつやす)親王が死去した。年二十歳。『御堂関白記』にはその記述はなく、『小右記』に道長が実資に伝えた言葉として、「式部卿(しきぶきょう)敦康親王が未(ひつじ)時に薨(こう)じた」とのみ記されている。

こんなに早く死去するのならば、一条や彰子の望んだとおり、敦康を先に立太子させておけば、皆はその霊に悩まされることなく、安穏にその後を過ごせたことであろうが、もはや手遅れであった。「この世をば」の直後に敦康が死去するというのも、何とも皮肉な巡り合わせである。

この間、「太后(おおきさき)」「大宮(おおみや)」と称されてますますその重みを増している彰子はともかく、紫式部(むらさきしきぶ)の動静は諸史料に見えない。これは実資が彰子と接触する機会が減ったことによるものである。

第十二章　浄土への道

1　法成寺を造営

浄土信仰の隆盛

中国で三世紀の三国・両晋から五世紀の南北朝にかけて現われた浄土教は、阿弥陀如来の救済力（大悲）によって阿弥陀如来のいる西方極楽浄土に往生し、そこで修行して成仏する他力往生を勧める教えであった。

すでに七世紀の飛鳥時代にも日本に伝わっていたが、これを集大成したのは比叡山横川の良源とその弟子の源信であった。源信は寛和元年（九八五）に『往生要集』を著わして、阿弥陀の全身ないし浄土の風光を心中に再現して阿弥陀と一体となる「観相念仏」行を修して臨終に弥陀（九品）の来迎を受くべしと説いた（『国史大辞典』。大野達之助氏執筆、『平安時代史事典』。石田一良氏執筆）。

この浄土信仰は、現世での栄達が望めない文人貴族からはじまったのであるが、道長のような権力者が信仰することで、広く浸透していった。摂関政治そのものに内包された不安な私的隷属関係が、無常観の発達をもたらしたものと推測される。つまり、天皇は摂関の保護によってその地位を保つことができたが、摂関の身分もまた天皇の外戚としての資格を条件としていたから、摂関の権力は後宮に入れた子女が皇子を出産するか否かによって左右されるという不安定なものであった（井上光貞『日本浄土教成立史の研究』）。

道長の信仰の変遷

道長のように最高級の権力を手にした人物でさえも、浄土信仰に傾斜していった。道長は、藤原北家の氏寺である法性寺に不動明王像を中心とする五大堂を建立するなど現世利益の密教に傾倒していた時期から、法華三十講に代表される法華信仰、そして来世の極楽往生を願う浄土信仰に、徐々に重心を移していった。

あの道長でさえ、晩年には子女を次々と喪い、自分はいくつもの病気が治らず、数々の怨霊に悩まされつづけたという状況であった。そして法成寺の阿弥陀堂に九品の極楽を象徴する九体阿弥陀像を造顕し、それぞれから伸ばした五色の糸を手にして、死去したのである。

それでは、道長の浄土への道を見ていくことにしよう。

道長の出家

寛仁三年（一〇一九）正月十日、道長は胸病を患い、前後不覚となった。十七日には一日中、辛苦し、みずから手足を打っている（『御堂関白記』『小右記』）。

二月に入っても病悩は治まらず、三日には霍乱（下痢・嘔吐を主症状とする急性胃腸炎）のようになった。四日に麦粥を食して具合は尋常に復したものの眼病の方が発り、六日には二、三尺を隔てた人の顔も見えず、手に取る物だけが見えるという状態となった。陰陽師や医家が、「魚肉を食されよ」と勧めたので、道長は長々と言い訳を日記に記して、魚肉を食した（『御堂関白記』）。

このような病悩の中にあっても、二月二十八日には六女の嬉子の着裳の儀を執りおこなうなど（『御堂関白記』『小右記』）、次代の権力構築には余念がなかったが。

三月十八日には胸病がふたたび発り、邪気（物怪）が人々に駆り移った（『小右記』）。この十八日以降は、道長はほとんど日記を記録することもできなくなっている。

そして三月二十一日、道長はついに出家を遂げた。自身も腰病を患っていた実資は、慌てて駆けつけたが、すでに出家した後であった（『小右記』）。

出家の効用か、三月二十三日や二十四日、二十五日には、道長が平癒したという報が、続々と実資の許に届いた。二十九日には実資が道長の許を訪ねているが、実資は出家した道長を見て、「容顔は老僧のようであった」という感想を記している。また、実資は道長に対し、「そもそも山林に隠居するのではなく、一月に五、六度は参内して（後一条天皇の）竜顔を見奉ってはどうでしょうか」と語っている（『小右記』）。

実資とすれば、頼通一人に任せるよりも道長が権力を行使しつづけた方が、宮廷の安定につながると考えたのであろう。この面談に関しては、四月二日になって、倫子から、実資と道長の密談を悦んでいるという報せがあった（『小右記』）。

このように、表面上は平穏に時が流れていくかのようであった時、敦明親王の妃であった顕光二女の延子が四月十一日に急逝した。実資は、「心労」によるものと記しているが（『小右記』）、やがて顕光と延子の霊が道長一家に襲いかかることになる。

病悩の方も、完全に治まったわけではなかった。四月二十八日には、道長の昼寝は病悩の徴証であるとの報が寄せられ、五月二十四日には重く病んだ。実資が見舞いに訪れても会うことはできず、教通を介して、「今回は、まったく存命できないであろう」との言葉が伝えられた（『小右記』）。

六月一日には念仏をはじめるなど、極楽往生に向けた準備をはじめたが、三日には道長は憑坐を用いずにみずから霊気（物怪）を顕露させ、これを調伏したという（『小右記』）。

浄土への第一歩

七月十七日、道長は土御門第の東、ということは紫式部の里第である堤第の南に丈六の阿弥陀像と四天王像を造立することを発願し、新堂の木造始をおこなった（『小右記』）。これが後に法成寺につながることになる。

道長は九月二十七日に受戒のために東大寺に出立した。その際、六日に、円融院が受戒した時の先例を人々の日記に求めている。実資はさっそく、七日に日記を抄写して提出しているが、道長の自己認識がよくうかがえる。また、受戒当日の二十九日には、東大寺勅封御倉の鍵を奈良まで持って来させている（『小右記』）。おそらくこの時、正倉院の双倉を開封したのであろう。

「病は気から」というのか、この頃は道長の病悩の記事が見られなくなる。出家と寺院の造営で、気分もよくなっていたのであろう。

十二月四日、早くも九体阿弥陀像の造顕が終わり、土御門第内の南にある小南第に仮安置した（『小右記』）。いよいよ道長は、浄土への第一歩を踏み出したのである。

後一条天皇に敦康の霊、出現

寛仁四年（一〇二〇）三月二十二日、道長は三后（彰子・妍子・威子）の行啓を迎えて間口十一間の阿弥陀堂（無量寿院）の落慶供養を盛大に挙行した（『御堂関白記』『小右記』）。
この年、後一条は重く病んだ。九月二十八日には、邪気が憑坐に駆り移った際は平常を得るが、憑坐が平常に復すと後一条は「むつかり」叫ぶとされ、御悩が邪気によることの明証であるとされた。そして翌二十九日、もっとも恐れていた事態が出来した。後一条（敦成親王）のために立太子できないまま、寛仁二年に死去してしまっていた敦康親王の霊が、後一条に顕現したのである。「また種々の物気（物怪）が顕露した」とあるが（『小右記』）、後一条に襲いかかった数々の霊（敦康の外戚たちであろうか）に接して、道長は何を思ったであろうか。

十月十六日には、後一条に病悩が重く発っていた際に、道長が祈禱をおこなっている。後一条に取り憑いた邪気は人に移り、その声が時々聞こえてきたが、道長の様子は、あたかも験者（加持祈禱をして霊験をあらわす行者）のようであったという（『小右記』）。

この十月の一日からは、道長は公卿たちの請願を嫌って、対面を避けるようになっていた（『小右記』）。徐々に政治の第一線からは退こうとしていたのであろう。十一月十三日には、無量寿院の門に「召しの無い人は参ってはならない」という札を立てて、人の推参を禁じている。十二日に二、三人の公卿が参ったので腹を立てたからだという（『小右記』）。

治安元年（一〇二一）二月一日、嬉子が東宮敦良親王の許に入侍した（『小右記』『権記』）。

嬉子十五歳、敦良十三歳の年であった。同じ叔母・甥の関係ではあっても、九歳も年上であった威子と後一条よりは、自然な年回りと言えよう。これで道長は、威子と嬉子が皇子を産めば、自己の家の栄華は未来永劫、つづくと思ったことであろう。

二月二十九日には、道長は無量寿院講堂の礎石を公卿たちに曳かせたのであるが、実資は、疫病が蔓延している時期には、万人が悲嘆していると非難している（『小右記』）。道長としては、無量寿院の造営が公卿社会の支持を得ているということを示したかったのであろう。

七月二十五日に六十五歳で念願の右大臣に上った実資は、除目の執筆を務めることとなった。さすがの実資もはじめてのこと、八月二十六日に道長に作法を問い合わせた。もちろん、道長は適切に返信している（『小右記』）。

一方、『御堂関白記』の記事は、九月一日から五日までの念仏の回数のみ記されているもので終わるが、五日間で計七十万遍というのも、本当だとしたらすごいものである。

十月五日に、実資は無量寿院を訪ねて道長と晩まで謁談したが、多くは公事（政務や儀式）についてであったという。十一月六日にも、実資は無量寿院に道長を訪ね、官奏について協議している（『小右記』）。いまだ道長は、世事にも関心を持ちつづけていたのである。

道長の方でも、実資の見識を重んじていた。十一月九日の御前の官奏の儀では、道長は、教通が参入して実資の作法を見たかどうかを問い、教通が見ていないと答えると、「私の子孫は上臈の作法を見ることを善しとする。何の障りが有って参らなかったのか」と怒った。二十三日の不堪佃田奏では、道長は秘かに実資の作法を見ている。道長は、十二月二十日にその作法を賞賛してきた。「甚だ好く思量した。久しく一上として奉公すべき人である。横死の怖れは有ってはならない」というものである（『小右記』）。

法成寺・土御門第模型（京都市平安京創生館展示、京都市歴史資料館蔵）

天皇・東宮・三后が参列した法成寺金堂供養

十二月に入ると、無量寿院西北院の供養がおこなわれ、一日、道長は行成に願文の清書を命じた（『権記』）。

その無量寿院では、治安二年（一〇二二）三月に落書があったらしい。二十日に道長がそれを信受したという記事が見えるが（『小右記』）、いったい何を批判した落書だったのであろうか。

七月には、無量寿院に密教の大日如来像を本尊とする金堂と五大尊像を本尊とする五大堂が竣工した。はじめ道長は、法界寺か法身寺という寺号とする意向であったが、九日に法成寺と改定し、行成に扁額を書くことを命じた（『権記』）。

法成寺金堂供養は、天皇・東宮・三后が参列して、七月十四日におこなわれた（『小右記』『権記』）。後一条は中央の間で中尊に向かって拝礼したが、その時、道長は階の腋の地下で涕泣していた。その後、道長は実資に、「久しく宴席に出て交わることも無かったが、今日は特に畏れ多く思うことが有る。無理に勧盃しよう」と語り、言葉が終わらないうちに涙を落とすことを禁じがたかったという（『小右記』）。

現世の栄耀をきわめた道長は、これで臨終正念を迎える場も準備し終えることができ、来世についても心配の種はなくなった、はずであった。

「禅閤」道長

治安三年（一〇二三）に入っても、道長は正月二十二日に舞人を府生に任じることを拒絶したり、四月九日に相撲人の貢上について意見を述べたり、二十六日に行成男の実経が関わった殺人事件について報告を受けたりと、世俗の政治に関わりつづけた（『小右記』）。

それはあたかも、退位後も政治に関与しつづけた円融院を思い起こさせたことであろう。何より、出家した無位無官の臣下が「禅閤」などと呼ばれて政治に関わるという、一見すると矛盾する事態が、道長と頼通、道長と彰子、道長と後一条との関係を通じて、無理なく世に納得されていたことに注目しなければならない。こういった先例が、後の院政や平清盛政権につながることになる。

六月八日には、道長は法成寺長堂の礎石を関白頼通の二十石以下、諸大夫の一石まで割り充てた。実資は、寺の石を取ってはならないと命じ、自分の家の中の一石を運ばせた。十一日には、諸卿は羅城門・豊楽殿・神泉苑・諸司・諸寺の石を曳かせている（『小右記』）。

一方では、七月三日の法興院の法華八講（父兼家を追善するもの）に実資が参会すると聞き、病をおして彰子とともに出座したりもしている。十六日には、実資が自分の逆修法事（生前にあらかじめ死後の利益を期すために仏事を修すること）に参列してくれたことを謝している（『小右記』）。やはり実資は特別な存在だったのである。

最後の物詣

この年、道長は高野山詣を計画し、十月十七日の暁に出立した（『小右記』）。往路は南都の東大寺・興福寺・大安寺、法蓮寺（石上寺）や飛鳥の山田寺・本元興寺（飛鳥寺）・橘寺、龍門寺、帰路は法隆寺、河内国の道明寺、摂津国の四天王寺に参拝して宝物を拝観し、「善を尽くし美を尽くした」もてなしを受けて、十一月一日に帰京している（『扶桑略記』）。

高野山の金剛峯寺では法華経と理趣経を供養した後、大師（空海）を葬った廟堂（現奥之院）において、廟堂の扉が自然に開き、扉の桙立が倒れるという「瑞相」が起こった。大僧正済信は、「進み寄って拝み奉られよ」と道長に進言し、道長が礼盤の上に登って廟堂の内部を見ると、白土を塗った高さ二尺余りの墳墓のような物があったという（『小右記』『扶桑略記』）。道長は空海と対面したのである。これを契機に空海入定伝説（大師は入滅してはおらず、いまなお坐禅をつづけているのだという信仰）が説かれた。

十二月二十三日、道長は「法成寺の大仏」（丈六阿弥陀像）を新造の堂に安置した（『小右記』）。これで極楽往生の準備は完了した。

すっかり宗教人になってしまったかのような道長であったが、俗世との関わりは保ちつづけていた。万寿元年（一〇二四）二月二十七日には実資が上卿を務めた奉幣使定を賞賛し、三月十一日には人質（源致明の女で藤原伊周の妾）を取っている賊の追捕を止めることを検非違使に命じたりしている（『小右記』）。

六月二十六日には法成寺の薬師堂供養がおこなわれた（『小右記』『権記』）。行成は『千字文』よりも長い願文を書かされ、講師の説経は黄昏にまで及んだ（『権記』）。

これらの諸堂の完成によって、法成寺は鎮護国家や国土・万民の平穏を願う寺院として、仏教界を統合する総合寺院としての性格を有することとなった。金堂や講堂を擁する大伽藍の造営は、平安時代では東寺・西寺以来のこととされる（上島享『日本中世社会の形成と王権』）。

十月二十五日、道長は有馬に湯治に向かった。その日は桂山荘に宿すなど、のんびりした行程で、帰京したのは十一月八日であった。息つく間もなく、十六日には長谷寺に向かっている。こちらは宇治別業に宿している。帰京は二十六日であった（『小右記』）。

これが道長の最後の遠出ということになるが、これらの例でもわかるように、道長の別業は、平安京から地方に向かう交通の要衝に配置され、流通の重要な一翼を担った（他に東に白河院がある）。また、道長の参詣は、寺社にとっては格好の宣伝になるとともに、都鄙間の交通（陸上交通も河川交通も）を盛んにするという効果もあったのである。

『小右記』に見える取り次ぎ「女房」

この時期、『小右記』に見える実資の取り次ぎの「女房」は、以下のように見える。

・寛仁三年正月五日条（後述）　彰子の年爵を固辞したことを陳謝する。
・　五月十九日条　彰子の道長家御出の際の仰せ事を伝える。
・　八月十一日条　抜刀した法師乱入の見舞いを伝える。
・寛仁四年十二月三十日条　彰子御読経不参を報告。
・治安元年八月二十九日条　実資東宮傅兼任を報告。
・　十月二日条　東宮傅兼任後、初の参内の挨拶を伝える。
・治安三年四月二十日条　倫子病悩の見舞いを伝える。
・万寿四年十二月十七日条　法成寺法華経供養参入を告げる。

これらのうち、寛仁三年正月五日条では、「女房」は、「枇杷殿にいらっしゃる時に、しばしば参入した事を、今も忘れない」という彰子の言葉を伝えたうえで、

「あの頃は参入したのに、現在は参らない。世の人と同じではない。恥ずかしく（立派であると）思われているところである」

とつづけている。これらの懇切な言葉を伝え、また実資がわざわざ記録しているというの

は、よほど親しい「女房」との会話であったと考えられよう。この「女房」も、私は紫式部であると考えている。

これ以降の「女房」も、紫式部ではないと断言できるものではない（紫式部であるとも断言できないが）。紫式部が寛仁や治安、万寿年間まで存命し、宮廷に出仕していた可能性も、大いに考えられるのである。

2　道長の死

道長子女の運命

道長が「この世をば」の歌を詠んでから七年の歳月が流れ、万寿二年（一〇二五）を迎えた。実資や行成とは異なり、これまで妻や子女に先立たれることのなかった道長であったが、この年から子女の運命には、暗い影が忍び寄ってきている。

まず七月九日、小一条院（敦明親王）の女御となっていた三女の寛子が死去した（『小右記』『左経記』）。長年、霊気（物怪）に苦しめられ、この数ヵ月は水も飲めなかったという

（『左経記』）。物怪としては、当然のこと、顕光と延子が想定されたことであろう。

加えて、東宮敦良親王の妃である六女の嬉子が臨月を迎えていたものの、赤斑瘡（稲目瘡・豌豆瘡とも。麻疹のこと）を患った。八月三日に産気が起こった際、加持をおこなってはならないと勘申した陰陽師を、道長は勘当した。諸僧が邪気（物怪）を怖れるのを見た道長は、みずから加持をおこなって邪気を調伏した（『小右記』）。

しかし、八月三日に親仁王（後の後冷泉天皇）を出産した後、嬉子は五日に十九歳で死去した（『小右記』）。敦良が即位して後朱雀天皇となる十一年前のことであった。

道長の悲嘆は極まりなく、八月六日に嬉子の遺骸を法興院に移した後も、恋慕に堪えずに嬉子に付き添っていた。八日には、道長は加持をおこなったことを深く悔い、三宝（仏教）を恨んだという。九日には嬉子が蘇生するという夢を見ている（『小右記』）。

人々は、「故堀河左府（顕光）および院の母（娍子）や院の御息所（延子）の霊が吐いた詞に、禅閣の一家は最も怖畏がある」と言い合った。実資は、「種々述べるところには、皆、道理が有る」と記している。十月十二日にも、道長が嬉子の御在所であった内裏登華殿を過ぎた際には、涕泣が雨のようであったという（『小右記』）。

十月二十日には小一条院の女房が、道長の子女は死ぬことになるという夢を見ている。嬉子はこの夢想に合ってしまったと、頼通以下は恐懼したという（『小右記』）。道長子女の死、すなわち摂関家の命運に際して、さまざまな臆測が飛び交っていたのである。

東宮の地位を降りた小一条院の女御で、しかも明子所生の寛子とは異なり、倫子所生で東宮女御である嬉子の死は、個人的な哀傷もさることながら、道長と摂関家にとって、政治的に大きな痛手だったことであろう。

なお、皇統は後一条天皇ではなく後朱雀天皇の子孫に伝えられた。ただし、後朱雀の後に皇位を嗣いだのは、嬉子と後朱雀との間に生まれた後冷泉ではあったが、皇統は後冷泉の子（成長した皇子はいない）ではなく、三条天皇皇女の禎子内親王と後朱雀との間に生まれた後三条天皇、さらに公季の子孫である茂子と後三条との間に生まれた白河天皇によって継承されていった。こうして摂関政治の時代は、終焉を迎えることとなったのである。

彰子、上東門院に

万寿三年（一〇二六）正月十九日、彰子は落飾入道し、上東門院の称号を受けて二人目の女院となった（『小右記』『権記』）。

七月八日におこなわれた道長主催の法会では、四男の能信が頼通に対して「冷淡の詞」を吐き、争論するという事件が起こった。頼通は大いに怒って罵辱し、道長は能信を追い立てた（『小右記』）。能信を中心とする明子所生の道長息男は、こうして反摂関家の立場を強め、後に尊仁親王（後の後三条天皇）の即位を実現させて、摂関家の権力を失墜させることになる。もちろん、道長はそんなことにはまったく気づいていなかったであろうが。

顕信・妍子の死

万寿四年（一〇二七）は、道長にとって最後の年となる。この年は正月から病悩していた。八日に「快吐」（快く吐くこと）し、その後は心身が尋常を得たというのであるから、それ以前から体調はよくなかったのであろう。十五日にも病悩の記事が見えるが、二十一日にはひとまず平癒したようである（『小右記』）。

三月に入ると、禎子内親王が東宮敦良の許に入侍することが、六日に決まった。これは道長が言い出し、頼通が「深く御情を入れ」たものであったが、自分の女を入れられなかった教通には嘆息の様子があったという（『小右記』）。この禎子が摂関政治を終わらせることになる皇子を産もうとは、道長も頼通も、この時点では気づいていなかった。

嬉子を喪った直後ということで、道長も焦っていたのであろう。すでに自分の女は底を突き、頼通にはまだ女はなく、教通女の生子や真子を妃とすることには頼通の抵抗があったということで、まだしも妍子を通じて自分の血を引く禎子の入侍という結果となったものと思われる。禎子は三月二十三日に敦良の妃となった。

四月に入ると、今度は二女の妍子に病魔が襲いかかった。十四日には、「食事も摂らず、枯槁は特に甚しい」状態となっていた（『小右記』）。

加えて五月十五日には、出家していた三男（明子所生）の顕信が、比叡山の無動寺において死去したという報が届いた。時に三十四歳（『小右記』）。

六月四日には、道長も飲食を受けず、衰弱が甚しくなったが、十四日には妍子を見舞っている。二十一日には百一体の釈迦如来像を造顕し、法成寺の新堂に安置しているが（『小右記』）、これで病が治まるものでもなかった。

七月四日の兼家追善の法華八講には病をおして参列したものの、人に支えてもらわないといけない有様であった。十九日には痢病（激しい腹痛を伴い下痢をするさまざまな病気）も加わっている（『小右記』）。

妍子の方も、七月十九日には手足が腫れ、八月五日には不覚（人事不省）となるほどであった。その後も重態はつづき、またもや顕光の霊も加わって、九月四日に危篤に陥った。六日に道長は縁によじ登り、仏堂に参って、仏前に恨み申した（『小右記』）。

妍子は九月十四日に出家した後に死去した。三十四歳であった。道長や頼通・教通たちは哀泣した。葬送は十七日におこなわれ、道長以下は歩行して従った（『小右記』）。

道長の死と葬送

十月二十八日には妍子の四十九日法会がおこなわれたが、道長はふたたび痢病を患っていた。それは堪えがたい様子で、堂に入ることもできなかった（『小右記』）。

十一月十日には道長は重態となり、臥したまま汚穢（糞尿）を出すという状態となった。ただ、心神は通例のようであったとある。十三日には沐浴して念仏をはじめるなど（『小右記』）、極楽往生に向けた準備をはじめた。

十一月二十一日には危篤となった。ますます無力にして痢病（汚穢）は無数、飲食は絶えた。また背中に腫物ができたが、医療を受けなかった。後一条の行幸も、今となっては悦ばないとのことで、訪ねてきた彰子と威子も、直接、見舞うことは難しい状況であった。汚穢によるものとのことであった（『小右記』）。

十一月二十四日、道長が入滅したという誤伝が駆けめぐり、上下の者は土御門第に馳せ参った。この日、道長は震え迷うという症状を起こし、皆はやはり時が至ったことを思い、遠近に馳せ告げたという。針博士の和気相成は、背中の腫物の勢いが乳や腕に及び、その毒が腹中に入ったのであって、震えているのは、頸が思った通りにならないからであるという見立てをおこなった。これに針治を施し、瘡口を開くことになったが、日が悪いということで三十日になって延期されている（『小右記』）。

十一月二十五日、道長は法成寺阿弥陀堂の正面の間に移った。もちろん、九体阿弥陀像の前である。二十六日にはふたたび危篤となり、やはり後一条の行幸がおこなわれた(『小右記』)。

そして十二月一日の夜半、但波忠明によって背中の腫物に針治が施された。膿汁と血が少々出て、道長の叫ぶ声は、きわめて苦し気であったという(『小右記』)。

十二月三日の午後にはふたたび、入滅したという報が伝わった。実資が様子を見に行かせると、「すでに事実でした」とのことであった。ただ、夕刻になって届いた報では、「胸だけは暖かいままである」とのことで、じつはまだ死んでいなかったのである。夜に入って届いた報は、「ただ頭だけが揺れ動いている。その他は頼みが無い」というものであった(『小右記』)。さすがは道長、恐るべき生命力と称するべきであろう。

十二月四日が明けると、またさまざまな情報が入り乱れた。道長は昨日、入滅したが、夜になって揺動する気配があった。しかし、四日の早朝には、すでに入滅したので、亡者の作法をおこなったというのが、一般的なものであった(『小右記』)。

ところが、朝になっても腋に温気があるというので、上下の者はまだ生きていると言い出した。実資は、「荒涼(いい加減)のようなものである」と不機嫌であるが(『小右記』)、長徳元年(九九五)以来三十二年間、何者にも代えがたい影響力を行使しつづけてきた道長

「ジョウメンジ墓」

であればこそのことである。この年、道長は六十二歳であった。

じつは十二月一日から患いついて飲食も受けつけていなかった行成が、この四日の深夜、厠に行く途中で顚倒し、そのまま死去した。「一言も無く、頓死のようであった」という（『小右記』）。五十六歳。こちらも道長の側近ならではである。

道長の葬送は、十二月七日の夜、鳥辺野でおこなわれた。実資は葬送の様子を、「もしかしたらこれは、薨じた後の過差か」と評している（『小右記』）。

頼通が康平五年（一〇六二）に道長の墓を訪れた際の記録（『定家朝臣記』〈『康平記』〉）によると、墓は木幡の浄妙寺の東に営まれた。浄妙寺（現宇治市立木幡小学校）の東の「ジョウメンジ（「浄妙寺」の転訛したもの）墓」と通称されていた茶畑の先、墓地の東のフェンスで囲まれた某修道院の敷地の一画あたり（宇治市木幡金草原）であろう。

道長の死後半年を経た長元元年（一〇二八）六月、東国で平忠常の乱が勃発した。時代は確実に変わっており、道長が「この世」と思っていたのは、じつは京都だけ、もしかすると宮廷内部だけの話だったのかもしれないのである。

3　紫式部の晩年と死

求道の願い

紫式部が当時盛んになっていた浄土信仰に傾倒していたことは、『源氏物語』の「横川僧都」（源信がモデルとされる）に明らかであるが、すでに結婚前に、卒塔婆の年を経て古くなったのが、転び倒れているのが人に踏まれるのを見て、

73　心あてに　あなかたじけな　苔むせる　仏の御顔　そとは見えねど

（足に踏まれている石の中から、あて推量にこれが卒塔婆なのだろうと思うと、ああもったいない。苔むしていて、仏のお顔がそれだとはわからないけれど）

などと詠んでいた。
『紫式部日記（むらさきしきぶにっき）』でも、末尾に近い、我が身を顧（かえり）みた箇所で、「何一つ思い出となるようなこともなくて過してきました私」と自己を描き、「月を眺めながら物思いにふけっている」日々であったとある。

いくら『源氏物語』の作者として名声を得てはいても、それが現世での幸福に直接つながるものではなく、まして富や地位をもたらすこともなかった。『源氏物語』の読者も、原本や転写本を借りることのできる階層に限られ、それほど広範に読まれていたわけでもなかったのである。まして当時は物語よりも和歌の方が価値が高いとされていた。

なお、名声が高かったとはいっても、たとえば近衛（このえ）家には『源氏物語』の古い写本があったにもかかわらず、十五世紀の応仁（おうにん）・文明（ぶんめい）の乱に際して、『御堂関白記（みどうかんぱくき）』をはじめとする家伝の古文書五〇箱を京都北郊の岩倉（いわくら）に疎開させたが、『源氏物語』は置いたままにした。応仁の乱で近衛家の邸宅は焼失し、『源氏物語』も運命をともにしたが、『御堂関白記』や古文書類は難を逃れた。前近代における文学の地位は、こんなものだったのである。

紫式部自身にしても、『続本朝往生伝（ぞくほんちょうおうじょうでん）』の一条（いちじょう）朝の「天下の一物（いちぶつ）」には、「和歌」では式部（和泉式部（いずみしきぶ））と衛門（赤染衛門（あかぞめえもん））は挙がっているが、ここには紫式部は挙がっていない。

各方面の八六人の人名で女性はこの二人のみで、『源氏物語』などの散文はジャンルとしても無視されているのである。

紫式部が深く人生を回顧し、浄土信仰に来世の救済を求めたとしても、当時の知識人としては、きわめて自然なことだったと言えよう。

大きな厨子一対に、隙間もなく積んである書物は、「一つの厨子には古歌や物語の本のいいようもなく虫の巣になってしまったもので、気味悪いほど虫がはい散るので、開けて見る人もありません」とあり、「もう一方の厨子には、漢籍の類で、とくに大切に所蔵していた夫も亡くなってしまった後は、手を触れる人も別におりません」とある。やはり書物に囲まれた生活ではあったのである。

それらの漢籍を、所在がなくてしかたがないときに、一冊二冊と引き出して見ていると、侍女たちが、「ご主人さまは、いつもこんなふうでいらっしゃるから、お幸せが少ないのです。いったいどういう女の人が漢文の書物なんか読むのでしょうか。むかしは女がお経を読むのさえ、人はとめたものよ」と陰口を言うのも、相変わらずなのであった。

求道の願いも、つぎのように記している。当時の知識人には広範に現われた思いではあるが、紫式部の場合、その文章とも相まって、切実な思いが伝わってくる。

さあ、今はもう言葉を慎しむこともしますまい。他人がとやかく言っても、ただ阿弥陀仏に向かって一心にお経を習いましょう。世の中のいとわしいことは、すべてほんの少しばかりも、心もとまらなくなってしまいましたから、出家して仏道修行に精進したとしても、怠けるはずもありません。でも、ただ一途に世を背いて出家の道に入ったとしても、ご来迎の雲に乗らない間の心が迷って動揺するようなこともきっとあるでしょう。それを思って出家をためらっているのです。年齢もまた、出家をしてもよい年ごろにだんだんなってきました。ひどくこれ以上に老いぼれては、また目がかすんでお経も読まず、心もいっそう愚かに鈍くなってゆくでしょうから、思慮深い人のまねのようですけれど、今はただこういう出家のほうのことをだけ考えているのです。いったい私のような罪深い人間は、また必ずしも出家の志がかなうとは限らないでしょう。前世の宿業の拙さがおのずと思い知られることばかり多うございますので、何事につけても悲しゅうございます。

紫式部の没年

今井源衛氏は、長和二年（一〇一三）以降、紫式部の姿は見えず、道長の命令によって実資と彰子との取り次ぎ役を免じられ、これを機に紫式部は宮廷を退いたと推測された。そして、宮廷を出た後の紫式部には、もはや人生というべきものはなく、家集をまとめたうえで、長和三年（一〇一四）に死去したと推測がつづく。為時が長和三年六月に任期を残して越後守を辞任し、長和五年（一〇一六）四月に出家したのは、紫式部に死なれたためであるというのである（今井源衛『紫式部』）。

　どうしたらこのような発想になるのか、まったく理解できないが、これに賛同する諸賢も多いので、国文学の世界では広く受け入れられているのであろうか。

　しかし、本当にそうなのであろうか。長和元年（一〇一二）に道長は、「汝（実資）が志を彰子に尽くしてくれることは、悦びとすることが極まり無い」と語っている（『小右記』）。それに先にも述べたように、『小右記』に見える取り次ぎの「女房」は、長和三年以降にも、万寿四年（一〇二七）まで見える。紫式部が寛仁や治安、万寿、長元年間まで存命し、宮廷に出仕していた可能性も、じゅうぶんに考えられるのである。

　だいたい、三条天皇が退位して後一条天皇の時代になってからは、実資が彰子にさまざまな事項を仲介してもらうこと自体が少なくなっている。これを紫式部が死去したからと考える必要はあるまい。

　たしかに為時は、長和三年六月に任期を一年残して越後守を辞任し、甥で婿の藤原信経にこれを譲っている。また、長和五年四月に三井寺で出家している（『小右記』）。しかし、これを紫式部が亡くなったからという考えは、もとより推測の域を出ないものであろう。
信経は為時の前任の越後守でもあった（『権記』）。為時の辞状では、四ヵ年の公事（官物。中央に納める租税）を究済（公事を完納すること）したことを申している。為時は四年分の官物を三年で究済したうえで、これを縁者で前任者の信経に譲ったのであろう。二回目の受領ということで、国内支配も前回よりは慣れていたものと思われる。実資は、「内々に構えて、任じるものである。意に任せるようなものである」と懸念を示しているが（『小右記』）、結局は交替がおこなわれた。前任者の信経なら、より国内支配がうまくいくと考えられたのであろう。

この長和三年から紫式部が何年生きたのかは定かではないが、紫式部の没年に関しては、長和三年説（岡一男・今井源衛）のほか、長和五年（一〇一六）説（与謝野晶子）、寛仁元年（一〇一七）以降説（山中裕）、寛仁三年（一〇一九）説（萩谷朴）、寛仁三年以降説（増田繁夫）、万寿二年（一〇二五）以降説（安藤為章）、長元四年（一〇三一）説（角田文衛）などの「学説」が存在する。

これらのうち、長和三年説というのは、先ほど述べた「根拠」のほかに、西本願寺本『兼盛集』の末尾に、おなじ宮（彰子）の藤式部（紫式部）が、親（為時）が田舎にいた頃に、「いかがですか」と書いてあった書状を、式部の君が亡くなって、その女（賢子）が見付けて物思いに沈んでいた頃に、それを見て、書き付けました歌

とある詞書を、佚名歌集の残欠が混入したものと仮定して、岡一男氏が長和三年の死亡と考えたものである。しかしこれは、この書状を書いたのが為時の越後守在任中であることを示しているに過ぎず、それを紫式部の死後に賢子が見つけたと言っているのであって、とても紫式部の没年を特定できるものではない。

また、『紫式部集』の中で年代がもっとも遅い歌が朋輩の女房である小少将の死を悼む歌であり、小少将の生存が『御堂関白記』で長和二年正月まで確認できるから、紫式部の没年が長和三年であることに矛盾しないという発想（清水好子『紫式部』）も、どうしても理解できない。矛盾はしないが、これで特定できるものではない。

小少将の没年はこれだけではとても確定できないし、『紫式部集』の最後の歌の直後に『紫式部集』を編んだかどうかも明らかではない。また、紫式部が『紫式部集』を編んだ直後に死去したかどうかも、まったく不明なことなのである。

ちなみに、紫式部が清水寺に籠った際に、仲のよい伊勢大輔と会って、「院」（彰考館

本）の御料にと、ともに燈明を奉献し、「紫式部」が樒の葉に書いて寄こした歌というのが、『伊勢大輔集』（後に『新千載和歌集』に収載）に残っている。

心ざし　君にかかぐる　ともし火の　おなじひかりに　あふがうれしさ

（同じ思いを抱いて、院のために同じ御燈火を奉り、あなたに逢って一緒に院の快復を祈願できたのはうれしいことです）

また、松に雪が凍りついた際に、「同じ人」（紫式部）が伊勢大輔に贈ったものとして、

おく山の　まつばにこほる　ゆきよりも　我がみよにふる　程ぞはかなき

（人里離れた深山に生える松の葉の上に氷る雪はやがて消えるものですが、その雪よりも、わたしがこの世に生きている時間は、はかないものです）

という歌がつづく。これをみずからの死期を悟ったものと解する向きもあるが、先に述べたように、すでに浄土信仰に傾倒していた紫式部としては、こういった無常観を詠みこむのは、自然なことであったと考えるべきである。なお、彰子が女院となったのは万寿三年

（一〇二六）正月十九日のことであり、「院」というのが後の追記でなければ、かえってこの詞書はそれ以降も紫式部が生存していたことを示している。

結局は、紫式部は、生没年共に不詳ということなのであろう。なお、紫式部が天延元年（九七三）に生まれたと仮定すると、寛仁元年には四十五歳、万寿二年には五十三歳、長元四年には五十九歳となる。

「紫式部の墓」

紫式部伝説

『源氏物語』のあまりの名声ゆえに、後世、紫式部が観音の化身だったという伝説が生まれた。その逆に、色事を中心にした絵空事を書いて人々を惑わしたというので、仏教の五戒の一つである「不妄語戒」を破ったとして、紫式部が地獄に堕ちて苦しんでいるという伝説も生まれた（『宝物集』『今物語』『雨月物語』）。

それと関連して、地獄とこの世を行き来する冥官説話のある小野篁によって地獄から助け出されたという伝説も生まれ、紫野にある二つ並んだ土盛り（現京都市北区紫野西御所田町）が、「紫式部の墓・小野篁の墓」と称されている。小野篁は、はるか昔の仁寿二年（八五二）に死去しており、紫式部と並んで墓が作られるはずはないのであるが。

この「紫式部の墓」は、すでに室町時代初期の貞治年間（一三六二〜六八）に著わされた『河海抄』にも、紫式部の墓は雲林院の塔頭である白毫院の南にあると記されているから、この土盛りのことを指している可能性もある。堀川通の北大路から下った島津製作所の北隣にあり、「紫式部顕彰会」による顕彰碑が建っている。もちろん、もとより伝説の世界の話である。

小野篁関連で言うと、篁は引接寺（千本閻魔堂）の開基に仮託されている。その場所は鳥辺野・化野と並ぶ葬地であった蓮台野の入り口にあたる（現京都市上京区閻魔前町）。至徳三年（一三八六）の銘を持つ十重石塔があるのも、そういった関係であろうが、いつの頃からかこれは「紫式部供養塔」と呼ばれている。

おわりに

これまで、紫式部と藤原道長の生涯を、確実な一次史料のみを読み解くことによってたどってきた。

もうおわかりいただけたことと思うが、紫式部は道長の援助と後援がなければ『源氏物語』も『紫式部日記』も書けなかったのであるし、道長は紫式部の『源氏物語』執筆がなければ一条天皇を中宮彰子の許に引き留められなかったのである。道長家の栄華も、紫式部と『源氏物語』の賜物であると言えよう。

その意味では、「道長なくして紫式部なし、紫式部なくして道長なし」ということになる。世界最高峰の文学作品と日本史上最高の権力者が、お互いの存在なくしてはあり得なかったということは、歴史上の奇蹟と称すべきことであると同時に、また歴史上の必然でもあったことになる。

『源氏物語』以降、この国、いや世界はこれほどの文学作品は生み出してはいないのだし、道長以降、日本ではこれほどの権力を持った政権担当者は現われなかった。

我々は、千年前のこの二人のリアルな生涯を、伝説や伝承ではなく、ほぼそのまま復元することのできる材料である古記録が残されていることの幸いを、あらためて感じざるを得ない（これは王朝交替がなく、主な貴族の家も存続したこと、内戦も比較的少なかったお陰である）。

せっかくであるから、読者の皆さんは、『源氏物語』を、何も原文でなくても、現代語訳でも漫画でもいいから（良質なものに限るが）、是非とも全文、読み通していただきたい。きっと新しい人生観が芽生えてくることであろう。

ついでながら、古記録という史料も、現物や写真版でなくても、現代語訳でも訓読文でもいいから、時々覗いてみていただきたい（私には現物や写真版の方が面白いのだが）。こんな史料が千年後まで大量に残っているこの国に生まれた幸せを感じるとともに、きっと世の中の見方も変わってくることであろう。

私はかつて、『内戦の日本古代史』という本を、同じく講談社現代新書で出版してもらった際、その「おわりに」に、つぎのように記した。

> Twitterでは何度か、「道長を大河ドラマで取りあげて欲しい」といった書き込みが見られるが（私に言われても困るけど）、私はその都度、「それは無理です。日本人は合戦があって人が死なないと喜びません。皇子が生まれたり宴会で月を見て歌を詠んだり

するのがクライマックスでは、ドラマにならないでしょう」と答えている。いつの日か、平安貴族が国民に好まれ、ドラマ化される日はやって来るのであろうか。古代の内戦に際して象徴的に見られるように（さらには縄文時代以来）、元来は平和的で協調的であったはずの日本の行く末を案じて、この本を終える次第である。

あれから五年、何と本当に紫式部と道長が大河ドラマで取りあげられることになった。こんなことが起こるまで長生きしてよかったと思うと同時に、この二人の像が、ドラマのストーリーや演じる俳優さんのイメージから受ける視聴者の反響によって、実像からかけ離れてしまうことを危惧している。ドラマはドラマとして大いに楽しんでいただくとともに、リアルな平安時代の様子や、紫式部と道長の人生も学んでいただきたいものだと、願ってやまない。

そこには未来の日本の進むべき道へのヒントも隠されているはずである。

二〇二三年六月　　大枝山にて

著者識す

土地理院発行 1/25,000 地形図「京都東北部」「京都西北部」を基に、
小・加筆して作成。

今宮社
一条・三条火葬塚
現三条陵
船岡
蓮台寺
現花山陵
円融火葬塚
現一条陵
円融寺
平野社
北野社
現円融陵
仁和寺
円教寺
西京極大路
無差小路
山小路
菖蒲小路
木辻大路
恵止利小路
馬代小路
宇多小路
道祖大路
野寺小路
西堀川小路
西靭負小路
西大宮大路
一条大路
正親町小路
土御門大路
鷹司小路
近衛大路
勘解由小路
中御門大路
春日小路
大炊御門大路
冷泉小路
二条大路
押小路
三条坊門小路
姉小路
三条大路
大内裏
内裏
豊楽院
八省院
西櫛笥小路
皇嘉門大路
西坊城小路
朱雀大路
大学
坊城小路

関係地図（平安京北半・北辺）

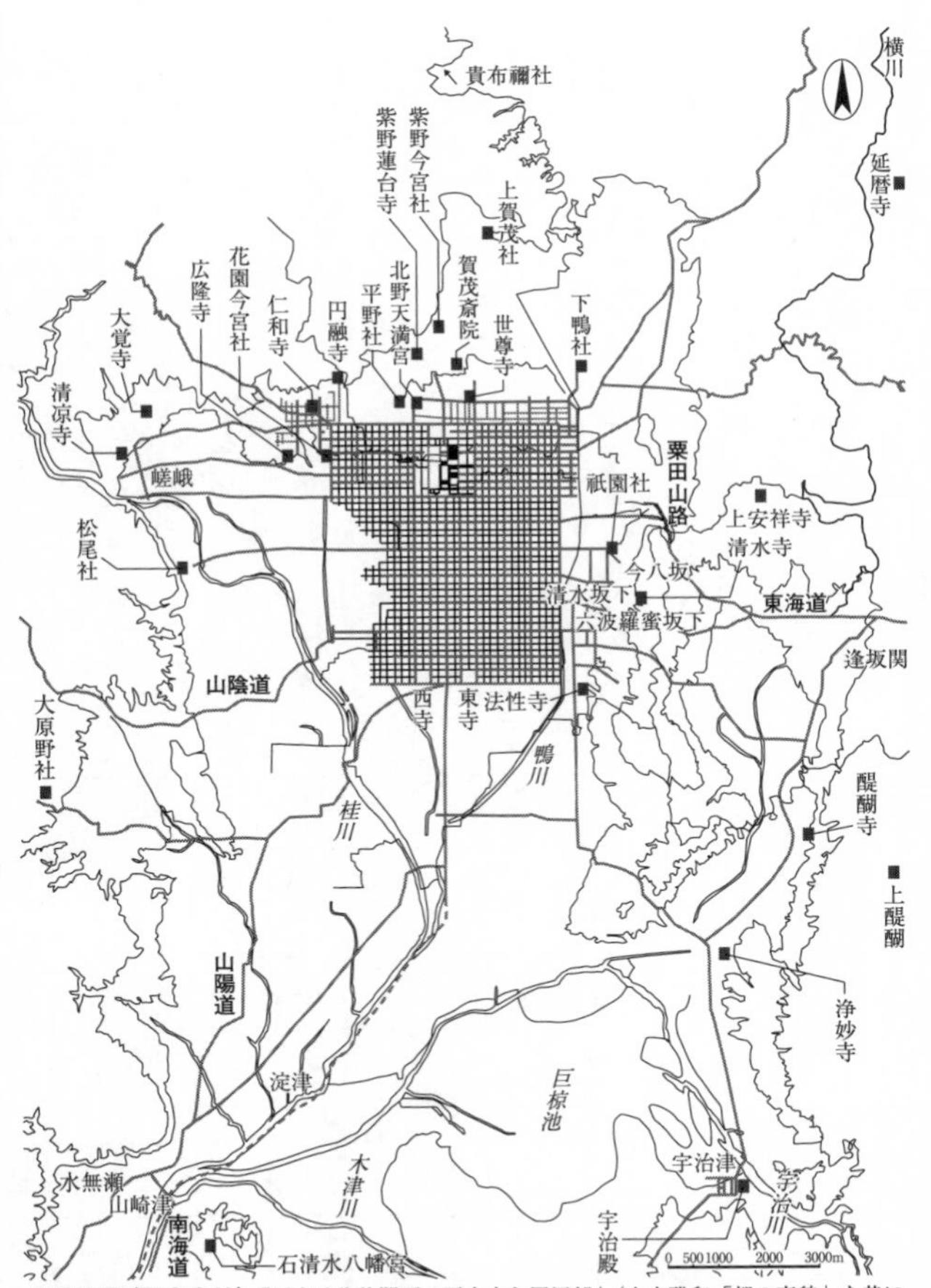

関係地図（平安京外）「平安時代後期頃の平安京と周辺部」（山本雅和「都の変貌」を基に、加筆して作成）

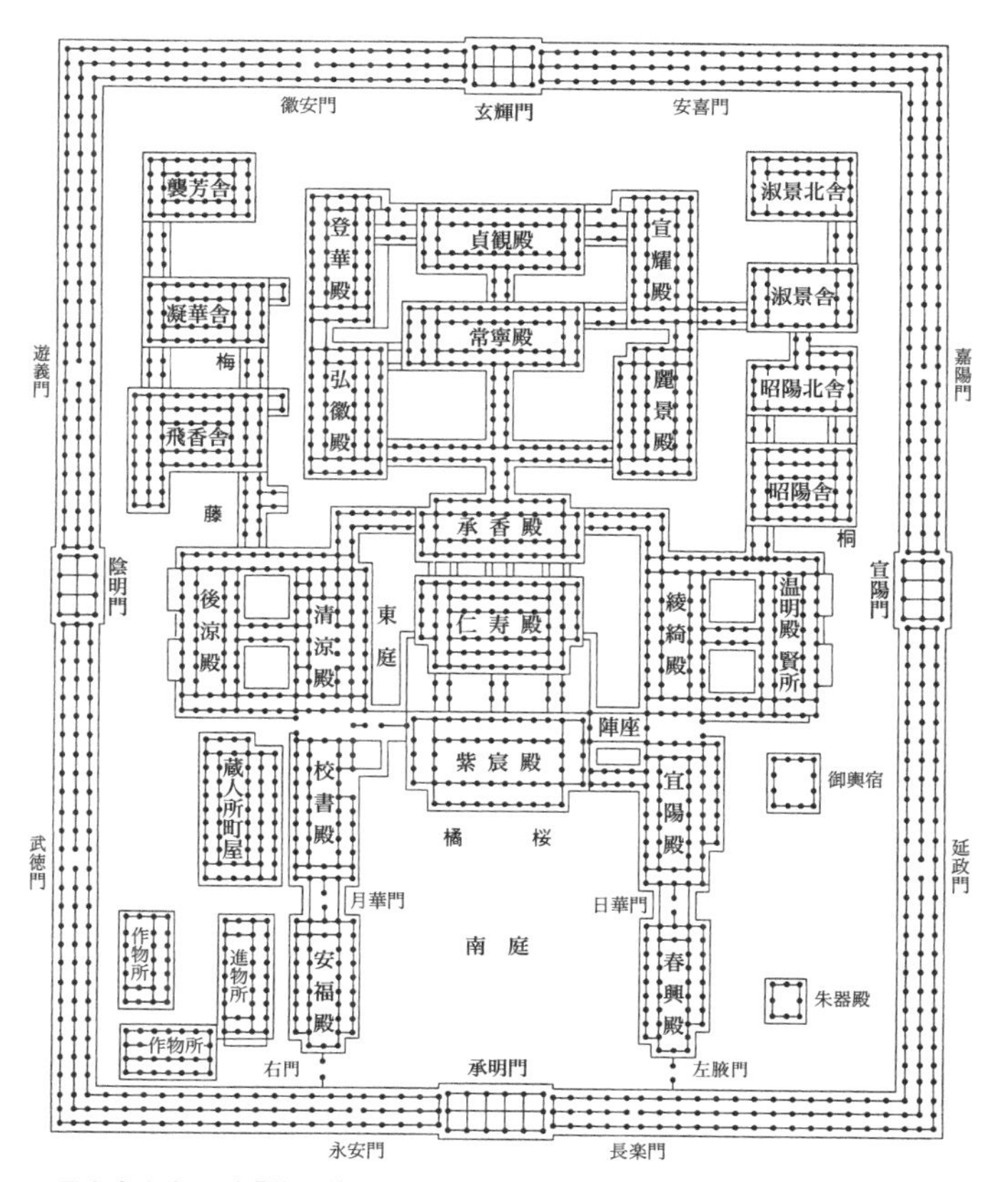

平安宮内裏図（『藤原道長の日常生活』による）

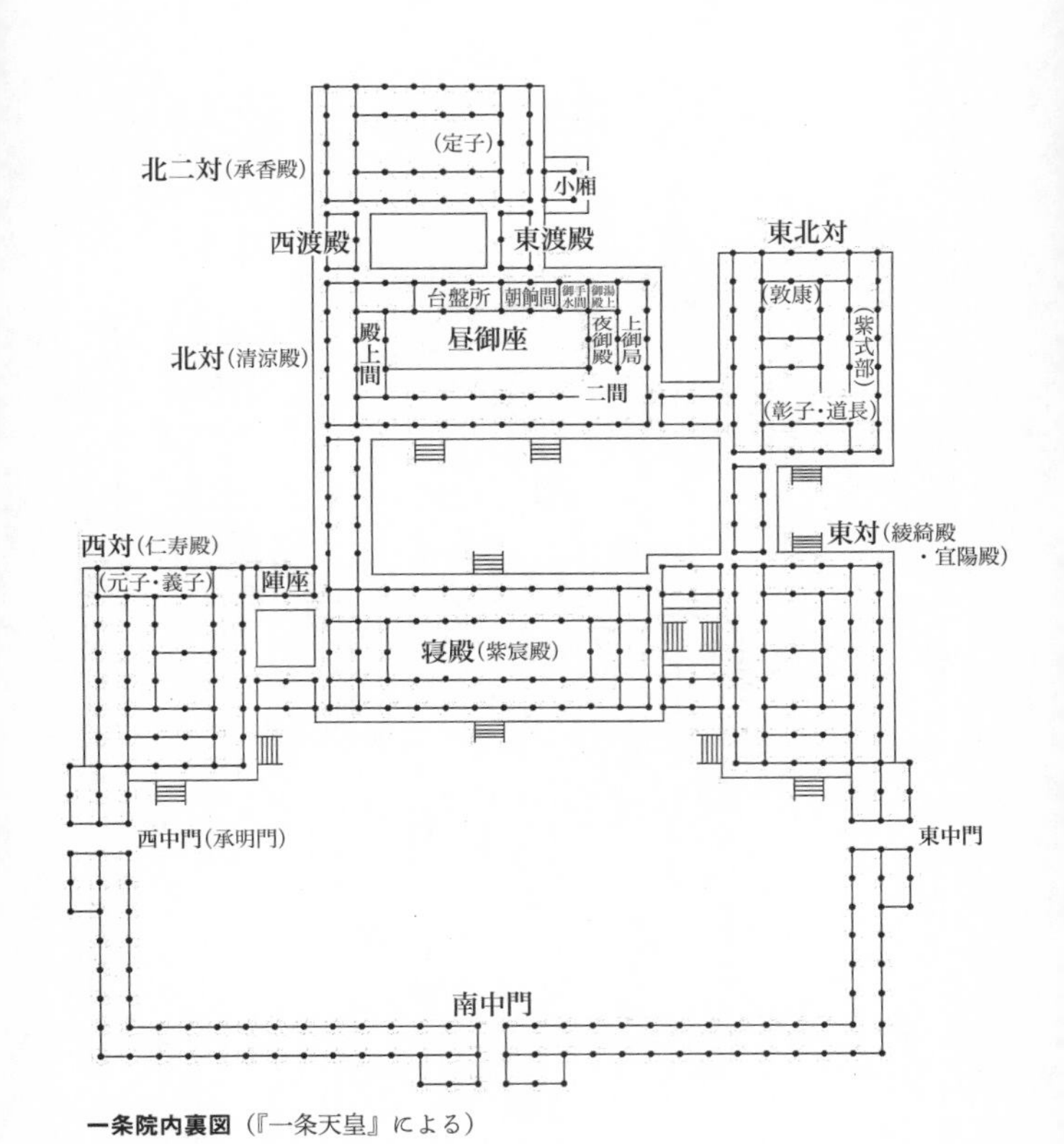

一条院内裏図（『一条天皇』による）

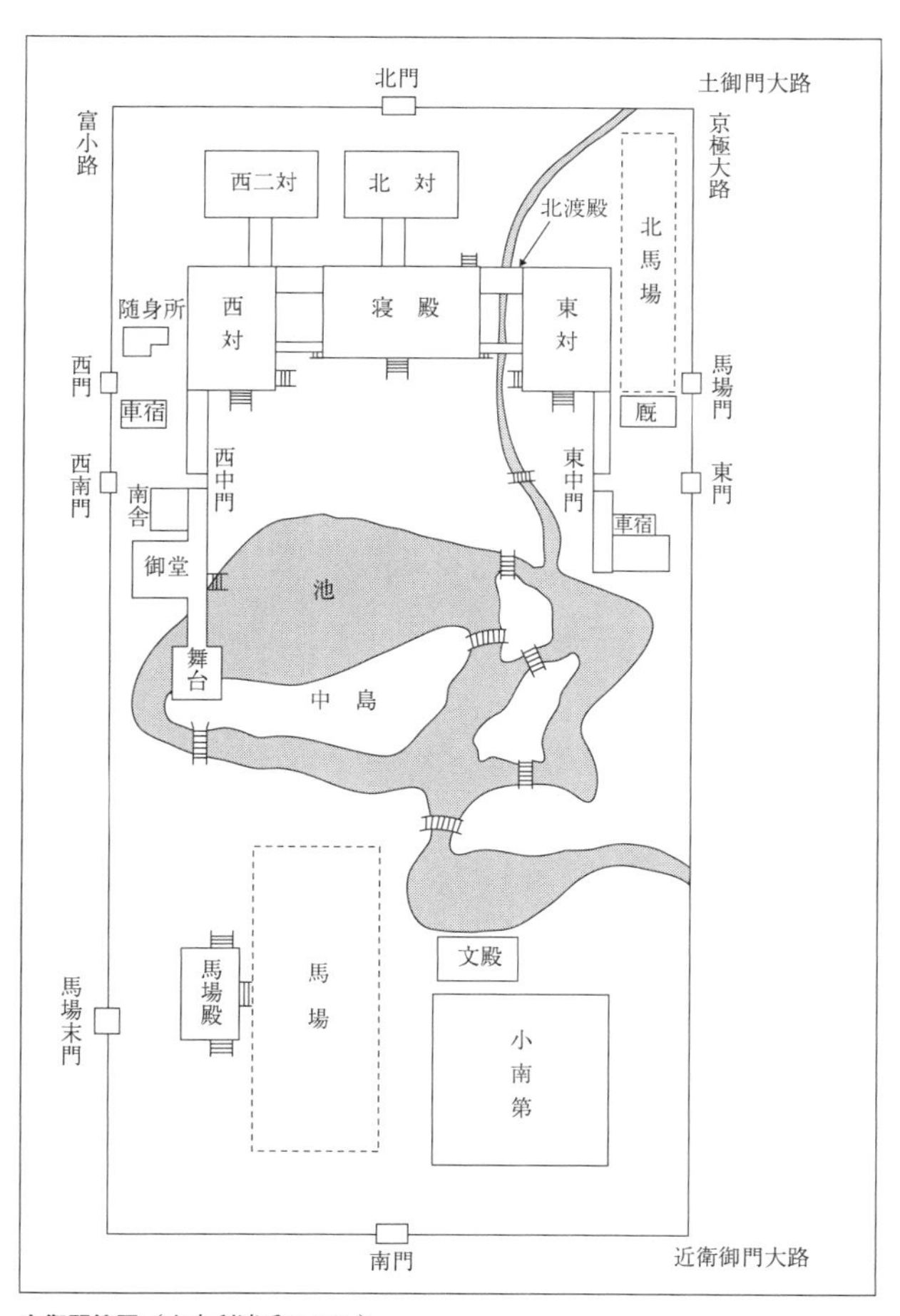

土御門第図（山本利達氏による）

略年表

年次	西暦	天皇	紫式部年齢	紫式部事蹟	道長年齢	道長事蹟
康保三	九六六	村上			一	兼家五男として誕生
天延元	九七三	円融	一	為時二女として誕生		
天元三	九八〇	円融			一五	従五位下に叙爵／母時姫死去
永観元	九八三	円融			一八	侍従
永観二	九八四	円融／花山			一九	右兵衛権佐
寛和二	九八六	花山／一条			二一	蔵人・少納言・左少将
永延元	九八七	一条			二二	左京大夫／源倫子と結婚
永延二	九八八	一条			二三	権中納言／源明子と結婚 倫子、彰子を出産
永祚元	九八九	一条			二四	兼右衛門督
正暦元	九九〇	一条			二五	兼中宮大夫
正暦二	九九一	一条			二六	権大納言／詮子出家、東三条院
正暦三	九九二	一条			二七	倫子、頼通を出産
正暦四	九九三	一条			二八	明子、頼宗を出産
正暦五	九九四	一条			二九	倫子、妍子を出産 明子、顕信を出産
長徳元	九九五	一条			三〇	内覧・右大臣・左大将 明子、能信を出産

長徳二	九九六	一条	二四	為時と共に越前に下向	三一	伊周・隆家を左遷／左大臣 倫子、教通を出産
長徳三	九九七	一条	二五	為時を残し単身帰京		
長徳四	九九八	一条	二六	藤原宣孝と結婚	三三	病悩、上表
長保元	九九九	一条	二七	賢子を出産	三四	彰子入内、女御 明子、寛子を出産 倫子、威子を出産
長保二	一〇〇〇	一条			三五	彰子中宮
長保三	一〇〇一	一条	二九	宣孝死去 『源氏物語』起筆か	三六	詮子死去
長保五	一〇〇三	一条			三八	明子、尊子を出産
寛弘二	一〇〇五	一条			四〇	明子、長家を出産 浄妙寺三昧堂落慶
寛弘三	一〇〇六	一条	三四	彰子に出仕か	四一	法性寺に五大堂建立
寛弘四	一〇〇七	一条			四二	倫子、嬉子を出産 金峯山詣
寛弘五	一〇〇八	一条	三六	『紫式部日記』起筆 『源氏物語』冊子作り	四三	彰子、敦成親王を出産
寛弘六	一〇〇九	一条	三七	道長と和歌を贈答	四四	彰子、敦良親王を出産
寛弘七	一〇一〇	一条	三八	宇治十帖を起筆か 『紫式部日記』消息文執筆		
寛弘八	一〇一一	一条／三条	三九	為時越後守／惟規死去	四六	敦成親王立太子／内覧
長和元	一〇一二	三条	四〇	実資と彰子を取り次ぐか	四七	妍子中宮

長和二	一〇一三	三条	四一	資平と彰子を取り次ぐ 『紫式部集』を編集	四八	妍子、禎子内親王を出産
長和四	一〇一五	三条			五〇	准摂政
長和五	一〇一六	三条／後一条	四四	為時出家	五一	摂政／准三宮
寛仁元	一〇一七	後一条			五二	摂政を頼通に譲る 敦良親王立太子／太政大臣
寛仁二	一〇一八	後一条			五三	威子中宮、「この世をば」
寛仁三	一〇一九	後一条	四七	実資と接触か	五四	出家
寛仁四	一〇二〇	後一条	四八	実資と接触か	五五	無量寿院落慶
治安元	一〇二一	後一条	四九	実資と接触か	五六	嬉子、敦良親王に入侍
治安二	一〇二二	後一条			五七	法成寺金堂落慶
治安三	一〇二三	後一条	五一	実資と接触か	五八	高野山詣
万寿二	一〇二五	後一条			六〇	寛子・嬉子、死去
万寿三	一〇二六	後一条			六一	彰子出家、上東門院
万寿四	一〇二七	後一条	五五	実資と接触か	六二	顕信・妍子、死去 死去 葬送、木幡に埋葬

参考文献

陽明文庫・東京大学史料編纂所編纂『大日本古記録　御堂関白記』岩波書店、一九五二〜五四年
倉本一宏訳『藤原道長「御堂関白記」全現代語訳』講談社、二〇〇九年
東京大学史料編纂所編纂『大日本古記録　小右記』岩波書店、一九五九〜八六年
倉本一宏編『現代語訳　小右記』吉川弘文館、二〇一五〜二三年
渡辺直彦・厚谷和雄校訂『史料纂集　権記』続群書類従完成会・八木書店、一九七八〜九六年
倉本一宏訳『藤原行成「権記」全現代語訳』講談社、二〇一一〜一二年
山本利達校注『新潮日本古典集成　紫式部日記　紫式部集』新潮社、一九八〇年
藤岡忠美・中野幸一・犬養廉・石井文夫校注・訳『新編　日本古典文学全集26　和泉式部日記　紫式部日記　更級日記　讃岐典侍日記』小学館、一九九四年
阿部秋生・秋山虔・今井源衛・鈴木日出男校注・訳『新編　日本古典文学全集20　源氏物語』小学館、一九九四〜九八年
松尾聰・永井和子校注・訳『新編　日本古典文学全集18　枕草子』小学館、一九九七年
東京大学史料編纂所編纂『大日本史料』第二篇之一〜三二、東京大学出版会、一九二八〜二〇一九年
国史大辞典編集委員会編『国史大辞典』吉川弘文館、一九七九〜九七年
詫間直樹編『皇居行幸年表』続群書類従完成会、一九九七年
角田文衞総監修・古代学協会・古代学研究所編『平安京提要』角川書店、一九九四年
角田文衞監修・古代学協会・古代学研究所編『平安時代史事典』角川書店、一九九四年
林屋辰三郎・村井康彦・森谷尅久監修『日本歴史地名大系27　京都市の地名』平凡社、一九七九年

柴田實・高取正男監修『日本歴史地名大系26 京都府の地名』平凡社、一九八一年
秋山 虔『源氏物語』岩波書店（岩波新書）、一九六八年
井上光貞『井上光貞著作集 第七巻 日本浄土教成立史の研究』岩波書店、一九八五年（初版一九五六年）
今井源衛『紫式部』吉川弘文館（人物叢書）、一九六六年
上島 享『日本中世社会の形成と王権』名古屋大学出版会、二〇一〇年
大津 透『日本の歴史06 道長と宮廷社会』講談社、二〇〇一年
岡 一男『増訂 源氏物語の基礎的研究 紫式部の生涯と作品』東京堂出版、一九六六年
岡村幸子「平安時代における皇統意識」『史林』八四—四、二〇〇一年
朧谷 寿『藤原道長』ミネルヴァ書房（日本評伝選）、二〇〇七年
工藤重矩『源氏物語の結婚 平安朝の婚姻制度と恋愛譚』中央公論新社、二〇一二年
倉本一宏『摂関政治と王朝貴族』吉川弘文館、二〇〇〇年
倉本一宏『一条天皇』吉川弘文館（人物叢書）、二〇〇三年
倉本一宏『平安貴族の夢分析』吉川弘文館、二〇〇八年
倉本一宏『三条天皇』ミネルヴァ書房（日本評伝選）、二〇一〇年
倉本一宏『藤原道長の日常生活』講談社（講談社現代新書）、二〇一三年
倉本一宏『藤原道長の権力と欲望』文藝春秋（文春新書）、二〇一三年
倉本一宏『紫式部と平安の都』吉川弘文館（人をあるく）、二〇一四年
黒板伸夫『藤原行成』吉川弘文館（人物叢書）、一九九四年
沢田和久「円融朝政治史の一試論」『日本歴史』六四八、二〇〇二年
清水好子『紫式部』岩波書店（岩波新書）、一九七三年

杉本　宏『宇治遺跡群』同成社（日本の遺跡）、二〇〇六年
武田宗俊『源氏物語の研究』岩波書店、一九五四年
谷川　愛「平安時代における天皇・太上天皇の喪葬儀礼」倉本一宏編『王朝再読』臨川書店（王朝時代の実像）、二〇二一年
土田直鎮『日本の歴史5　王朝の貴族』中央公論社、一九六五年
角田文衛『日本の後宮』學燈社、一九七三年
角田文衛『角田文衛著作集　第7巻　紫式部の世界』法蔵館、一九八四年
萩谷　朴『紫式部日記全注釈』角川書店、一九七一・七三年
増田繁夫『評伝　紫式部　世俗執着と出家願望』和泉書院、二〇一四年
丸山裕美子『清少納言と紫式部　和漢混淆の時代の宮の女房』山川出版社（日本史リブレット人）、二〇一五年
目崎徳衛『貴族社会と古典文化』吉川弘文館、一九九五年
山中　裕『藤原道長』吉川弘文館（人物叢書）、二〇〇八年
吉川真司『律令官僚制の研究』塙書房、一九九八年

講談社現代新書　2721

紫式部と藤原道長

二〇二三年九月二〇日第一刷発行　二〇二四年八月二三日第九刷発行

著者　倉本一宏　

発行者　森田浩章

発行所　株式会社講談社
東京都文京区音羽二丁目一二—二一　郵便番号一一二—八〇〇一

電話　〇三—五三九五—三五二一　編集（現代新書）
〇三—五三九五—四四一五　販売
〇三—五三九五—三六一五　業務

装幀者　中島英樹／中島デザイン

印刷所　株式会社KPSプロダクツ

製本所　株式会社国宝社

本文データ制作　講談社デジタル製作

定価はカバーに表示してあります　Printed in Japan

N.D.C.210.37　334p　18cm
ISBN978-4-06-533254-2

「講談社現代新書」の刊行にあたって

教養は万人が身をもって養い創造すべきものであって、一部の専門家の占有物として、ただ一方的に人々の手もとに配布され伝達されうるものではありません。

しかし、不幸にしてわが国の現状では、教養の重要な養いとなるべき書物は、ほとんど講壇からの天下りや単なる解説に終始し、知識技術を真剣に希求する青少年・学生・一般民衆の根本的な疑問や興味は、けっして十分に答えられ、解きほぐされ、手引きされることがありません。万人の内奥から発した真正の教養への芽ばえが、こうして放置され、むなしく滅びさる運命にゆだねられているのです。

このことは、中・高校だけで教育をおわる人々の成長をはばんでいるだけでなく、大学に進んだり、インテリと目されたりする人々の精神力の健康さえもむしばみ、わが国の文化の実質をまことに脆弱なものにしています。単なる博識以上の根強い思索力・判断力、および確かな技術にささえられた教養を必要とする日本の将来にとって、これは真剣に憂慮されなければならない事態であるといわなければなりません。

わたしたちの「講談社現代新書」は、この事態の克服を意図して計画されたものです。これによってわたしたちは、講壇からの天下りでもなく、単なる解説書でもない、もっぱら万人の魂に生ずる初発的かつ根本的な問題をとらえ、掘り起こし、手引きし、しかも最新の知識への展望を万人に確立させる書物を、新しく世の中に送り出したいと念願しています。

わたしたちは、創業以来民衆を対象とする啓蒙の仕事に専心してきた講談社にとって、これこそもっともふさわしい課題であり、伝統ある出版社としての義務でもあると考えているのです。

一九六四年四月　野間省一